CHRISTI

DRAGOSTE ȘI ALTE CUVINTE

Descrierea CIP a Bibliotecii Naţionale a României
LAUREN, CHRISTINA

Dragoste şi alte cuvinte / Christina Lauren ; trad. din lb. engleză: Cornelia Marinescu. - Bucureşti : Bookzone, 2023

ISBN 978-630-305-125-3

I. Marinescu, Cornelia (trad.)
821.111

Redactor: **Justina Ene**
Grafician copertă: **Sebastian Ruse**
Tehnoredactor: **Anca Marisac**

Editura Bookzone
Şoseaua Berceni nr. 104, sector 4, Bucureşti
Comenzi şi informaţii:
Telefon: +40 774 091.579; +40 770 584.429
E-mail: office@bookzone.ro
www.bookzone.ro

CHRISTINA LAUREN

DRAGOSTE ȘI ALTE CUVINTE

Traducere și note de Cornelia Marinescu

Bookzone
BUCUREȘTI, 2023

Pentru Erin şi Marcia
şi casa de lângă pârâul din pădure

prolog

Tata era mult mai înalt decât mama — *mult* mai înalt, adică. Avea un metru nouăzeci și cinci și mama abia dacă trecea de un metru șaizeci. Un danez uriaș și o braziliancă micuță. Când s-au cunoscut, ea nu știa o boabă de engleză. Dar până la moartea ei, când eu aveam 10 ani, se pare că ajunseseră aproape să-și creeze o limbă doar a lor.

Îmi amintesc de felul în care tata o îmbrățișa când ajungea înapoi acasă, de la muncă. Își trecea brațul pe după umerii ei, își afunda fața în părul ei și se apleca cu tot corpul deasupra trupului mamei. Brațele îi deveneau două paranteze care cuprindeau între ele cea mai dulce și secretă formulă.

Când se atingeau în felul acesta, eu mă dădeam la o parte, undeva în fundal, cu sentimentul că sunt martora unui ritual sacru.

Niciodată nu mi-a trecut prin minte că dragostea putea să fie și altfel decât atotmistuitoare. Încă de când eram doar un copil, am știut că n-o să mă mulțumesc niciodată cu mai puțin.

Apoi, însă, ceea ce nu fusese la început decât un mănunchi de celule maligne a ajuns să o omoare pe mama şi eu n-am mai vrut să trăiesc vreodată un astfel de sentiment. Când am pierdut-o, am simţit că mă înec în toată dragostea aceea pe care o aveam în mine şi care nu mai putea fi oferită vreodată. Mă umplea, mă sufoca, asemenea unei cârpe îmbibate în benzină, revărsate în lacrimi şi tânguiri şi într-o tăcere apăsătoare, pulsând. Oricât de tare m-ar fi durut pe mine, ştiam că pentru tata era şi mai rău.

Am ştiut dintotdeauna că nu se va mai îndrăgosti niciodată de altcineva. În privinţa asta, tata a fost mereu uşor de înţeles. Era un tip direct şi tăcut: păşea molcom, vorbea domol; până şi furia lui era liniştită. La el doar iubirea era asurzitoare. Iubirea lui era un muget clocotitor şi asurzitor. Iar după ce a iubit-o pe mama cu intensitatea unor explozii solare şi după ce, cu o suflare abia simţită, ea şi-a dat sfârşitul, mi-am imaginat că tot restul vieţii lui tata o să fie posac şi n-o să mai vrea niciodată o femeie aşa cum şi-o dorise pe mama.

Înainte să moară, mama i-a lăsat o listă cu lucrurile de care voia ca tata să-şi amintească în timp ce supraveghea devenirea mea ca adult:

1. Nu o răsfăţa cu jucării; răsfaţ-o cu cărţi.

2. Spune-i că o iubeşti. Fetele au nevoie de aceste cuvinte.

3. Când e tăcută, fii tu vorbăreţ.

4. Dă-i lui Macy zece dolari pe săptămână. Determin-o să economisească doi. Învaț-o valoarea banilor.

5. Până la 16 ani, ar trebui să fie întotdeauna acasă la ora zece cel târziu, fără excepții.

Lista continua tot așa, până după ce treceam bine de 50 de ani. Nu era neapărat vorba că nu ar fi avut încredere în tata; voia numai ca eu să îi simt influența chiar și după ce nu va mai fi. Tata recitea frecvent lista, făcea adnotări cu creionul, sublinia anumite lucruri, se asigura că nu îi scapă vreo etapă sau că nu greșește pe undeva. Pe măsură ce am crescut, lista a devenit un soi de biblie. Nu chiar o carte cu reguli, cât mai ales o garanție că erau firești toate acele aspecte cu care eu și tata ne confruntam.

O regulă, mai ales, avea mare importanță pentru tata.

25. Când Macy pare atât de obosită după școală, încât nu mai e în stare să spună nici măcar o propoziție, scoate-o din stresul zilnic. Găsește un loc convenabil și nu departe de casă, unde să evadați în weekend și unde să-i lași un respiro.

Chiar dacă mama nu și-a propus, probabil, niciodată să *cumpărăm* practic o casă pentru weekend, tata — un tip care lua lucrurile *ad litteram* — a strâns bani, a plănuit și a cercetat toate orășelele la nord de San Francisco și s-a pregătit pentru ziua când avea să fie nevoie să investească într-un loc unde să ne retragem.

În primii câțiva ani de la moartea mamei, m-a supravegheat și ochii lui albaștri ca gheața m-au privit cumva blând și iscoditor, în același timp. Îmi punea întrebări care aveau nevoie de răspunsuri lungi sau oricum mai lungi decât „da" sau „nu" sau „nu-mi pasă". Prima dată când la o astfel de întrebare detaliată i-am răspuns absentă, cu un mormăit, prea obosită după antrenamentul de înot și după teme, plictisită în plus de efortul anost de a face față unor prietene insistent de dramatice, tata a telefonat unei agente imobiliare și i-a cerut să găsească pentru noi casa de weekend perfectă în Healdsburg, California.

Prima dată am văzut-o cu prilejul unei vizionări pe care o organizase o agentă din zonă. Aceasta ne-a deschis ușa cu un zâmbet larg și o privire ușor piezișă și critică la adresa agentei noastre venite din marele San Francisco. Aflată lângă un pârâu care avea să clipocească incontinuu pe sub fereastra mea și ascunsă bine în umbra pădurii, casa era o cabană serios aplecată într-o rână, cu patru dormitoare și acoperișul de șindrilă, pereți foarte umezi și potențial igrasioși. Era mai mare decât aveam noi nevoie, cu mai mult teren decât ne-ar fi fost posibil să întreținem și nici tata, nici eu nu ne-am dat seama la vremea respectivă că încăperea cea mai importantă din casă urma să devină biblioteca pe care el avea să mi-o facă în debaraua generoasă din camera mea.

Și nici n-ar fi avut de unde să știe tata că întregul meu univers urma să se oprească la casa vecină, unde avea să fie ținut în palma unui tocilar slăbănog, pe nume Elliot Lewis Petropoulos.

acum

marţi, 3 octombrie

Dacă trag o linie dreaptă de la apartamentul meu din San Francisco şi până la Berkeley, distanţa n-ar fi mai mare de şaptesprezece kilometri, dar, fără maşină, naveta tot îţi ia mai bine de o oră chiar şi în intervalele cel mai puţin aglomerate. Mă uit la ceas şi zic:

— Azi-dimineaţă am prins un autobuz la ora şase. Două metrouri plus alt autobuz. Şapte şi treizeci. Nu-i rău deloc.

Sabrina îşi şterge urma de spumă de lapte de pe buza de sus. Oricât de bine ar înţelege faptul că evit autoturismele, ştiu că o parte din ea crede că ar trebui pur şi simplu să mă străduiesc să scap de asta şi să-mi cumpăr un Subaru sau un Prius, aşa cum face orice locuitor respectabil din Bay Area[1].

— Să nu mai zică nimeni că nu eşti o sfântă.

— Chiar că sunt. Tu m-ai făcut să ies din bula mea.

1 San Francisco Bay Area (Regiunea Golfului San Francisco) – aria din jurul oraşului San Francisco şi al golfului cu acelaşi nume, din care fac parte San Francisco, Oakland şi San Jose.

O spun însă cu zâmbetul pe buze și mă uit în jos, la fetița Sabrinei așezată în poala mea. N-am văzut-o pe adorabila de Vivienne decât de două ori până acum și mi se pare că e de două ori mai mare.

— Bine că *ai meritat*.

Țin bebeluși în brațe în fiecare zi, dar nu simt niciodată ce simt cu ea. La Tufts[2], camera mea de cămin era vizavi de a Sabrinei. Pe urmă ne-am mutat într-un apartament din afara campusului, înainte de a avansa oarecum, pe durata studiilor noastre postuniversitare, într-o casă gata să se prăbușească. Ca un făcut, am ajuns amândouă pe Coasta de Est, în Bay Area, iar acum Sabrina are un *bebe*. Faptul că suntem destul de mari acum ca să facem asta — să naștem copii, să ne *înmulțim* — este sentimentul cel mai ciudat cu putință.

— Azi-noapte m-am trezit la unsprezece cu asta mică, zice Sabrina, privindu-ne drăgăstos, apoi zâmbetul i se strâmbă un pic la colțul buzelor. Și la două. Și la patru. Și la șase...

— OK, ai câștigat. Dar, ca s-o spun pe-a dreaptă, miroase mai bine decât cei mai mulți oameni din autobuz.

Aștern un mic sărut pe capul lui Viv și o așez mai bine în îndoitura cotului, înainte de a întinde cu grijă mâna după cafea.

Ceașca îmi lasă în palmă o senzație stranie. E din ceramică, nu din carton de unică folosință, și nici nu e ditamai cana de inox, pe care Sean mi-o umple până la refuz în fiecare dimineață, presupunând — deloc eronat — că am nevoie de o doză de cofeină demnă de Hulk, ca să fiu gata să fac față zilei. A trecut o veșnicie de când n-am mai avut răgazul să stau cu o cană adevărată în mână și să sorb o licoare, orice.

---

2 Universitatea Tufts - centru universitar privat de studii doctorale, axat esențial pe activități de cercetare.

— Deja arăți ca o mămică, zice Sabrina, uitându-se la noi de pe partea cealaltă a mesei de cafenea.

— Avantajul faptului că toată ziua lucrez cu bebeluşi.

Sabrina nu mai spune nimic preţ de un moment şi îmi dau seama de greşeala făcută. Regula numărul unu: să nu discut niciodată despre munca mea în prezenţa mamelor, mai ales a *proaspetelor* mămici. Practic, îi aud inima palpitând de partea cealaltă a mesei.

— Nu ştiu cum poţi să o faci, zice, şoptit.

În momentul prezent, fraza aceasta este un refren al vieţii mele. Se pare că prietenii mei continuă să fie uluiţi de decizia mea de a urma cursurile de pediatrie de la UCSF[3] — specialitatea terapie intensivă. Fără excepţie, surprind la ei urma bănuielii că poate nu simt mila, că îmi lipseşte sentimentul matern care, altfel, m-ar împiedica să pot fi zilnic martora suferinţelor unor copii bolnavi.

— Cineva trebuie să o facă, îi răspund Sabrinei, cu refrenul meu obişnuit.

Apoi adaug:

— Şi sunt foarte bună la ce fac.

— Sunt convinsă că aşa e.

— Uite, neurologie pediatrică? Asta n-aş putea să fac, zic şi îmi muşc buzele, înfrânându-mi fizic imboldul de a spune mai mult...

Ţine-ţi gura, Macy. Închide *gura aia mare* şi taci.

Sabrina dă scurt din cap şi se uită la copila ei. Viv îmi zâmbeşte şi dă entuziasmată din picioruşe.

— Nu toate poveştile sunt triste, spun şi o gâdil pe burtă. În fiecare zi au loc mici miracole, nu-i aşa scumpete?

Sabrina schimbă subiectul, cu vocea destul de ridicată, încât să pară uşor distonant:

— Cum merg pregătirile de nuntă?

3 Universitatea California San Francisco.

Icnesc şi îmi lipesc faţa de gâtul lui Viv, să îi adulmec mirosul dulce, de bebeluş.

— Aşa de bine, care va să zică?

Sabrina râde şi întinde mâinile după copilă, ca şi cum nu mai suportă să o împartă cu altcineva. Nu pot să o condamn. Micul ghemotoc din braţele mele e aşa de călduţ şi de maleabil.

— Scumpo, e perfectă, îi şoptesc şi îi întind bebeluşul. O fetiţă foarte zdravănă.

Brusc, de parcă tot ce fac este cumva conectat la amintirile mele despre *ei* — viaţa gălăgioasă de alături, familia uriaşă şi haotică pe care eu n-am avut-o niciodată —, mă loveşte nostalgia ultimului bebeluş cu care am stat într-adevăr şi care nu a avut legătură cu serviciul. E o amintire a mea din adolescenţă uitându-mă la Alex, în timp ce dormea în leagănul ei.

Mintea îmi ţopăie în sute de imagini: doamna Dina pregătind cina, cu Alex înfăşată şi prinsă de-a curmezişul peste pieptul ei. Domnul Nick ţinând-o pe Alex în braţele lui durdulii şi păroase, uitându-se la ea cu tandreţea unui întreg sat. George, la 16 ani, care încearcă să schimbe fără incidente un scutec, pe canapeaua familiei — şi nu izbuteşte. Felul protector în care Nick Jr., George şi Andreas stau aplecaţi şi îşi privesc surioara adorată. Apoi, invariabil, mintea se mută la Elliot, aflat exact în spate sau undeva, aşteptând tăcut ca fraţii lui mai mari să plece la ale lor, să se bată, să alerge sau să facă prostii, ca să-l lase să o ia în braţe pe Alex, să-i citească, să-i acorde toată atenţia.

Mi-e atât de dor de ei, încât mă doare. Mai ales dor de el.

— Mace, mă apostrofează Sabrina.

Clipesc.

— Ce-i?

— Nunta?

— Da.

Dispoziția mi se schimbă; perspectiva planificării unei nunți, în timp ce jonglez cu o sută de ore pe săptămână la spital, mă epuizează garantat.

— Încă n-am ajuns acolo. Încă mai trebuie să stabilim o dată, să alegem locul... totul. Lui Sean nu-i pasă de detalii, ceea ce e bine, cred?

— Bineînțeles, răspunde Sabrina cu falsă seninătate, mutând-o pe Viv ca să o alăpteze, camuflat, la masă. În plus, care-i graba?

Dincolo de suprafață, întrebarea ei are ascuns un alt gând, pereche: *Sunt prietena ta cea mai bună și nu l-am văzut decât de două ori pe tip, ce mama dracului. Care-i graba?*

Are dreptate. Nu e nicio grabă. Suntem împreună numai de câteva luni. Doar că, în mai bine de zece ani, Sean e primul bărbat pe care l-am cunoscut și cu care pot să fiu fără să simt vreo reținere. E blând, calm și când fetița lui de șase ani, Phoebe, ne-a întrebat când o să ne căsătorim, asta a părut să schimbe ceva în el și l-a împins ca tot atunci, mai târziu, să îmi pună la rândul lui aceeași întrebare.

— Pe cuvânt, îi spun Sabrinei, nu am noutăți interesante. Adică — nu. Am o programare la dentist, săptămâna viitoare.

Sabrina izbucnește în râs.

— La asta am ajuns, zic. În afară de tine, ăsta e singurul lucru care sparge monotonia viitorului apropiat. Muncă, somn și de la capăt.

Prietena mea îmi înțelege cuvintele drept o invitație de a vorbi liber despre noua ei familie compusă din trei membri, așa că dă drumul unei liste de reușite: primul surâs, primele hohote de râs și, chiar ieri, un pumnișor întins cu precizie ca să apuce ferm degetul mamei.

O ascult și mi-e drag fiecare detaliu, acceptat așa cum este de fapt: un miracol. Mi-aș dori să-i aud toate „detaliile normale" ale fiecărei zile. Îmi place mult ce fac, dar duc dorul să... vorbesc doar.

Astăzi sunt programată să intru în tură la amiază și probabil am să fiu pe secție până la miezul nopții. O să mă întorc acasă, să dorm câteva ore, și mâine o iau de la capăt. Chiar și după cafeaua cu Sabrina și Viv, restul zilei de azi se va contopi cu ziua următoare și — dacă nu se întâmplă ceva cu adevărat îngrozitor pe secție — nu-mi voi aminti absolut nimic din ziua aceasta.

Așa că, în timp ce Sabrina vorbește, încerc să absorb cât pot de mult din lumea aceasta exterioară. Trag în piept mirosul de cafea și de pâine prăjită, sunetul muzicii care răsună dincolo de zarva clienților. Când Sabrina se apleacă să scoată o suzetă din geanta pentru scutece, mă uit spre tejghea și trec în revistă femeia cu *dread*-uri roz, bărbatul mai scund, cu un tatuaj pe gât, care preia comenzile și, în fața lor, bustul lung, masculin, care mă surprinde și mă face deosebit de atentă.

Părul aproape negru e des și ciufulit și îi cade peste vârful urechilor. Gulerul îi e întors înăuntru într-o parte, poala cămășii, scoasă din perechea de blugi negri și uzați. E încălțat cu Vans *slip-on* cu un imprimeu în carouri, decolorat și demodat. De-a curmezișul umărului are o geantă de poștaș care i se sprijină pe șoldul opus.

Stă cu spatele la mine și arată la fel cu alți o mie de bărbați din Berkeley, dar eu știu exact despre care dintre ei e vorba.

Îl dă de gol cartea groasă, cu colțurile paginilor întoarse: doar un singur om din câți cunosc ar reciti *Ivanhoe* în fiecare lună octombrie. Ritualic și cu adorație absolută.

Incapabilă să-mi iau ochii de la el, încremenesc în așteptarea momentului când se va întoarce și am să văd cum l-au transformat ultimii unsprezece ani. Abia dacă pot să mă gândesc la cum arăt eu însămi: uniforma medicală de culoarea mentei, tenişi, părul strâns neglijent în coadă de cal. Pe de altă parte, însă, niciunul dintre noi nu se gândise înainte vreodată să analizeze cum arătăm sau cât de îngrijiţi suntem. Eram întotdeauna prea ocupaţi să ne memorăm unul pe celălalt.

Sabina îmi distrage atenţia, în timp ce fantoma trecutului meu tocmai plătește ce comandase.

— Mace?

— Scuze, zic și bat din pleoape. Am. Scuze. Am... ce-i?

— Băteam câmpii despre dermatita de scutec. Dar sunt mai interesată de ce te-a făcut să fii aşa de...

Se întoarce să-mi urmărească direcţia privirii.

— *Ah.*

„Ah"-ul acesta al ei încă nu înseamnă că a priceput. Este doar legat de cum arată, de la spate, bărbatul acela. E înalt — asta s-a întâmplat brusc, atunci când a împlinit 15 ani. E lat în umeri — tot brusc s-a întâmplat, dar mai târziu. Îmi aduc aminte că observasem asta atunci când cu blugii lăsaţi la genunchi s-a aplecat pentru prima dată peste mine și trupul lui lat a obturat lumina slabă de deasupra. Are părul des – dar aşa l-a avut întotdeauna. Blugii îi stau lăsaţi pe şolduri şi fundul e super. N-am... habar nu am când s-a întâmplat *asta.*

În esenţă, este exact genul de bărbat la care ne-am holba în tăcere înainte de a ne privi una pe cealaltă cu expresia mută *Cam da, corect?* E una dintre cele mai bizare conştientizări din viaţa mea: a devenit genul de necunoscut pe care l-aş admira, visătoare.

E destul de ciudat să-l văd de la spate şi mă uit la el atât de intens, încât preţ de o clipă sunt convinsă că nici nu e el, de fapt.

Ar putea să fie oricine, în principiu — şi, oricum, după zece ani în care am fost despărţiţi, cât de bine mai cunosc eu trupul acesta?

Se întoarce şi simt cum spaţiul rămâne fără aer. E ca şi cum aş fi fost lovită în plexul solar şi diafragma mi-a paralizat pentru o clipă.

Sabrina îmi aude hârâitul sec şi se întoarce iar la mine. O simt cum începe să se ridice de pe scaun.

— Mace?

Trag aer în piept, dar respiraţia mi-e scurtă şi repezită şi mă usturǎ ochii. El are acelaşi gen de ochelari cu rame groase, dar nu îi mai micşorează faţa. Ochii căprui-intens sunt în continuare măriţi de lentilele groase. Nasul e la fel — dar nu mai e prea mare pentru faţă. Iar buzele sunt la fel şi ele — drepte, netede, capabile de cel mai perfect zâmbet sardonic.

Nici nu îmi pot imagina ce figură ar face dacă m-ar vedea aici. S-ar putea să fie o expresie cum nu am mai văzut vreodată la el.

— Mace?

Sabrina întinde spre mine mâna liberă şi mă prinde de braţ.

— Scumpo, eşti bine?

Înghit şi închid ochii, să mă scot singură din transă.

— Mda.

— Eşti sigură? insistă, nu prea convinsă.

— Adică...

Înghit din nou, deschid ochii şi vreau să mă uit la ea, dar privirea îmi e din nou atrasă, peste umărul ei.

— Tipul de colo... E Elliot.

De astă dată scoate un „Ah" plin de înţeles.

atunci

vineri, 9 august
cu cincisprezece ani în urmă

Pe Eliot l-am văzut prima dată în ziua când am fost să vizităm casa.

Cabana era goală; spre deosebire de „produsele” imobiliare bine regizate din Bay Area, casa asta excentrică, pusă la vânzare în Healdsburg, fusese lăsată complet nemobilată. Deși, ca adult, aveam să învăț să apreciez potențialul pe care îl prezintă spațiile nedecorate, ochilor mei de adolescentă li s-a părut rece și stearpă goliciunea aceea. Casa noastră din Berkley era dezinvolt haotică. Cât a trăit, înclinațiile spre sentimentalism ale mamei au excedat minimalismul danez al tatei, iar după moartea ei a devenit clar că nu s-a îndurat să simplifice decorul.

La cabană, pe pereți erau zone mai închise la culoare, în locurile unde mulți ani stătuseră atârnate tablouri. Covorul avea o dâră de uzură care dovedea traseul preferat al foștilor locatari: de la intrare și până în bucătărie. Etajul era deschis, cu vedere spre intrare, iar coridorul care dădea spre parter era mărginit doar de o balustradă de lemn, în capăt. La etaj, uşile camerelor erau toate închise, ceea ce conferea culoarului lung un aer uşor bântuit.

— În capăt, a zis tata, făcându-mi semn cu bărbia ridicată spre locul unde voia să mă duc.

El studiase casa online şi ştia ceva mai bine decât mine la ce să se aştepte.

— Camera de acolo ar putea să fie a ta.

Am urcat scara întunecoasă, am trecut pe lângă dormitorul matrimonial şi baie şi am mers până în capătul coridorului lung şi îngust. Vedeam pe sub uşă o lumină slabă, verzuie — ceva ce aveam să aflu repede a fi rezultatul zugrăvelii verde-crud, luminate de soarele după-amiezii târzii. Mânerul rotund şi rece al uşii era de sticlă, dar nu mată. S-a învârtit cu un scârţâit ruginit. Uşa nu s-a deschis, umezeala persistentă îi înţepenise marginile. Am împins-o cu umărul, hotărâtă să intru, şi era cât pe ce să mă prăvălesc înăuntru, în camera luminoasă şi caldă.

Era de aproape de două ori mai lungă decât lată. Peretele lung, aproape în întregime ocupat de o fereastră imensă care dădea spre o colină plină de copaci deşi, acoperiţi cu muşchi. Pe peretele mai îngust, în capăt, o fereastră înaltă şi zveltă stătea aidoma unui majordom răbdător şi privea spre Russian River, aflat undeva, departe.

Dacă parterul nu era deloc impresionant, cel puţin dormitoarele erau promiţătoare.

Entuziasmată, m-am întors să–l caut pe tata.

— Mace, ai văzut debaraua de aici? a venit întrebarea lui, exact când păşeam afară din cameră şi el ieşea din dormitorul matrimonial. Mă gândeam că am putea să o transformăm într-o bibliotecă pentru tine.

Am auzit cum îl cheamă una dintre agente așa că, în loc să vină la mine, a luat-o înapoi în jos pe scări.

M-am întors în dormitor și am mers în spate. Ușa debaralei s-a deschis fără împotrivire. Clanța era chiar caldă când am pus mâna pe ea.

La fel ca orice alt loc din casă, era complet neamenajată. Dar nu era goală.

Perplexă și ușor panicată, inima a început să-mi bată mai tare.

În spațiul acela larg, un băiat stătea întins pe jos. Citise, ghemuit în colțul cel mai îndepărtat, cu spatele cocoșat și gâtul arcuit, ca un C, astfel încât să încapă în partea cea mai scundă, sub tavanul în pantă.

Nu putea să aibă mai mult de 13 ani, la fel ca mine. Slab, cu un păr des și negru care avea nevoie urgentă să ia contact cu niște foarfece și ochi mari, căprui, ce priveau de după ochelarii zdraveni. Nasul îi era prea mare pentru față, dinții, prea mari pentru gură, iar întreaga lui prezență era prea mare pentru o încăpere care ar fi trebuit să fie goală.

Întrebarea a izbucnit din mine ca o erupție, tivită cu neliniște:

— Tu cine ești?

Băiatul m-a fixat cu privirea, ochii, holbați de surpriză.

— Nu mi-am dat seama că o să vină într-adevăr cineva să vadă casa asta.

Inima încă îmi bubuia în piept. Ceva din felul în care mă privea — ochii mari din spatele lentilelor, fără să clipească — m-a făcut să mă simt ciudat de expusă.

— Ne gândim să o cumpărăm.

Băiatul s-a ridicat în picioare, și-a scuturat hainele de praf și a dezvelit astfel partea cea mai groasă a piciorului, adică genunchiul. Avea pantofi maro de piele lucioasă, cămașa călcată și băgată în pantalonii scurți, sport. Părea complet inofensiv... dar de îndată ce a făcut un pas în față, inima mi s-a panicat și am exclamat:

— Tata are centura neagră.

— Pe bune? a zis, cu un aer pe jumătate speriat, pe jumătate sceptic.

— Da.

S-a încruntat și sprâncenele i s-au unit într-o singură linie.

— La ce?

Mi-am lăsat pumnii în jos, de unde îi ținusem proptiți, în șold.

— Bine, n-are centura neagră. Dar e ditamai.

Păruse să creadă partea asta și, neliniștit, s-a uitat peste umărul meu.

— Oricum, ce faci aici? l-am întrebat, privind în jur.

Spațiul era imens, pentru o debara. Un pătrat perfect, cel puțin trei metri și jumătate pe fiecare latură, cu un tavan înalt care se apleca brusc spre fundul încăperii, unde nu avea probabil mai mult de un metru înălțime. Mă vedeam stând acolo, pe o canapea cu perne și cărți, petrecând o după-amiază de sâmbătă perfectă.

— Îmi place să citesc aici, a zis.

A ridicat din umeri și simetria mintală dintre noi a trezit în mine ceva ce dormita, o vibrație pe care nu o mai simțisem de mulți ani.

— Pe vremea când casa aparținea familiei Hanson, mama avea o cheie și ei nu veneau niciodată aici.

— Părinții tăi o să cumpere casa asta?

— Nu, a zis, cu un aer confuz. Eu stau alături.

— Deci, nu ai încălcat proprietatea?

A clătinat din cap.

— E zi de *vizionare*, ai uitat?

L-am privit din nou. Avea o carte groasă, cu un dragon pe copertă. Băiatul era înalt și colțuros peste tot pe unde era posibil — coate ascuțite și umeri țuguiați. Părul era vâlvoi, dar pieptănat. Avea unghiile tăiate.

— Deci, doar stai pe aici?

— Uneori. Sunt vreo doi ani de când casa stă goală.

Am mijit ochii.

— Ești *sigur* că ar trebui să fii aici? Mi se pare că ai răsuflarea tăiată și ești agitat, parcă.

A strâns din umeri colțuroși, ridicați spre cer.

— Poate că tocmai am alergat la maraton.

— Nu pari să fii în stare să alergi nici măcar până la colț.

Băiatul s-a oprit să-și tragă sufletul și pe urmă a izbucnit în râs. Era un hohot care nu părea să fie eliberat prea des și ceva a înflorit în sinea mea.

— Cum te cheamă?

— Elliot. Și pe tine?

— Macy.

Elliot m-a fixat cu privirea, și-a împins cu un deget ochelarii pe nas, dar aceștia au alunecat imediat la loc.

— Știi, dacă o să cumpărați casa asta, n-o să mai vin aici doar să citesc.

Era ceva ca o provocare în spusele lui, o alternativă pe care mi-o oferea. *Prieten sau dușman?*

Chiar aveam nevoie de un prieten.

Am pufnit și i-am zâmbit fără entuziasm.

— Dacă o să cumpărăm casa asta, poţi să vii şi să citeşti aici, dacă vrei.

Elliot a surâs, cu un zâmbet aşa de larg, că puteam să-i văd dinţii.

— Poate că în tot timpul ăsta n-am făcut decât să o ţin la cald pentru tine.

acum

marți, 3 octombrie

Elliot nu m-a zărit încă.

Își așteaptă cafeaua la bar, cu capul plecat, privind în jos. Într-o mare de oameni conectați cu lumea, dar izolați prin intermediul telefoanelor smart, Elliot citește o carte.

Măcar *are* și el un telefon? În cazul oricui altcuiva, întrebarea ar fi absurdă. Nu și în cazul lui. Acum unsprezece ani avea, dar era unul preluat de la taică-său, genul de telefon cu clapetă, la care trebuia să apese tasta 5 de trei ori dacă voia să scrie litera *L*. Arareori îl folosea în alte scopuri, în afară de prespapier.

— Când l-ai văzut ultima dată? mă întreabă Sabrina.

Clipesc spre ea și îmi încrețesc fruntea. Știu că știe răspunsul la întrebare, cel puțin în mare. Dar expresia mi se relaxează când îmi dau seama că în momentul acesta nu poate face nimic altceva decât conversație; mă transformasem într-o maniacă mută.

— Din ultimul an de liceu. De Anul Nou.

— *Corect*, zice, crispată, și își arată toți dinții.

Cu instinctele trezite, un avânt spre autoapărare mă împinge în sus și sar de pe scaun.

— Scuză-mă, spun, cu ochii la ea și la Viv. Acum o să plec.

— Sigur. Da. Absolut.

— Te sun în weekend? Poate mergem în Parcul Golden Gate.

Sabrina continuă să dea afirmativ din cap, ca și cum propunerea mea, lansată automat, ca un robot, ar fi măcar pe departe posibilă. Știm amândouă că eu n-am mai avut un weekend liber de dinainte de a-mi începe rezidențiatul, în iulie.

Încerc să mă mișc cât mai discret posibil, îmi trec geanta peste umăr și mă aplec să o sărut pe Sabrina pe obraz.

— Te iubesc, îi spun și mi-aș dori să o pot lua cu mine. Și ea miroase tot a bebeluș.

Sabrina dă din cap, la fel de afectuoasă, și în timp ce eu mă uit la Viv și la pumnișorul ei dolofan, privește peste umăr în spate și încremenește.

După postura ei înțeleg că Elliot m-a văzut.

— Ăăm..., zice ea, revenită cu ochii la mine.

Îmi face semn din bărbie, că probabil ar trebui să mă uit și eu.

— Vine încoace.

Mă scotocesc în geantă, străduindu-mă să par foarte ocupată și distrasă.

— O s-o tai rapid, mormăi.

— Mace?

Îngheț, cu o mână pe bareta genții și ochii în podea. Mă străbate un spasm de nostalgie în clipa când îi aud vocea. Până să i se schimbe, fusese pițigăiată și stridentă. I se spusese la nesfârșit, repetat, tâmpenia cu vocea nazală și miorlăită și apoi, într-o bună zi, universul a avut ultimul cuvânt și i-a dat lui Elliot o voce caldă și dulce ca mierea.

Îmi pronunță din nou numele — de astă dată fără poreclă, doar mai șoptit:

— Macy Lea?

Ridic ochii și — dintr-un impuls de care sunt sigură că am să râd până la moarte — ridic mâna și fac un semn fără vlagă, apoi îl salut, senină:

— Elliot! Bună!

Ca și cum am fi doar niște cunoștințe oarecare, de la turul de orientare din anul întâi.

Știi ce zic, de parcă ne-am întâlnit o dată în trenul spre Santa Barbara.

În timp ce Elliot își dă la o parte din ochii părul des, cu un gest de neîncredere pe care i l-am văzut de un milion de ori, mă întorc și îmi fac loc prin mulțime, până ies pe trotuar. O iau la fugă în direcția greșită, dar nu îmi dau seama de eroare decât la jumătatea cvartalului și atunci fac stânga împrejur. O iau în sensul opus, cu pași mari și capul în pământ, inima îmi bubuie și mă izbesc fix de un piept lat.

— Ah! Scuze! exclam, înainte să ridic ochii și să-mi dau seama ce am făcut.

Mâinile lui Elliot mă prind de brațe și mă țin locului, la doar câțiva centimetri de el. Știu că se uită la fața mea, așteaptă ca privirea mea să o întâlnească pe a lui, dar mie mi-au încremenit ochii pe mărul lui Adam și gândurile mi-au înțepenit, amintindu-mi cum obișnuiam să mă uit pe furiș la gâtul lui, când și când, în timpul orelor nesfârșite în care citeam împreună în debara.

— Macy. Pe bune? zice şoptit şi asta înseamnă o mie de lucruri.

Pe bune, tu eşti?

Pe bune, de ce ai luat-o la fugă, aşa?

Pe bune, unde ai fost în ultimii zece ani?

O parte din mine şi-ar dori să fiu genul de persoană care trece cu forţa mai departe şi o ia la goană, prefăcându-se că nu s-a întâmplat nimic. Aş fi putut să mă întorc la metrou, să iau un autobuz până la spital şi să mă afund în agitaţia activităţii zilnice, făcând faţă unor emoţii care, sincer, sunt mult mai mari şi mai valoroase decât ce simt acum.

O altă parte din mine, însă, a aşteptat exact acest moment în ultimii unsprezece ani. Uşurarea şi angoasa îmi pulsează puternic în sânge. În fiecare zi mi-am dorit să îl văd. Dar am vrut şi să nu îl mai văd niciodată.

— Bună.

Reuşesc în sfârşit să ridic privirea la el. Încerc să îmi dau seama ce să mai spun; capul mi-e plin de cuvinte fără noimă. O furtună de alb şi negru.

— Te-ai...? dă să spună, cu respiraţia tăiată, fără să-mi fi dat încă drumul. Te-ai mutat înapoi aici?

— În San Francisco.

Mă uit la el în timp ce îmi inspectează uniforma medicală, tenişii urâţi.

— Medic?

— Mda. Rezident.

Sunt un robot.

Ridică din sprâncenele negre.

— Şi ce faci *azi* aici?

Doamne, e ciudat să începi cu asta. Dar, când un munte îți stă în cale, presupun că începi prin a face un pas în față, pe calea cea mai directă.

— M-am întâlnit cu Sabrina, la o cafea.

Elliot încrețește din nas, o expresie dureros de familiară, semn că nu pricepe.

— Colega mea de cămin din facultate, îl lămuresc. Stă în Berkeley.

E puțin dezumflat și asta îmi amintește că nu o cunoaște pe Sabrina. Înainte, ne deranja și dacă trecea doar o lună între două puneri la curent. Acum sunt ani și o viață întreagă pe care nu o știm despre celălalt.

— Te-am sunat, zice. Gen, de un milion de ori. Pe urmă ți-ai schimbat numărul.

Își trece mâna prin păr și ridică din umeri neajutorat. Îl înțeleg. Tot momentul ăsta de rahat este ireal. Chiar și acum, e de neînțeles cum de ne-am lăsat să ne îndepărtăm așa unul de altul. De ce *eu* am lăsat să se întâmple asta.

— Știu. Eu... ăăm, mi-am luat un alt telefon, îi explic, penibil.

Râde, dar nu hohotul nu sună deosebit de vesel.

— Mda, mi-am închipuit.

— Elliot, zic, înghițindu-mi cu forța nodul care mi s-a pus din gât când i-am rostit numele. Scuze. Chiar trebuie să fug. Trebuie să fiu la muncă în curând.

Se apleacă, să fie la același nivel cu fața mea.

— Glumești? zice, căscând ochii. Nu se poate să dau pur și simplu peste tine la cafenea și să fie gen „Bună, Macy, ce mai e nou?" și pe urmă tu să pleci la serviciu și eu să plec la muncă și pe urmă să nu vorbim iar, încă *zece ani blestemați*.

Poftim, asta e. Elliot nu a fost niciodată în stare să accepte convenţionalul.

— Nu sunt pregătită pentru aşa ceva, îi recunosc, în şoaptă.

— Trebuie să fii *pregătită* pentru mine?

— Dacă e cineva pentru care trebuie să mă pregătesc, tu eşti acela.

Vorbele mele îl lovesc exact acolo unde voiam — fix în centrul unui miez de vulnerabilitate –, dar în final ajunge să-mi pară rău, imediat ce văd că se tulbură.

La dracu'.

— Acordă-mi un minut, insistă şi mă trage la marginea trotuarului, să nu stăm în calea fluxului permanent de navetişti. Ce mai faci? De cât timp te-ai întors? Ce mai face Duncan?

Peste tot în jurul nostru, lumea pare că a încremenit.

— Fac bine, îi răspund mecanic. În mai m-am mutat înapoi.

A treia întrebare pe care mi-a pus-o mă termină şi îi răspund tremurând:

— Şi, ăăm... tata a murit.

Elliot se clatină uşor pe spate.

— *Poftim*?

— Mda, zic, bălmăjit.

Rămân mută, încremenită, mă lupt să rescriu istoria, să reconectez o mie de sinapse din creierul meu.

Reuşesc cumva să port această conversaţie fără să mă pierd complet, dar dacă mai rămân aici două minute, nu mai răspund de mine. Cu Elliot care mă întreabă de tata, cu doar două ore de somn şi cu perspectiva unei zile de muncă de optsprezece ore... trebuie să scap de aici înainte să clachez.

Când ridic însă privirea spre el, văd chipul lui ca o oglindă care reflectă ce se întâmplă în sufletul meu. Pare devastat. Este singurul care să fi avut o astfel de expresie după ce a aflat că tata a murit, pentru că e singurul care putea să priceapă ce a însemnat pentru mine dispariția tatei.

— Duncan *a murit*?

Tonul vocii e grav, plin de emoție.

— Macy, de ce nu mi-ai spus?

Să dea dracii, *asta* chiar e o întrebare serioasă.

Clatin din cap și zic:

— Eu... Noi doi nu mai țineam legătura, când s-a întâmplat.

Greața îmi urcă din stomac în gât. Ce mai pretext. Ce evadare de toată jena.

Elliot scutură din cap.

— N-am știut. Îmi pare rău, Mace.

Îmi mai dau trei secunde în care să-l privesc și asta înseamnă încă un pumn în stomac. El e stâlpul meu. Mereu a fost stâlpul meu. Prietenul meu cel mai bun, confidentul meu, iubirea vieții mele, probabil. Și eu mi-am petrecut ultimii unsprezece ani furioasă și convinsă că doar eu am dreptate. Până la urmă, însă, el e cel care a deschis o breșă între noi și soarta a lărgit-o cât a putut de tare.

— O să plec, exclam, brusc stânjenită. Bine?

Înainte ca Elliot să îmi poată răspunde, o iau iute în josul străzii, spre stația de metrou. Pășesc în viteză și tot drumul pe care în fac înapoi, în golf, am impresia că e chiar acolo, în spatele meu sau pe un scaun, în autobuzul următor.

atunci

vineri, 11 octombrie
cu cincisprezece ani în urmă

Două luni mai târziu, când am parcat camionul firmei de mutări, întreaga familie Petropoulos se afla pe peluza din fața casei lor. Camionul era plin doar pe jumătate, pentru că atunci când l-am închiriat, tata și cu mine crezuserăm că vom lua cu noi mai multe lucruri. Până la urmă, totuși, am cumpărat de la magazinul cu consignație doar atâta mobilă cât să avem unde să dormim, să mâncăm și să citim, nimic mai mult.

Tata îi spunea „mobilier de surcele". N-am priceput de ce.

Poate că aș fi făcut-o, dacă mi-aș fi îngăduit răgazul să mă gândesc la asta câteva minute, dar singurul gând pe care îl avusesem pe tot parcursul celor nouăzeci de minute de drum a fost că mergem la o casă pe care mama nu o văzuse niciodată. Da, voise ca noi să facem asta, dar nu o alesese ea, nu o văzuse. Realitatea aceea avea ceva absolut cumplit de dezagreabil. Tata mai conducea încă Volvo-ul lui verde, vechi și hodorogit. Locuiam încă în aceeași casă de pe Rose Street. Fiecare piesă de mobilier din casa acea era acolo de când trăia mama. Aveam haine noi, dar când mergeam la cumpărături întotdeauna simţeam puţin că mama era aceea care le alegea, printr-o anume intervenţie divină, pentru că tata avea un stil de a-mi aduce lucrurile cele mai mari şi mai lăbărţate şi, invariabil, o vânzătoare înţelegătoare apărea cu un braţ de haine potrivite şi îi garanta că da, ele sunt ce poartă fetele acum şi nu, nu vă faceţi griji, domnule Sorensen.

Coborâtă din camion, mi-am aranjat cămaşa peste betelia şortului şi m-am uitat la echipa care se aduna acum pe aleea noastră cu pietriş. Mai întâi l-am zărit pe Elliot — chipul familiar din mulţime. Dar în jurul lui mai erau alţi trei băieţi şi doi părinţi zâmbitori. Imaginea familiei aceleia, mari de pocnea pe la cusături şi care aştepta să dea o mână de ajutor, nu a făcut decât să sporească durerea care mi se urca din piept, agăţându-se cu ghearele de gâtlejul meu.

Bărbatul — tatăl lui Elliot, evident, cu părul des şi negru şi un nas care îl dădea de gol — a alergat în faţă şi a întins braţul să îi strângă tatei mâna. Era mai scund ca tata, dar numai cu câţiva centimetri, ceea ce era o raritate.

— Nick Petropoulos, a zis, întorcându-se apoi să dea noroc şi cu mine. Tu eşti Macy, probabil.

— Da, domnule.

— Poţi să-mi spui Nick.

— OK, domnule... Nick.

În viaţa mea nu-mi trecuse prin minte să îi spun unui părinte pe numele mic.

A râs şi s-a uitat înapoi la tata.

— Mi-am zis că s-ar putea să ai nevoie de o mână de ajutor la descărcatul chestiilor ăstora.

Tata a zâmbit şi apoi a spus, cu recunoscuta lui simplitate:

— Drăguţ din partea ta. Mersi.

— Şi m-am mai gândit că băieţilor mei le-ar prinde bine puţină mişcare, ca să nu se caftească între ei toată ziua, a zis domnul Nick şi a întins o mână masivă şi păroasă. Acolo sunt nevastă-mea, Dina, și băieţii mei: Nick Jr., George, Andreas şi Elliot.

Trei zdrahoni de băieţi — şi Elliot — stăteau la piciorul scării noastre din faţă şi ne priveau. Am presupus că aveau toţi între 15 şi 17 ani, probabil, cu excepţia lui Elliot, care era aşa de diferit de fraţii lui, fizic vorbind, încât nu eram prea sigură câţi ani avea. Dina, mama lor, era formidabilă — înaltă, cu forme pline şi un surâs care îi punea gropiţe adânci și prietenoase în obraji. În afară de Elliot — varianta stilizată a tatălui său –, toţi ceilalţi fii ai domnului Nick semănau cu ea. Înalţi, ochii căzuţi, gropiţe.

Drăguţi.

Tatăl lor şi-a trecut braţul pe după umerii mei şi m-a tras mai aproape. M-am întrebat dacă era un gest protector sau dacă simţea şi el cât de anostă părea micuţa noastră familie, prin comparaţie cu a lui.

— Nu ştiam că ai patru băieţi. Cred că Macy l-a cunoscut deja pe Elliot, nu? a zis tata şi s-a uitat la mine pentru confirmare.

Vedeam cu coada ochiului cum Elliot se lăsa când pe un picior, când pe celălalt, stânjenit. I-am trimis un zâmbet abia schiţat.

— Mda, am zis.

Apoi, cu cea mai bună intonaţie de genul *cine face asta?* am adăugat:

— Citea la mine în debara.

— În ziua cu vizionarea știu, știu, a zis domnul Nick, gesticulând nepăsător. Ca s-o spun pe-a dreaptă, copilul ăsta are o pasiune pentru cărți și debaraua aia era locul lui preferat. Prietenul lui, Tucker, venea aici în weekenduri, dar acum a plecat.

S-a uitat apoi spre tata și a adăugat:

— Familia lui s-a mutat pe nepusă masă tocmai în Cincinnati. Din zonă viticolă, în Ohio? E la modă, nu? Dar să nu-ți faci griji, Macy. N-o să se mai întâmple.

Zâmbind, l-a urmat pe tata, care urca stoic treptele.

— Am fost vecini cu ei în ultimii șaptesprezece ani. Am intrat în casa asta de mii de ori.

O treaptă a scârțâit sub ghetele lui de muncitor.

— Asta a fost mereu cu probleme, a zis domnul Nick și a pocnit-o cu vârful ghetei, încruntat.

Chiar și la vârsta mea, am înțeles ce influență avusese gestul asupra posturii tatei. Era un tip degajat și calm, dar familiaritatea dezinvoltă a domnului Nick față de proprietatea noastră i-a injectat imediat în coloana vertebrală o rigiditate de macho.

— O s-o repar eu, a zis, pe un ton nefiresc de grav pentru el, în timp ce se apleca deasupra treptei cu pricina.

Dornic să mă asigure că orice mică problemă va fi rezolvată, a adăugat, șoptit:

— Nici după ușa din față nu mă înnebunesc, dar e destul de ușor de înlocuit. Dacă mai vezi și altceva, să-mi zici. Vreau ca totul să fie perfect.

— Tată, am spus, înghiontindu-l ușor, e deja perfect. OK?

În timp ce băieții familiei Petropoulos s-au apropiat de camionul cu lucrurile noastre, tata a scotocit după chei, a găsit-o pe cea potrivită, pe inelul cu cheile de la celelalte uşi, din cealaltă viaţă a noastră aflată la peste o sută de kilometri distanţă.

— Nu prea ştiu sigur de ce avem nevoie la bucătărie, a mormăit tata. Şi probabil o să fie cazul de oarece renovări...

M-a privit şi a zâmbit ezitant, în timp ce îmi ţinea deschisă uşa de la intrare. Eu încă evaluam veranda lată, care mergea până după o laterală a casei şi ascundea vederii arborii groşi din curtea din spate. Gândul mi-a fugit la spiriduşi tropotind prin pădure, în căutare de vârfuri de săgeată. Poate că, într-o bună zi, în pădurea aceea o să mă sărute un băiat.

Poate că o să fie unul dintre băieţii Petropoulos.

Pielea mi s-a îmbujorat şi mi-am ascuns faţa sub părul căzut odată ce mi-am plecat capul. Până atunci, nu mă îndrăgostisem decât de Jason Lee, dintr-a şaptea. Ne ştiam încă de la grădiniţă şi la Balul Primăverii dansaserăm ţepeni un dans, după care ne-am depărtat stânjeniţi şi nu am mai vorbit niciodată. Aparent, eram bine cu aproape toată lumea, la nivel de amici, dar imediat ce puneai în combinaţie fie şi cea mai palidă doză de romantism, mă transformam într-un robot spasmodic.

Am reuşit să formăm un lanţ uman eficient, în care cutiile treceau din mână în mână, şi camionul s-a golit rapid, iar mobila a rămas în seama celor mai forţoşi. Elliot şi cu mine am înşfăcat fiecare câte o cutie pe care scria Macy, să le ducem la etaj. Am mers după el, pe coridorul lung şi am intrat în camera mea, luminoasă şi goală.

— Poţi s-o pui într-un colţ, i-am zis, şi mulţumesc.

Elliot s-a uitat la mine, a dat din cap şi a lăsat jos cutia.

— Astea sunt cărţi?

— Da.

Privindu-mă pe furiș, să se asigure că e în ordine, a săltat capacul uneia dintre cutii și a aruncat o privire înăuntru. A scos cartea de deasupra. *Dă mai departe*[4].

— Ai citit-o? m-a întrebat, șovăitor.

Am dat din cap, i-am luat din mână cartea îndrăgită și am pus-o pe raftul gol din debara.

— E bună.

Surprinsă, m-am uitat la el și l-am întrebat:

— Și tu ai citit-o?

A înclinat capul și a zis, dezinvolt:

— M-a făcut să plâng.

A băgat mâna în cutie și a luat o altă carte, trecându-și un deget peste copertă.

— Și asta e bună, a spus, clipindu-mi din ochii lui mari. Ai gusturi bune.

— Citești mult, am zis eu, privindu-l fix.

— O carte pe zi, de obicei.

M-am holbat la el.

— Vorbești serios?

— Lumea vine în vacanță la Russian River, a spus, ridicând din umeri, și de foarte multe ori își lasă aici lecturile de vacanță atunci când pleacă. Biblioteca are o grămadă și eu am făcut o înțelegere cu Sue, care lucrează acolo: sunt primul care pune mâna pe donațiile noi, cu condiția să le iau luni și să le aduc înapoi miercuri.

Și-a îndesat ochelarii în susul nasului.

— Odată, a primit șase cărți noi de la o familie care venise în weekend și eu le-am citit pe toate.

— Le-ai citit pe toate în trei zile? E o demență.

Elliot s-a încruntat și a mijit ochii.

4 Carte pentru copii de Catherine Ryan Hyde.

— Crezi că te mint?

— Nu cred că minți. Câți ani ai?

— Am făcut 14, săptămâna trecută.

— Pari mai mic.

— Mersi, a zis, impasibil. Exact ce-mi doream.

A pufnit, suflându-și părul de pe frunte.

Eu am izbucnit în râs, necontrolat.

— N-am vrut să sune așa.

— Tu câți ani ai?

— 13. Ziua mea e pe 18 martie.

Și-a împins iar ochelarii în sus.

— Ești într-a opta?

— Mda. Tu?

— La fel, a zis, dând din cap, apoi a privit scrutător spațiul gol din jur.

— Părinții tăi ce fac? Lucrează în oraș?

Am scuturat capul și mi-am mușcat buza. Fără să-mi dau seama, mă bucurasem sincer să discut cu cineva care nu știa că sunt orfană de mamă, nu mă văzuse distrusă și vulnerabilă, după ce o pierdusem.

— Tata are o companie care se ocupă cu importul și vânzarea de ceramică manuală, obiecte de artă și chestii, în Berkeley.

Nu am mai spus și că totul începuse odată ce tata a început să importe ceramica frumoasă făcută de tatăl lui, care se vindea demențial de bine.

— Cool. Și ma...

— Părinții *tăi* cu ce se ocupă?

Elliot a mijit ochii, surprins de răbufnirea mea, dar mi-a răspuns.

— Mama lucrează part-time în sala de degustări de la Toad Hollow[5]. Tata e dentistul localității...

Dentistul localității. *Singurul* dentist? Până nu l-am auzit spunând-o, cred că nu-mi dădusem seama cât de mic era Healdsburg. În Berkeley, erau trei cabinete dentare numai pe drumul meu spre școală, cale de patru cvartale.

— Dar nu lucrează decât trei zile pe săptămână și probabil îți dai seama că nu-i place să stea locului. Face de toate prin oraș. Ajută la piața pentru producători. Ajută și la administrarea câtorva crame.

— Mda, vinul e o chestie serioasă pe aici, nu?

În timp ce vorbea, mi-am dat seama că pe drum trecuserăm pe lângă foarte multe crame.

— Vinul e masa de seară, a zis Elliot, râzând.

Exact atunci, în clipa aceea, am simțit că eram relaxați împreună.

De trei ani nu mă mai simțisem relaxată. Aveam prietene care nu mai știau cum să-mi vorbească sau care se săturaseră să fiu posacă ori care erau așa de focusate pe băieți, încât nu mai aveam nimic în comun.

Apoi Elliot a stricat tot:

— Părinții tăi sunt divorțați?

— Nu, am zis, cu respirația tăiată, ciudat de jignită.

Și-a aplecat capul într-o parte și m-a privit, fără să scoată o vorbă. Nu era nevoie să-mi aducă aminte că în ambele dăți când venisem în orașul acela, mama lipsise.

Am dat drumul respirației după un timp care păruse cât o oră de lung.

— Mama a murit acum trei ani.

5 Renumită podgorie din California.

Adevărul acela a reverberat împrejurul încăperii şi am ştiut că să-l recunosc schimbase irevocabil ceva între noi. Nu mai era nimic simplu în privinţa mea: nu mai eram vecina lui cea nouă, o fată, eventual interesantă şi în acelaşi timp eventual neinteresantă. Acum eram o fată pe care viaţa o marcase pentru totdeauna. Eram cineva cu care trebuia să te porţi cu grijă.

A zgâit ochii, în spatele lentilelor groase.

— Pe bune?

Am dat din cap.

Îmi doream oare să nu-i fi spus? Puţin. Ce rost avea o casă unde să te retragi în weekend, dacă nu mă puteam retrage din faţa singurului adevăr care părea să-mi oprească bătăile inimii la fiecare două minute?

Elliot şi-a privit vârful pantofilor, trăgându-se de un fir răzleţ ieşit din pantalonii lui scurţi.

— N-aş şti ce să mă fac.

— Eu nici acum nu ştiu ce să fac.

A rămas tăcut. N-am ştiut niciodată cum să reiau o discuţie după subiectul cu mama moartă. Nici cum era mai rău: să discut aşa, cu cineva relativ necunoscut, sau să discut acasă, cu cineva care ştia cum să-mi vorbească fără falsă seninătate sau simpatie siropoasă?

— Care e cuvântul tău preferat?

L-am privit cu o tresărire, întrebându-mă dacă îl auzisem bine.

— Cuvântul meu preferat?

A dat din cap şi şi-a împins iar ochelarii pe nas, boţindu-şi repede faţa, cu o mişcare îndelung exersată, care într-o singură clipă îl făcea să pară furios şi apoi surprins.

— Ai şapte cutii cu cărţi aici. Ceva mă face să cred că-ţi plac cuvintele.

Presupun că niciodată nu mă gândisem să am un cuvânt preferat, dar acum, că mă întrebase, ideea mi-a cam plăcut. Am căzut pe gânduri, cu ochii în gol.

— *Ranunculus*, am zis, după o clipă.

— Cum?

— Ranunculus. E un fel de floare. E un cuvânt foarte straniu, dar florile sunt așa de frumoase. Îmi place că e ceva surprinzător.

Erau florile preferate ale mamei, am spus doar în gând.

— E un răspuns cam de fată.

— Păi, sunt o fată.

Continua să-și țină ochii în pământ, dar știam că nu îmi imaginasem doar sclipirea de interes zărită când spusesem *ranunculus*. Fac pariu că se așteptase să zic *unicorn* sau *bănuțel* ori *vampir*.

— Și tu? Care e cuvântul tău preferat? Pariez că e *tungsten*. Sau *amfibian*, gen.

Și-a arcuit buzele într-un surâs și a răspuns:

— *Regurgitat*.

Mi-am încrețit nasul și l-am privit fix.

— E un cuvânt scârbos.

Asta l-a făcut să zâmbească și mai larg.

— Îmi place cum sună consoanele din el. Aproape la fel ca sensul cuvântului.

— O onomatopee?

Aproape mă așteptasem să aud trompetele sunând revelator dintr-un difuzor invizibil din perete, după felul în care Elliot se zgâia la mine, cu buzele întredeschise și ochelarii alunecându-i ușor de pe nas.

— Mda, a zis.

— Nu sunt complet tâmpită, să știi. Nu trebuie să fii chiar așa de surprins că mai știu și eu câteva cuvinte speciale.

— N-am crezut niciodată că ești tâmpită, a șoptit, privind spre cutie, de unde a scos încă o carte pe care mi-a întins-o.

Mult timp după ce am revenit la metoda noastră lentă și ineficace de a despacheta cărțile, l-am simțit cum se uită în sus la mine, curios, cu mici ocheade furișate.

M-am prefăcut că nu observ.

acum

miercuri, 4 octombrie

Mă simt de parcă mi-am rupt nişte copci, peste noapte. Sunt ca o rană deschisă — ca şi cum mi-am buşit un organ al afectului. Deasupra mea, tavanul pare monoton; pete de apă se preling de-a lungul fisurilor subţiri ca pânza de păianjen, care pornesc de la lustră, aidoma unor raze. Ventilatorul se roteşte leneş, iar şi iar şi iar, în jurul abajurului din sticlă gofrată. În timp ce se învârt, paletele taie aerul imitând răsuflarea sacadată a lui Sean, care doarme lângă mine.

Şşş.

Şşş.

Şşş.

Azi-dimineaţă la ora două, când am ajuns eu acasă, dormea. De data asta sunt recunoscătoare că lucrez până târziu. Nu ştiu cum aş fi reuşit să rezist la cină, cu el şi Phoebe, când eu nu mă puteam gândi la nimic altceva în afară de felul cum apăruse Elliot ieri la cafeneaua Saul.

Seara trecută, în autobuzul care mă ducea acasă, am trecut printr-un puseu pasager de vinovăţie, odată ce în mintea mea a pălit încet vâltoarea haosului din timpul gărzii și în locul ei s-a strecurat gândul întâlnirii mele întâmplătoare cu Elliot. Într-o răbufnire de panică, m-am întrebat cât de nepoliticos a fost din partea mea să nu i-l prezint Sabrinei.

Reapare al naibii de repede, așadar, omniprezent.

Mă mișc, să-mi frec obrajii și Sean se trezește, se rostogolește spre mine și mă trage mai aproape, cu mâna strecurată peste șoldul meu, dar, pentru prima dată din luna mai, când m-a sărutat, am sentimentul că trădez ceva.

Gem și mă trag într-o parte, mă ridic în capul oaselor la marginea patului și îmi reazem coatele pe genunchi.

— Ești OK, iubito? mă întreabă Sean, apoi se trage mai aproape în spatele meu și îmi pune pe umăr bărbia.

Nici măcar nu știe de existența lui Elliot. Când stai să te gândești, asta e o aiureală, pentru că, dacă mă mărit cu Sean, el ar trebui să știe totul despre mine, corect? Chiar dacă nu suntem împreună de foarte mult timp, lucrurile importante ar trebui spuse pe șleau, iar în cea mai mare parte a adolescenței mele, nu au existat prea multe lucruri mai importante ca Elliot. Sean știe că am crescut în Berkeley, că mi-am petrecut multe weekenduri în zona viticolă din Healdsburg și că acolo am avut câțiva prieteni buni. Dar habar nu are că la 13 ani l-am cunoscut pe Elliot, că m-am îndrăgostit de el când aveam 14 ani și că l-am scos din viața mea câțiva ani după aceea.

Am dat din cap.

— N-am nimic. Sunt doar obosită.

Îl simt cum întoarce capul lângă mine și se uită la ceas, așa că fac și eu la fel. E doar 6.40 și nu trebuie să mă pun în mișcare decât la ora 9.00. Somnul e o marfă prețioasă. *De ce, creiere, de ce?*

Sean își trece mâna prin părul grizonant.

— Bineînţeles că eşti obosită. Vino înapoi în pat.

Când îl aud cum o spune, ştiu că vrea de fapt să zică: Întinde-te şi hai să facem sex înainte să se trezească Phoebs.

Problema e că nu pot să risc, că dacă o fac acum cu el, este posibil să mi se pară ceva greşit.

Dracu' să-l ia pe Elliot.

Am nevoie să treacă doar câteva zile, asta e tot.

atunci

joi, 20 decembrie
cu cincisprezece ani în urmă

Nu mai petrecusem niciodată Crăciunul departe de casă, dar în acel prim an la cabană, tata spusese pe la începutul lui decembrie că o să plecăm într-o aventură. Sunt unii părinți pentru care asta ar fi putut să însemne o călătorie la Paris sau o croazieră spre o destinație exotică. Pentru tata, a însemnat să petrecem o vacanță tradițională în casa cea nouă, să aprindem o *kalenderlys*[6] – o lumânare de Crăciun – și să ne bucurăm de masa de Crăciun, cu friptură de rață, sfeclă și cartofi.

Am ajuns acolo în ziua de 28, cam pe la vremea cinei, cu mașina doldora de pachete și podoabe de pom abia cumpărate, urmați îndeaproape de un localnic din oraș, un bărbat cu un dinte de aur și un picior de lemn, care transporta în remorcă bradul nostru de Crăciun, proaspăt tăiat. I-am privit cum se chinuie cu pomul uriaș și, o clipă, chiar m-am întrebat dacă o să încapă pe ușa noastră din față. Era frig și băteam cu picioarele în pământ, să mă încălzesc. Mi-am întors inconștient privirea peste umăr și

6 Lumânare tradițională daneză de Advent, numerotată de la unu la 24.

m-am uitat la casa Petropoulos. Ferestrele erau luminate, unele chiar aburite de la condens. Un fir neîntrerupt de fum urca din coşul strâmb şi se îmbârliga aidoma unei panglici, pentru ca apoi să dispară în beznă. Din octombrie, mai vizitaserăm de trei ori cabana şi de fiecare dată Elliot venise, bătuse la uşă, iar tata îl lăsase să urce la etaj. Întinşi amândoi pe podeaua din debaraua mea – care se transforma încet într-o mică bibliotecă – citiserăm ore în şir.

Eu nu ajunsesem totuşi să văd cum era în casa lui. Acum încercam să ghicesc exact care era camera lui, să îmi imaginez ce făcea. M-am întrebat cum era pentru ei Crăciunul, într-o casă în care existau un tată şi o mamă, patru copii şi un câine cu un aspect mai degrabă cabalin decât canin. Pariez că mirosea a fursecuri şi a brad proaspăt tăiat. Am decis că era probabil greu să găseşti un loc unde să citeşti în tihnă.

Abia dacă ajunseserăm de o oră când am auzit sunând vechea noastră sonerie. Am deschis şi i-am văzut pe Elliot şi pe doamna Dina, care avea în mână cu o farfurie de carton plină vârf cu ceva greu, acoperit cu folie de aluminiu.

— V-am adus fursecuri, a zis Elliot şi şi-a potrivit ochelarii mai sus pe nas.

Avea gura plină de arcuri ortodontice şi faţa îi era acoperită de o reţea de sârme fixate pe cap.

Am rămas cu ochii holbaţi, în timp ce Elliot mă privea încruntat, tot mai îmbujorat.

— Macy, ochii la fursecuri.

— Avem musafiri, *min lille blomst*[7]? a întrebat tata, din bucătărie.

---

7 Floricica mea (dan.).

I-am simțit din ton dezacordul ușor; comentariul nerostit – *Nu putea și băiatul ăsta să aștepte până mâine?*

— Duncan, eu nu rămân, i-a strigat doamna Dina. Am adus doar fursecurile astea, dar să-l trimiți acasă pe Elliot când sunteți gata să vă așezați la masă, bine?

— Masa e aproape gata, a replicat tata, cu o voce calmă care îi masca orice reacție exterioară, dacă nu-l cunoșteai la fel de bine ca mine.

M-am dus la bucătărie și am pus pe insula din mijloc farfuria cu dulciuri. Oferta de pace.

— Ne ducem să citim, i-am zis. Bine?

Tata s-a uitat la mine, apoi a coborât ochii pe fursecuri și s-a potolit.

— Treizeci de minute.

Elliot s-a luat după mine fără vreo reținere, am ocolit bradul imens și am urcat.

Din bucătărie se auzeau în surdină cântecele de Crăciun, care urcau spre palierul deschis, dar au dispărut când am intrat în debara. De când cumpăraserăm casa, tata reușise să acopere pereții cu rafturi și într-un colț adăugase un fotoliu-pară, față în față cu canapeaua mică, lipită de peretele central. Peste tot în jur stăteau răsfirate perne aduse de acasă și locul începea să arate plăcut, ca interiorul lămpii unui duh.

Am închis ușa în urma noastră.

— Deci, care e faza cu fiarele astea noi? l-am întrebat, făcând semn spre fața lui.

Elliot a ridicat din umeri, dar nu a zis nimic.

— Trebuie să porți masca asta tot timpul?

— E o cască, Macy. De obicei, doar când dorm, dar m-am hotărât că vreau să scap mai repede de protezele astea.

— De ce?

S-a uitat la mine fix, alb şi, da, atunci am înţeles.

— Te deranjează? l-am întrebat.

Faţa i s-a schimonosit într-un zâmbet sardonic.

— Ţi se pare că sunt comode?

— Nu. Par supărătoare şi arăţi ca un tocilar.

— *Tu* eşti tocilară şi supărătoare, m-a tachinat el.

M-am aruncat pe fotoliul-pară, cu o carte în mână, şi l-am privit cum studiază rafturile.

— Ai toate cărţile cu *Anne de la Green Gables*, a zis.

— Mda.

— Nu le-am citit, a mai spus, apoi a scos una din şir şi s-a ghemuit pe canapea.

— Cuvântul preferat?

Era deja un ritual care părea să se reverse din Elliot şi să umple încăperea. De data asta nici măcar nu m-a luat prin surprindere. Am coborât ochii la cartea din mână şi m-am gândit o secundă înainte de a spune:

— *Amuţit*. Tu?

— *Kaki*.

Fără alte vorbe, am început să citim.

— E greu? m-a întrebat Elliot brusc.

Am ridicat ochii şi privirile ni s-au întâlnit. Ochii lui: de culoarea chihlimbarului, adânci şi neliniştiţi. Şi-a dres glasul, stânjenit, şi m-a lămurit:

— De sărbători, fără mama ta?

Întrebarea lui m-a surprins atât de tare, că mi-am întors rapid privirea şi am clipit. L-am implorat în sinea mea să nu mă mai întrebe altceva. Chiar şi după trei ani de la moartea mamei, chipul ei era mereu în gândurile mele: ochii ei cenuşii şi jucăuşi, tenul brun închis, zâmbetul într-o parte, cu care mă trezea în fiecare dimineaţă, până în prima zi când nu a mai venit. De fiecare dată când mă uitam în oglindă, îi vedeam reflexia privindu-mă. Aşa că, da, să spun că e *greu* nu descria nici pe departe starea mea.

Să spun că e *greu* era ca şi cum aş fi descris un munte ca fiind o gâlmă, sau un ocean, ca o băltoacă. Şi niciunul dintre lucrurile acelea nu cuprindeau cum mă simţeam de Crăciun fără ea.

Elliot m-a privit în felul lui grijuliu.

— Dacă mama ar muri, sărbătorile ar fi crunte.

Am simţit cum mi se strânge stomacul şi gâtlejul mi-a luat foc atunci când l-am întrebat „De ce?", deşi nu era nevoie.

— Pentru că mama se agită o grămadă, de dragul nostru. Nu aşa fac mamele?

Mi-am sugrumat un suspin şi am dat din cap, crispată.

— Ce-ar face maică-ta?

— Pur şi simplu nu poţi să întrebi aşa ceva, am zis şi m-am lăsat pe spate, cu ochii în tavan.

— Iartă-mă! a izbucnit Elliot imediat, scuzându-se.

Acum eu mă simţeam ca o nesimţită.

— De altfel, ştii că sunt OK.

Până şi simplul fapt că o spusesem mi-a domolit caruselul de emoţii.

Am simţit cum lacrimile mi se retrag îndărăt în gâtlej.

— Au trecut aproape patru ani. Nu e nevoie să vorbim despre asta.

— Dar *putem* să o facem.

Am înghiţit iar şi apoi mi-am aţintit insistent privirea în perete.

— În fiecare an mama începea pregătirile de Crăciun exact în acelaşi fel. Pregătea brioşe cu afine şi suc proaspăt de portocale.

Vorbele ieşeau din gura mea aidoma răpăitului sacadat al unei ciocănitoare.

— Mâncam în fața căminului, căutam surprizele din ciorapii de pe şemineu, în timp ce ea şi tata îmi povesteau despre copilăria lor, până când, într-un final, începeam să inventăm noi tot felul de poveşti trăsnite. Ne apucam toți să pregătim rața, apoi deschideam cadourile. Iar după cină, ne ghemuiam în fața focului şi citeam.

— Pare perfect, a zis Elliot cu o voce abia auzită.

— Aşa era, am recunoscut şi eu, mai blajin de astă dată, pierdută în amintiri. Şi mamei îi plăceau cărțile. Fiecare dar era o carte sau o revistă, pixuri frumoase sau hârtie. Şi citea tot. Gen, fiecare carte pe care o vedeam pe mese în librării, mama o citise deja.

— Am impresia că mi-ar fi plăcut foarte tare mama ta.

— Toată lumea o iubea, am zis. Nu avea cine ştie ce familie – părinții i-au murit când ea era tânără –, dar jur că toți cei care o cunoşteau o considerau ca fiind a lor.

Iar acum, fără ea, ne zbăteam cu toții ca peştele pe uscat, fără să ştim bine ce să facem cu noi, cum să facem față stăpânirii tăcute a tatei.

— Avea serviciu? a întrebat Elliot.

— Se ocupa de achiziții pentru Books Inc.

— Frate. Pe bune?

Părea impresionat că mama lucrase pentru un retailer atât de mare din Bay Area, dar ştiam că în sinea ei mama se săturase de asta. Îşi dorise întotdeauna să aibă propriul magazin. Tata şi ea nu au reuşit totuşi să şi-l permită decât după ce mama s-a îmbolnăvit.

— De aceea îți face tatăl tău debaraua asta?

Am scuturat din cap, însă ideea nu mi-a trecut prin cap decât atunci când a spus-o el.

— Poate.

— Poate că voia un loc unde să te simți aproape de ea.

Am continuat să scutur din cap. Tata știa că nu era posibil să mă gândesc la mama *mai mult* decât o făceam. Și nici nu ar fi încercat să mă ajute să mă gândesc la ea mai puțin. Nu ar fi ajutat la nimic. La fel cum faptul că îți ții răsuflarea nu modifică nevoia de oxigen a corpului tău. Ca și cum spusesem cu glas tare toate acestea, Elliot m-a întrebat:

— Dar tu nu te gândești mai mult la ea când ești aici, înăuntru?

Sigur că da, mi-am zis în sine, dar nu l-am luat în seamă și, în schimb, m-am jucat cu marginea quilt-ului care se revărsa peste fotoliul-pară. *Mă gândesc la ea pretutindeni. Ea* este *pretutindeni, în fiecare clipă, și în același timp nu e în niciun moment. Lipsește de la toate momentele mele și nu sunt sigură pentru cine e mai greu: pentru mine, că supraviețuiesc aici fără ea, sau pentru ea, fără mine, într-o existență pe care nu o știe nimeni exact.*

— Macy?

— Ce-i?

— Te gândești la ea când ești aici? De aceea îți place așa de mult încăperea asta?

— Îmi place aici pentru că îmi place să citesc.

Și pentru că atunci când găsesc acea carte care mă face să mă pierd, fie și numai pentru o oră, poate mai mult, atunci uit. Și pentru că tata se gândește la mama de fiecare dată când îmi cumpără o carte.

Și pentru că tu ești aici și cu tine mă simt de o mie de ori mai puțin singură.

— Dar...

— Te rog, încetează.

Mi-am închis ochii strâns, mi-am simțit palmele umede, inima galopând, stomacul ghem și toate acele sentimente care uneori păreau prea intense pentru trupul meu.

— Plângi vreodată după ea?

— Glumești? am zis, suspinând, și Elliot a căscat ochii, dar nu a lăsat-o mai moale.

— Mă gândeam doar că e Crăciunul, a zis, calm. Și când mama a făcut fursecurile, mai devreme, mi-am dat seama cât de familiară e treaba asta. Trebuie să fie ciudat pentru tine, asta-i tot.

— Mda.

S-a aplecat și a încercat să mă facă să îl privesc.

— Vreau doar să știi că poți să vorbești cu mine.

— N-am nevoie să vorbesc despre asta.

S-a ridicat în capul oaselor, m-a privit alte câteva clipe, în tăcere, apoi s-a întors la cartea lui.

acum

miercuri, 4 octombrie

Renunţ la confortul cald al patului şi-mi târşesc picioarele până în bucătărie, unde sărut un creştet castaniu şi buclat. Sean ar trebui deja să ştie că nu ne putem furişa dimineaţa: Phoebe se scoală întotdeauna înaintea noastră.

Phoebe o e copilă de vis. Are şase ani, e isteaţă şi afectuoasă şi gălăgioasă într-un fel care îmi spune câte ceva despre mama ei, pentru că taică-său e din cap până-n picioare domol şi reţinut. Cine dracu' ştie pe unde o umbla Ashley, haimanaua de maică-sa, dar mă doare să o văd pe Phoebe crescând fără ea. Eu am avut măcar zece ani cu mama şi nu simt dispariţia ei din viaţa mea ca pe o trădare. Phoebe a avut parte de numai trei ani înainte ca Ashley, plecată pentru un weekend de relaxare oferit de jobul ei de la o bancă de investiţii, să se întoarcă dominată de dorinţa pentru cocaină, transformată într-o poftă mistuitoare pentru droguri, care au făcut-o în final să renunţe la tot pentru trasul în venă. Oare când va sosi momentul în care Sean va fi nevoit să-i spună copilei lui perfecte că maică-sa a iubit drogurile mai mult decât i-a iubit pe ei?

Îmi amintesc cum am ieşit din dormitorul lui, în dimineaţa următoare după ce ne cuplaserăm, cam ameţiţi, şi am găsit-o pe Phoebe aşezată la masa din bucătărie, mâncând cereale, cu părul deja prins strâmb în codiţe, cu şosetele desperecheate, colanţi cu căţei şi un pulover cu buline. În abureala flirtului, Sean omisese să-mi spună că are un copil. Încerc să văd în asta mai degrabă o mărturie a faptului că sânii mei arată senzaţional, decât drept o uriaşă şi nesimţită omisiune din partea lui.

În dimineaţa aceea, fetiţa a ridicat ochii la mine, suficient de holbaţi încât să-mi confirme lejer ceea ce Sean spusese cu o seară înainte — că în ultimii trei ani nu adusese nicio femeie acasă cu el, — şi m-a întrebat dacă eram o colegă nouă de apartament.

Cum să spun nu colanţilor cu căţeluşi şi codiţelor strâmbe? Şi din noaptea aceea am rămas acolo.

Nu e tocmai un sacrificiu. Sean e de vis în pat, e relaxat şi ştie să facă o cafea demenţială. La 42 de ani, este aşezat financiar, ceea ce înseamnă foarte mult când stai sub spectrul împrumuturilor bancare pentru facultatea de Medicină. Şi poate că iniţial fusese vorba de alcool, dar după ce am făcut sex cu el, a fost a doua oară în viaţa mea când nu m-am simţit ca şi cum aş fi dat de pământ cu ceva preţios.

— Cereale? o întreb şi întind orbeşte mâna deasupra chiuvetei, după filtrele de cafea.

— Da, te rog.

— Ai dormit bine?

Îmi răspunde cu un geamăt mic, afirmativ şi apoi, după un minut, mormăie:

— A fost foarte cald.

Nu a fost deci numai reacţia organismului meu claustrofobic la faptul că l-am văzut pe Elliot şi apoi m-am trezit lângă Sean; tatăl se jucase iar cu termostatul. Bărbatul ăsta era făcut pentru o climă ca în centrul Texasului, nu pentru Bay Area. Am traversat bucătăria și am coborât temperatura.

— Credeam că aseară tu trebuia să fii de serviciu la Supravegherea Termostatică a lui Tati.

— S-a furișat pe lângă mine, zice Phoebe, chicotind.

Se strecoară în bucătărie zgomotul apei deschise la duș și am senzația că tocmai am primit o provocare într-o emisiune-concurs contra cronometru*: Ieși din casă în următoarele două minute!*

Îi pun lui Phoebe cerealele, fug în dormitor, trag pe mine o uniformă curată, îmi torn o cafea, mă încalț rapid și mai aștern un sărut pe creștetul fetiței, înainte de a ieși pe ușă.

E o nebunie — cel puțin pe mine mă face să *par* nebună –, dar dacă Sean mă întreabă despre cum a fost ziua de ieri, știu fără urmă de îndoială că totul s-ar duce de râpă.

Ieri l-am văzut pe Elliot Petropoulos, pentru prima dată după exact unsprezece ani, și mi-am dat seama că încă sunt îndrăgostită de el și că probabil așa voi fi mereu.

Și mai vrei să te măriți cu mine?

Din păcate, pare că nu e cazul să am parte *de câteva zile de distanțare*: când urc panta din stația de autobuz, îl văd pe Elliot așteptând în fața spitalului.

Dacă spun că inima mi se oprește, nu e tocmai corect, pentru că, de fapt, îi simt prezența intens, cum simți un organ-fantomă. De parcă s-a mărit deodată, ca pe un ecran de telefon, și apoi răbufnește, vie, și mă izbeşte cu brutalitate dinăuntru. Încetinesc pasul şi încerc să mă gândesc la ce să spun. Sunt aşa de nervoasă, că simt cum mă fulgeră. Nu poate fi învinuit pentru că ieri a apărut la cafenea exact când s-a întâmplat să fiu şi eu acolo, dar azi e doar vina lui.

— Elliot.

Când îl strig pe nume, se întoarce, uşurat, şi îşi relaxează puţin postura.

— Speram să apari devreme, azi.

Devreme?

Îl privesc, în timp ce mă apropii, cu ochii mijiţi. Mă opresc la câţiva centimetri de locul unde stă, cu mâinile îndesate bine în buzunarele blugilor negri, şi îl întreb:

— Cum de ştii unde şi la ce oră ar trebui să apar la muncă?

Vinovăţia îi sleieşte culoarea din obraji.

— Soţia lui George lucrează aici, la recepţie.

Ridică bărbia şi face semn spre femeia care stă fix dincolo de uşile glisante şi pe care, de câteva luni încoace, o văd în fiecare zi.

— O cheamă Liz, confirm impasibilă, amintindu-mi cele trei litere gravate pe ecusonul ei albastru, de plastic.

— Mda, zice, şoptit. Liz Petropoulos.

Râd, neîncrezătoare. În nicio altă situaţie nu mi-aş fi imaginat că un angajat din administraţia unui spital divulgă informaţii despre programul de muncă al unui medic. Oamenii devin iraţionali când li se îmbolnăveşte cineva drag. Dacă acel cineva este un copil, atunci să te ţii. Chiar şi în timpul scurt de când lucrez aici, am văzut părinţi care s-au răzbunat pe medicii care nu au reuşit să le vindece copilul.

Elliot se uită la mine fără să clipească.

— Liz ştie că nu sunt un pericol, Macy.

— Ar putea să fie concediată. Sunt medic la Terapie Intensivă Pediatrică. Nu are voie să dea informații despre mine, nici măcar propriei familii.

— OK, rahat. N-ar fi trebuit să fac asta, zice, sincer spășit.

Mijește ochii și privește peste umărul meu, în josul străzii Mariposa, apoi zice:

— Uite ce-i, eu intru la ora zece. Am... Speram să avem timp să vorbim puțin, înainte.

Pentru că nu răspund nimic, se apleacă, să-mi întâlnească privirea, și insistă:

— *Ai timp*?

Ridic ochii spre el și privirile ni se întâlnesc, rămân încleștate și mă transportă în timp, la fiecare ocazie în care noi doi am împărtășit un astfel de schimb, tăcut și intens. Chiar și după atâția ani, cred că putem să ne citim unul pe altul al dracului de bine.

Mă uit la ceas și conexiunea se întrerupe. E abia trecut de 7.30. Deși nimeni din conducere nu s-ar plânge că apar la slujbă cu o oră și jumătate mai devreme decât este planificat, dacă spun că trebuie să plec, Elliot ar ști că mint.

— Mda, îi răspund. Am aproximativ o oră.

Lasă capul într-o parte, se apleacă încet spre dreapta și, în timp ce buzele i se arcuiesc într-un zâmbet, se apropie încet, întâi un pas, apoi altul, ca și cum ar vrea să mă îmbie cu drăgălășenia lui.

— Cafea?

Zâmbetul i se întinde mai tare și îi observ dantura, foarte dreaptă. Prin minte îmi trece scurt un flash cu Elliot la 14 ani, cu sârmele pe cap.

— Patiserie? Chestii prăjite?

Fac semn spre cvartalul următor și cafeneaua micuță, cu doar patru mese, care încă nu e înțesată de medici rezidenți și de membrii de familie care așteaptă neliniștiți vești despre starea postoperatorie.

Înăuntru e cald — aproape la limită spre torid, laitmotivul dimineții mele — și în față încă mai sunt două mese libere. Ne așezăm, luăm meniul și îl studiem în tăcere adâncă.

— Ce-i bun? mă întreabă.

— N-am luat niciodată micul-dejun aici, răspund, râzând.

Elliot mă privește, clipește tacticos și ceva mi se topește înăuntru, devine o căldură lichidă care se răspândește în jos. Ciudat este, îmi dau seama, că Elliot și cu mine am luat masa în oraș doar de câteva ori, niciodată de unii singuri.

— De obicei înfulec în viteză o brioșă sau un covrig de la cantină.

Întrerup contactul vizual și aleg un parfe de iaurt cu müsli, apoi las meniul pe masă.

— Pariez că toate sunt gustoase.

Îl privesc pe ascuns cum citește, ochii îi trec repede peste cuvinte. Elliot și cuvintele. Unt de arahide și ciocolată. Cafea și biscuiți italienești. Combinații de vis.

Întinde mâna și se scarpină alene pe ceafă, în timp ce fredonează.

— Ouă sau clătite? Ouă sau clătite?

Se apleacă în față, rezemat pe un cot, și mușchii umărului se umflă sub tricoul de bumbac. Își freacă repetat bărbia cu un deget, fix sub buza de jos. Telefonul începe să îi zbârnâie, drept lângă braț, dar îl ignoră.

Îndurare. Singurul meu gând — uluită și cu răsuflarea tăiată — este că Elliot a devenit un bărbat care știe cum să-și folosească trupul. Ieri nu observasem asta, nu aveam cum.

Felul cum zâmbeşte când s-a hotărât, felul cum lasă meniul să alunece uşor în postamentul lui, felul cum se întinde după şerveţel şi-l aşază cu grijă în poală, felul cum se uită la mine, ţuguind uşor buzele, fericit.

Brusc mă simt recunoscătoare pentru cei unsprezece ani de absenţă, pentru că altfel aş mai fi remarcat oare toate aceste mici detalii? Sau s-ar fi amestecat între ele, estompate, şi ar fi fost cunoscute doar ca o constelaţie de mici particularităţi care devin, cu timpul, Pur şi Simplu Elliot?

Clipesc des să alung gândul când chelneriţa vine la masa noastră şi ne ia comanda.

Când pleacă, Elliot se apleacă iar spre mine.

— E posibil ca pe durata unui mic-dejun să mă pui la curent cu ce s-a întâmplat în zece ani?

Amintirile îmi traversează gândurile: plecarea la colegiu, pe ceaţă. Camera de cămin împărţită cu Sabrina şi, mai târziu, micul apartament din afara campusului, care părea mereu plin de cărţi, sticle de bere şi fum de iarbă. Mutarea împreună cu ea la Baltimore, la Facultatea de Medicină, şi nopţile lungi petrecute în falsă rugăciune ca să fiu admisă la UCSF, ca să pot locui din nou aproape de casă, chiar dacă acum casa era goală. Cum să condenseze cineva o viaţă întreagă în intervalul necesar să bem o ceaşcă de cafea împreună?

— Când mă uit înapoi, îi spun, nu mi se pare că s-au întâmplat prea multe. Colegiul. Facultatea de Medicină.

— Ei, dar şi prieteni şi iubiţi, bucurii şi pierderi, presupun, zice, punând punctul pe i.

Când îşi dă seama, faţa i se crispează.

Între noi se cască o tăcere stânjenitoare, ca un canion.

— Nu m-am referit la *noi*, zice şi adaugă bombănit, nu neapărat.

Râd sec şi mă las pe spătarul scaunului.

— Ell, nu m-am bălăcit în resentimente.

Asta chiar e o minciună.

Telefonul începe să-i bâzâie iar, alături, şi îl împinge deoparte.

— Atunci, de ce n-ai sunat?

— S-au întâmplat multe.

Mă frichinesc puţin pe scaun când sosesc băuturile.

Derutat, pe bună dreptate, sprâncenele îi coboară oblic. Tocmai ce-i spusesem că viaţa mea a fost în esenţă monotonă şi simplă, iar apoi, că se întâmplaseră prea multe ca să mă mai obosesc să-i telefonez.

Mintea îmi rătăceşte prin calendarul anilor trecuţi şi brusc îmi dau seama de un alt lucru agasant, venit grămadă peste mine. Elliot împlineşte 29 de ani, *mâine*. Am pierdut aproape toţi anii lui douăzeci.

— Apropo, La mulţi ani cu anticipare, îi spun, şoptit.

Privirea i se relaxează şi îşi arcuieşte colţurile gurii.

— Mersi, Mace.

Cinci octombrie a fost întotdeauna o zi grea pentru mine. Cum o să-mi fie anul acesta, acum, după ce l-am văzut? Îmi pun mâinile căuş în jurul ceştii fierbinţi şi schimb subiectul.

— Şi tu? Ce-ai mai făcut?

Ridică din umeri şi soarbe din cappuccino, îşi trece un deget, la întâmplare, peste buza de sus, când se umple de spumă. Lejeritatea evidentă pe care o simte în propriul corp face ca al meu să fie traversat de noi unde de căldură. Nu am cunoscut niciodată pe cineva atât firesc în sinea lui, precum Elliot.

— Am absolvit Cal[8] mai repede decât era normal, zice, şi m-am mutat în Manhattan pentru câţiva ani.

Iar mi se activează în creier butonul pentru *amânare*. Elliot e personificarea Californiei de Nord, cu tot haosul ei grosolan. Nu mi-l pot imagina în New York.

— *Manhattan*? repet.

Râde.

— Ştiu. Completă nebunie. Dar e genul de loc pe care nu l-aş fi putut suporta decât la 20 de ani. După câţiva ani petrecuţi acolo am lucrat o vreme ca stagiar la o agenţie literară, dar nu mi-a plăcut. M-am întors aici acum aproape doi ani şi am început să lucrez pentru un grup nonprofit de educaţie primară. Mai lucrez şi acum pentru ei câteva zile pe săptămână, dar... am început să scriu un roman. Merge chiar bine.

— Scrii *o carte*? spun, zâmbind. Cine ar fi crezut?

Râde, mai tare de astă dată, şi râsul îi e cald şi susurat.

— Toată lumea?

Mă trezesc muşcându-mi buzele, să-mi domolesc zâmbetul, şi expresia de pe chipul lui îşi revine încet.

— Pot să te întreb ceva? zice.

— Sigur.

— Ce te-a făcut să vii cu mine în dimineaţa asta, aici?

Nu este chiar necesar să îi subliniez faptul că şi-a făcut loc forţat în programul meu, pentru că ştiu că nu la asta se referă, de fapt. Ce a spus despre Liz e adevărat; noi toţi ştim că Elliot nu e un pericol. I-aş fi putut spune să plece acasă şi să nu mă mai caute niciodată, iar el s-ar fi supus.

Atunci, de ce n-am făcut-o?

---

8 Universitatea din California.

— Habar n-am, îi spun. Nu cred că aş fi putut să te refuz de două ori.

Îi place răspunsul meu. Gura i se arcuieşte într-un zâmbet şi nostalgia îmi inundă venele.

— Ai făcut Facultatea de Medicină la Hopkins, spune, cu o mirare mută în glas. Colegiul la Tufts. Sunt aşa de mândru de tine, Mace.

Pricep şi casc ochii.

— Spionule. M-ai *căutat pe Google*?

— Tu nu m-ai căutat *pe mine*? îmi spune. Serios, ăsta e primul pas după întâlnirea întâmplătoare.

— M-am întors de la muncă la două noaptea. Am căzut cu capul în pernă. Nici nu ştiu dacă am mai apucat să mă spăl pe dinţi de weekendul trecut încoace.

Are un zâmbet aşa de sincer fericit, că în mine se despică o fantă.

— Ai avut mereu de gând să te muţi înapoi aici sau e doar locul unde ai fost acceptată?

— A fost prima mea opţiune.

— Voiai să fii aproape de Duncan.

Dă din cap ca şi cum ar fi fost ceva perfect logic, iar asta mă doare.

— Când a murit?

— *Tu* ai avut mereu de gând să te întorci aici?

Îl văd cum se străduieşte să facă faţă tentativei mele de a devia discuţia, dar inspiră adânc şi apoi expiră încet.

— Am avut întotdeauna în plan să trăiesc oriunde eşti tu. Planul a eşuat, dar mi-am zis că şansele mele de a te revedea sunt destul de mari dacă mă întorc în Berkeley.

Sunt în aer. Asemenea unei cărămizi azvârlite în geam.

— Ah.

— Ştiai asta. Trebuie să fi ştiut că o să fiu acolo, aşteptând.

Iau o gură de apă, repede, ca să pot răspunde.

— Nu cred că am ştiut că tu încă sperai ca eu să...

— Te *iubeam*.

La această întrerupere, căzută ca o bombă, dau repede din cap şi caut salvarea în chelneriţa noastră, sperând să ne aducă mâncarea. Dar nu e acolo.

— Şi tu mă iubeai, să ştii, zice, încet. Sentimentele erau totul.

Mă simt ca îmbrâncită şi mă depărtez puţin de masă, dar Elliot se apleacă spre mine.

— Scuză-mă. E prea intens. Doar că sunt îngrozit că nu voi mai avea ocazia să o spun.

Telefonul începe să vibreze iar, săltând pe masă.

— Trebuie să răspunzi? îl întreb.

Îşi freacă obrazul şi apoi se lasă cu scaunul pe spate, ochii închişi, faţa îndreptată spre tavan. Abia acum îmi dau seama ce barbă nerasă are, cât de obosit pare.

Revin lângă masă.

— Elliot, e totul în ordine?

Se îndreaptă în scaun şi dă din cap.

— Da, sunt bine.

Se uită la mine un lung moment şi pare că se hotărăşte să îmi spună la ce se gândeşte.

— Seara trecută m-am despărţit de iubita mea. Ea mă sună. Crede că vrea să vorbim, dar eu cred că doar vrea să ţipe la mine. După aia n-o să se simtă bine, aşa că, deocamdată, ne cruţ pe amândoi.

Îmi înghit un nod uriaş din gât.

— Te-ai despărţit de ea *aseară*?

Dă din cap, jucându-se cu ambalajul unui pai, şi îi mulţumeşte încet chelneriţei, care ne pune în faţă comanda.

— Eşti dragostea vieţii mele. Credeam că până la urmă o să te uit, dar după ce te-am văzut ieri?

Clatină din cap.

— N-am putut să mă duc acasă lângă altcineva şi să simulez că o iubesc din toată fiinţa mea.

Greaţa mă copleşeşte. Sincer, nici măcar nu ştiu cum să traduc această emoţie puternică din pieptul meu. Oare pentru că mă identific atât de intens cu ce spune, dar sunt mult mai laşă? Sau, dimpotrivă — pentru că *am trecut* peste, am găsit pe cineva şi nu vreau ca Elliot să se amestece în viaţa mea simplă şi relaxată?

— Macy...

E mai insistent acum, deschide gura să continue, dar mie mi-a fost declanşat deja un alt resort, o altă provocare de emisiune-concurs. Îmi caut portofelul — sunt contra cronometru — însă de data asta Elliot mă opreşte, mă apucă de braţ şi mă strânge cu blândeţe, cu obrajii roşii de furie.

— Nu poţi să faci asta. Nu poţi să fugi mereu de discuţia asta. Tocmai se împlinesc unsprezece ani.

Se apleacă şi, cu maxilarul încleştat, adaugă:

— Ştiu că am dat-o în bară, dar a fost chiar aşa de rău? Aşa de rău, încât ai *dispărut* pur şi simplu?

Nu, nu a fost. Nu la început.

— Asta, îi spun uitându-mă în jur, este o idee groaznică. Şi nu din cauza trecutului nostru. OK, da, este şi asta, parţial, dar e vorba şi de anii care au trecut între timp.

Privirile ni se întâlnesc.

— Te-ai despărţit de iubita ta aseară, după ce m-ai văzut două minute. Elliot, eu mă *căsătoresc*.

Îmi eliberează braţul, clipeşte de câteva ori şi pare să fi rămas fără cuvinte, ca niciodată până acum.

— Mă căsătoresc... şi sunt atât de multe lucruri pe care nu le ştii. Şi foarte multe nu sunt din vina ta, dar *asta* — agit încolo şi încoace un deget, în spaţiul îngust al mesei care ne desparte — între noi? E oribil că s-a terminat şi mă doare şi pe mine. Dar nu se mai poate face nimic, Ell.

atunci

vineri, 21 decembrie
cu cincisprezece ani în urmă

Ca şi cum tata ar fi ştiut că sunt într-o stare delicată după ce discutasem cu Elliot despre *Crăciunul fără mama*, la cina din seara de vineri a fost mai tăcut ca de obicei.

— Vrei să mergem mâine la Goat Rock? m-a întrebat după ce a terminat de mâncat puiul.

Goat Rock, plaja vântoasă unde Russian River întâlneşte Oceanul Pacific. Este renumită ca fiind foarte friguroasă şi e scăldată de un curent longitudinal periculos, care o face nesigură chiar şi atât cât să bagi piciorul în apă, iar nisipul e spulberat prin aer în trombe mari, încât devine aproape imposibil să frigi un hotdog.

O ador.

Uneori, la gura râului trândăvesc lei-de-mare şi elefanţi-de-mare. Valurile aduc la ţărm o abundenţă de alge negre, pline de sare şi aproape ireale pentru mine, atât sunt de straniu transparente şi nepământeşti. Dune de nisip presară linia ţărmului, iar în centrul plajei, pe un istm îngust, se ridică proeminentă stânca uriaşă şi solitară, înaltă de peste treizeci de metri, parcă înfiptă acolo de undeva, de sus.

— Ai putea să-l inviți pe Elliot, dacă vrei, a mai spus tata.

Am ridicat ochii la el și am dat din cap.

Tot drumul în mașină, până acolo, Elliot n-a avut astâmpăr. S-a frichinit pe locul lui, a tras de centura de siguranță, și-a trecut mâna prin păr, s-a jucat cu sârmele de pe cap. După vreo zece minute, am renunțat la încercarea de a mă concentra la cartea mea.

— Ce-i cu tine? l-am întrebat șuierat, întorcându-mă spre bancheta din spate.

Elliot s-a uitat la tata, la volan, și iar la mine.

— Nu-i nimic.

Mai degrabă l-am simțit decât l-am văzut pe tata privind în oglinda retrovizoare la ce se întâmpla pe banchetă.

M-am uitat la mâinile lui Elliot, care acum se întindea să se joace cu bareta rucsacului. Păreau altfel. Mai mari. Încă era foarte slab, dar și foarte degajat în stângăcia lui, așa încât n-o mai băgam în seamă decât dacă mă uitam foarte atent.

Tata a oprit în parcare și am coborât din mașină, șocați că vântul era gata să ne pună jos. Ne-am tras hainele pe noi și ne-am îndesat căciulile peste urechi.

— Nu mergeți pe plajă mai departe de stâncă, a zis tata și a scos din buzunar o tratație specială pentru el — un pachet de țigări daneze.

Nu fuma niciodată în preajma mea; oficial, se lăsase imediat după ce mama a aflat că e însărcinată. Vântul i-a suflat peste față părul bălai și tata a clătinat din cap, să-l dea la o parte, uitându-se cu ochii mijiți la mine, întrebându-mă fără cuvinte, *Ai ceva împotrivă?* Iar eu am dat din cap că nu. Și-a înfipt o țigară în gură și a adăugat:

— Și la cel puțin cincisprezece metri depărtare de foci.

Elliot și cu mine am pășit anevoie peste o dună de nisip, ne-am oprit în vârful ei și am privit oceanul.

— Tatăl tău mă intimidează al dracului de tare.

Am izbucnit în râs.

— Pentru că e înalt?

— Înalt, a recunoscut Elliot, și tăcut. Se pricepe perfect să atragă atenția.

— Doar spune mult mai multe cu ochii decât cu buzele.

— Din nefericire pentru mine, nu vorbesc daneza din ochi.

Am râs iar și m-am uitat la profilul lui Elliot, în timp ce el privea valurile care se spărgeau la mal.

— Nu știam că fumează, a zis.

— Doar de câteva ori pe an. E luxul lui secret, presupun.

Elliot a dat din cap și a zis, repezit:

— OK, uite. Ți-am luat un cadou de Crăciun.

Am mormăit.

— Macy cea rafinată.

A surâs și a luat-o în jos spre plajă, pe versantul celălalt al dunei, și abia atunci am observat pachețelul ambalat și îndesat sub brațul lui. Ne-am făcut drum prin nisipul gros, printre lemnele aduse de valuri și movilele de alge și am ajuns într-un mic golf, aproape ferit de vânt.

Ne-am așezat și Elliot a luat pachetul cu amândouă mâinile, privindu-l fix. După formă, mi-am dat seama că e o carte.

— Nu m-am aşteptat să-mi iei şi tu ceva, a zis, agitat. Eu îmi petrec mereu timpul la tine în weekendurile când vii aici, aşa că mă simt îndatorat.

— Nu-mi datorezi nimic.

M-am străduit să-mi potolesc emoţia pe care o simţeam pentru că îmi luase o carte. Nu doar pentru că asta făceam împreună — citeam –, ci pentru ceea ce îi spusesem seara trecută despre mama şi despre daruri.

— Ştii că poţi să vii la noi când vrei. Eu n-am fraţi sau surori. Nu suntem decât noi doi, tata şi cu mine.

— Păi, a zis, întinzându-mi pachetul, poate că, într-un fel, de aceea ţi-am luat asta.

Curioasă, am rupt ambalajul şi m-am uitat. Cât pe ce să pierd hârtia, suflată de o pală puternică de vânt.

Podul către Terabithia[9].

— Ai citit-o? m-a întrebat.

Am clătinat din cap, înlăturându-mi de pe faţă părul suflat de vânt.

— Am auzit despre ea, cred.

L-am văzut cum răsuflă încet, uşurat.

A înclinat capul şi, aparent mai calm, s-a aplecat să ia o piatră, să o arunce în valuri.

— Mulţumesc, am zis, deşi n-am fost sigură că mă aude, din cauza vuietului mării.

Elliot a ridicat privirea spre mine şi mi-a zâmbit.

— Sper să-ţi placă la fel de mult ca mie. Am sentimentul cumva că aş putea să fiu May Belle a ta.

---

9 Roman pentru copii de Katherine Paterson.

acum

joi, 5 octombrie

În autobuz, telefonul începe să-mi vibreze în geanta poştaş şi mă trezeşte la fix, cu doar un cvartal înainte de staţia unde trebuie să cobor.

Îl scot şi îmi dau seama că e din nou aproape ora două dimineaţa şi eu mă zgâiesc la fetişoara lui Viv, pe ecran.

— Viv, ce repede te-ai prins de tehnologie! zic, în timp ce mă ridic şi îmi trag geanta pe umăr, făcându-mi drum, nesigură, pe culoarul îngust al autobuzului.

De la celălalt capăt se aude râsul Sabrinei.

— Ți-am șterpelit telefonul când te-ai dus să comanzi de mâncare şi ţi-am schimbat fotografia de profil. Parolele tale sunt absolut adorabil de previzibile.

Mormăi, încercând să mă arăt supărată, dar, de fapt, numai două persoane ar putea să-mi ştie pinul de patru cifre pe care îl folosesc aproape la orice: Sabrina și Elliot. E numărul meu norocos, cincisprezece, repetat.

— O să-l schimb, îi spun, mulţumindu-i şoferului de pe autobuz cu un zâmbet pe care acesta îl ignoră.

Cobor şi o iau pe strada mea.

— Să n-o faci, mă avertizează Sabrina. O să-l uiți.

— Țin să te informez că sunt foarte tare la numere.

De partea cealaltă a firului mă întâmpină tăcerea, așa că rectific:

— Cel puțin la genul de numere din matematică, atunci când le am în fața ochilor și am un creion.

Mă uit în susul colinei pieptișe pe care o am de urcat înainte să ajung în pat.

— M-ai sunat doar ca să mă hărțuiești? Și ce faci trează?

— Hrănesc copilul, evident. Am bănuit că ești pe drum spre casă. Te-am sunat să văd cum ești. Ieri ai șters-o.

Dau din cap și încep urcușul anevoios și lent. Aerul e dens, umed, iar după ziua pe care am avut-o, panta mi se pare aproape verticală.

— Elliot m-a ajuns din urmă, pe trotuar.

— Mi-am imaginat, după ce l-am văzut cum iese în goană din cafenea.

— N-a fost super mulțumit de mine, pentru că, știi tu, am pierdut legătura cu el.

Îi aud ironia mută.

— Ai pierdut legătura? repetă. Așa se cheamă acum?

Ignor comentariul și spun:

— Azi a dat iar de mine. S-a despărțit de iubita lui aseară, după ce m-a văzut.

O aud pe Sabrina gângurind în telefon și mă opresc din mers.

— Ce sunete sunt astea pe care le scoți?

— E drăguț, atâta tot.

— Îi ții partea?

Mica ei tăcere îmi transmite cât de mare e neîncrederea.

— Vrei să-mi spui că n-ai leşinat puţin când ţi-a spus asta?

— Ţie nu-ţi place de Sean.

— Nu fi caraghioasă. E primul tip care a reuşit să reziste mai mult de trei întâlniri; sigur că îl *plac*. Merită stima mea pentru că a bătut acest record.

Sunt aşa de obosită, încât simt că devin iraţională. Dorinţa de a intra tare în defensivă urcă în pieptul meu şi îmi accelerează pulsul.

— OK, stai să fiu mai precisă: tu nu vrei să mă *mărit* cu Sean.

— Macy, scumpo, *nu vreau* să te măriţi cu Sean — deocamdată –, asta e adevărat. Dar nu are nicio legătură cu faptul că vreau şi să reiei legătura cu Elliot. Te ador, ştii asta, dar mi-ai povestit cum a fost când a murit mama ta. Cât de mult te-ai străduit să-i ţii pe toţi la distanţă — un subiect spinos pe care putem să-l abordăm, dacă ai vreme...

— Sabrina.

— Ce vreau să spun e că n-o să-l poţi exclude niciodată pe Elliot. E sufletul tău pereche. Crezi că nu ştiu asta?

Dau din cap şi pornesc din nou. Sunt de atâta vreme în picioare, că nici nu-mi mai simt degetele în pantofi. În esenţă, îmi târăsc încet picioarele în susul dealului.

— Sunt aşa de obosită.

— Of, scumpo, zice Sabrina, blând.

— Şi mai e ceva, adaug, ezitant.

— Ce?

— Nu ştia de tata.

Adevărul acesta încă ustură.

— *Cum?* exclamă Sabrina, cu răsuflarea tăiată.

— Ştiu. Partea asta e doar din vina mea, pricep.

Îmi frec obrazul şi spun:

— Am presupus doar că a aflat despre el... din auzite.

Sabrina a tăcut şi tăcerea ei aproape că mă dă gata, pentru că, fir-ar al dracului, sunt un monstru. Probabil Sabrina se gândeşte pentru a mia oară că sunt moartă pe dinăuntru.

— Pe tine nu te-ar deranja, începe să spună, încet, dacă părinţii lui ar muri şi el n-ar încerca măcar să ia legătura cu tine?

Ochii calzi ai doamnei Dina şi chipul ei delicat, cu gropiţe adânci, îmi străfulgeră prin minte şi îmi trimite un fior de durere în tot corpul.

— Ştiu, pricep ce vrei să spui.

Sabrina tace din nou; nu-mi place deloc faptul că purtăm discuţia asta prin telefon. Am nevoie de prezenţa ei liniştitoare lângă mine, pe canapea.

— Nu sunt sigură că Elliot şi cu mine am putea să fim doar prieteni.

Pufneşte.

— Cred că merită să încerci.

Oare aş fi măcar în stare să mă ţin departe? Dacă e să fiu sinceră, oare nu cumva acesta a fost unul dintre motivele care m-au atras să mă mut înapoi aici, ca să fiu mai aproape de ceea ce am avut odată noi doi?

— Chiar crezi că e o idee bună să reiau legătura cu el?

— Aşa am crezut întotdeauna.

— Cum?

Îmi aud vocea, abia şoptită, şi îmi scot cheile care îmi cad, în veranda întunecoasă, şi atunci îmi proptesc telefonul cu umărul şi îl lipesc de ureche.

— Am luat micul-dejun împreună şi eu am fugit iar. Nu am nici numărul lui de telefon, nici adresa.

Nici vorbă să aibă cont pe Facebook sau Twitter sau ceva. Nu există mijloace normale ca să-l urmăresc.

Aud cum Sabrina murmură gânditoare, în timp ce eu orbecăi după cheia de la casă.

— O să-ți vină ție o idee.

atunci

cu paisprezece ani în urmă

De la: Macy Lea Sorensen <minlilleblomst@hotmail.com>
Data: 1 ianuarie, 11.00 PM
Către: Elliot P. <elliverstravels@yahoo.com>
Subiect: carte

Bună, Elliot,

Îți mulțumesc încă o dată pentru *Podul către Terabithia* și scuze că ți-am umplut cămașa de muci când am încercat să vorbesc despre carte. Poate că acum, pe calculator, pot să-ți explic ce încercam să-ți spun.

Înțeleg de ce mi-ai dat cartea și vreau să știi cât de gentil a fost gestul tău. Mă tot gândesc la prima zi când te-am văzut în debara și la faptul că seamănă oarecum cu felul în care Jesse o ura pe Leslie pentru că l-a învins la întrecere. Eu nu te-am urât, dar nici nu am fost sigură că te plac. Nu mai contează, pentru că acum simt că ești persoana care mă înțelege cel mai bine. Jesse și Leslie au făcut din Terabithia sanctuarul lor și, când ea a murit, el a adus-o pe May Belle acolo ca să devină noua prințesă. Mama a creat împreună cu mine acest univers al cărților, iar în lipsa ei pot să te aduc pe tine în debara, ca să le citim împreună.

În drum spre casă am citit-o din nou și am început iar să plâng și am crezut că tata o să-și iasă din fire. Probabil că habar nu avea ce se întâmplă. A tot ținut-o cu Ce-ai pățit, ciudato? Așa că a tras pe dreapta, pufnind din rărunchi, și a continuat să mă întrebe ce s-a întâmplat. I-am zis că tu mi-ai dat cartea asta foarte tristă. I-am spus cât de tare m-a făcut să-mi fie dor de mama. Și pe urmă, când am ajuns acasă, a plâns el sau cel puțin cred că a plâns. E întotdeauna foarte tăcut, așa că niciodată nu sunt sigură.

Nu-mi place să fiu tristă în prezența lui, e ca şi cum ar avea deja un soi de seif uriaș cu tristețe și oricum trebuie să pună totul sub lacăt, doar ca să aibă grijă de mine. Și dacă mă gândesc bine, mie mi-a rămas el, măcar, dar tata și-a pierdut întreg universul. Mama era cea pe care o alesese dintre toți oamenii și acum ea nu mai este. Știu și eu? Cred că nu-i place să mă vadă plângând. Mi-a făcut bine totuși să vorbesc despre ea. Îmi e frică să nu o uit. Îmi e așa de dor de ea, încât am nevoie de o limbă nouă ca să o exprim. Uite că iar îmi dau drumul. În fine, tu ai terminat Ivanhoed? Cartea aia e gigantescă și am adormit în circa cinci minute. Am citit prima pagină când te-ai dus tu la baie și ce-a fost aia? Am înțeles cam a jdemia parte. Despre ce e vorba?

În fine, mâine am școală. Mulțumesc din nou pentru carte. Și pentru că m-ai lăsat să vorbesc despre ea, cred.

xo

Macy

P.S.: Pe aici nimeni nu pricepe că tot ce vreau e să fiu o fată oarecare la școală, și nu copilul căruia tocmai i-a murit mama și care are nevoie să fie tratat ca și cum e gata să se spargă. Mulțumesc pentru că pur și simplu ai spus chestii și nu te-ai purtat ca și cum totul e tabu.

De la: Elliot P. <elliverstravels@yahoo.com>
Data: 2 ianuarie, 07.02 AM
Către: Macy Lea Sorensen <minlilleblomst@hotmail.com>
Subiect: re: carte

Bună Macy,

Cu plăcere. Și pe mine m-a făcut să plâng când am citit-o prima dată. Știu că nu ți-am spus, dar cred că ar fi trebuit.

Sunt sigur că tatăl tău și-a dat seama de ce plângeai. Și mai cred că pe tatăl tău probabil îl bucură că plângi, chiar dacă e trist pentru că tu ești tristă. Sper doar că nu e supărat pe mine că te-am făcut să plângi. Adică, a fost de la carte... n-aș vrea să te fac să plângi din cauza mea.

Nu cred că ești ciudată sau diferită pentru că mama ta a murit. De fapt, cred că ești chiar cool, dar asta nu are nicio legătură cu faptul că ai sau nu o mamă. Ești cool pentru că așa ești tu. Ca o paranteză: din câte îmi dau eu seama, faci față destul de bine.

Ivanhoe (fără d) e destul de bună. Acțiunea are loc în secolul al XII-lea, după A Treia Cruciadă. (Una dintre ideile actuale despre Robin Hood are la bază un personaj, Lockley. Dar nu el e personajul principal.) Îmi plac acțiunea și stilul. Într-a șaptea, obișnuiam să fac un mic joc pe roluri împreună cu Brandon, prietenul meu, așa că probabil de acolo vine interesul pentru Anglia secolului al XII-lea. Dacă ești încă pasionată de Nicholas Sparks[10], probabil că n-o să-ți placă *Ivanhoe*.

Pe curând,

Elliot

P.S.: N-am vrut să par arogant. Tata mi-a spus că uneori sunt, deci nu sunt sigur dacă am fost așa. Sunt sigur că Nicholas Sparks este foarte bun, doar diferit de Sir Walter Scott.

---

10 Nicholas Sparks (n. 1965) – scriitor american cunoscut pentru o serie de romane de succes, unele destinate adolescenților.

De la: Macy Lea Sorensen <minlilleblomst@hotmail.com>
Data: 2 ianuarie, 8.32 PM
Către: Elliot P. <elliverstravels@yahoo.com>
Subiect: carte

Bună Elliot,
Nicholas Sparks este foarte, foarte bun. Mama prietenei mele Elena l-a cunoscut la o conferință despre cărți și a zis că e super amabil și în plus ultra deștept. Fac pariu că a citit Ivanhoe (fără d).
Ce-ai vrut să zici că tu și Brandon vă jucați pe roluri? Precum ciudații ăia din parc, care au săbii și steaguri?
xo
Macy

De la: Elliot P. <elliverstravels@yahoo.com>
Data: 2 ianuarie, 08.54 PM
Către: Macy Lea Sorensen <minlilleblomst@hotmail.com>
Subiect: re: carte

Bună Macy,
Da. Exact așa. Și în plus cu coifuri și cai de carton.
Elliot

De la: Macy Lea Sorensen <minlilleblomst@hotmail.com>
Data: 2 ianuarie, 9.06 PM
Către: Elliot P. <elliverstravels@yahoo.com>
Subiect: re: carte

Jur că m-ai făcut să mă stric de râs. Știu că glumești, dar chiar pot să mi te imaginez călare pe un cal de carton, strigând „En guard!" și „Ivanhoe!"
Macy

De la: Elliot P. <elliverstravels@yahoo.com>
Data: 2 ianuarie, 09.15 PM
Către: Macy Lea Sorensen <minlilleblomst@hotmail.com>
Subiect: re: carte

Am vorbit serios. Chiar ne jucam așa, pe roluri. De fapt, există o comunitate foarte bine organizată, numită Nobilii, și sunt bătălii și regalitate și e foarte distractiv. Dar sunt sigur că ție nu ți-ar plăcea, pentru că la final nu există niciun gros-plan cu un sărut dulce.
Elliot

De la: Macy Lea Sorensen <minlilleblomst@hotmail.com>
Data: 3 ianuarie, 6.53 PM
Către: Elliot P. <elliverstravels@yahoo.com>
Subiect: Demență!

Bună Elliot,
Sunt convinsă că aseară ai fost arogant, așa că uite că eu sunt matură și ignor asta.
Vrei să auzi ceva, o demență? Prietena mea Nikki a fost exmatriculată temporar pentru că azi s-a sărutat cu un tip la cantină! Eu am fost gen doamne, ce se întâmplă? I-am povestit tatei și el m-a întrebat dacă eu m-am sărutat cu băieți și am zis, fugi de-aici! Cu cine să mă sărut eu la școală, că sunt toți niște ratați!
Oricum a fost o demență!
Macy

De la: Elliot P. <elliverstravels@yahoo.com>
Data: 3 ianuarie, 08.27 PM
Către: Macy Lea Sorensen <minlilleblomst@hotmail.com>
Subiect: re: Demență!

Prietenul meu Christian a fost exmatriculat anul trecut pentru că a construit o rachetă la atelier. Nici nu știu sigur de unde a luat combustibilul, dar chestia a zburat de-a binelea pe fereastră și a lovit o mașină din parcare. A fost super.

Deci, tu nu ieși cu tipi de la școala ta?

Elliot

De la: Macy Lea Sorensen <minlilleblomst@hotmail.com>

Data: 4 ianuarie, 7.32 AM

Către: Elliot P. <elliverstravels@yahoo.com>

Subiect: re: Demență!

Ies. Dough și Cody sunt colegi de școală cu mine din clasa întâi așa că suntem oarecum apropiați dar să ne sărutăm? Nu păi sunt drăguți dar cred că la un moment dat o să cunosc un tip de colegiu pentru că tipii din școala mea sunt toți pasionați de jocuri video și skateboarduri și Danny (alt prieten) a încercat bineînțeles să-mi atingă fundul o dată la un dans dar i-am zis clar că n-am chef.

Macy

De la: Elliot P. <elliverstravels@yahoo.com>

Data: 4 ianuarie, 07.34 AM

Către: Macy Lea Sorensen <minlilleblomst@hotmail.com>

Subiect: Demență!

Macy,

Ești prietenă cu punctuația.

Elliot

acum

joi, 5 octombrie

Liz *Petropoulos*, ce mai figură.

Potrivită de înălţime, cu forme pline şi cu o piele senzaţională. În plus, de nu mai puţin de patru ori i-am zis cât de mult îi invidiez pometţii. E o zâmbăreaţă, salută pe toată lumea care intră pe uşile spitalului Mission Bay şi opreşte pe oricine nu are legitimaţie, rugându-l să se înregistreze.

Ridic legitimaţia, ca în fiecare dimineaţă. Din fericire, era liberă ieri, când am dat buzna înăuntru vlăguită după micul-dejun ratat cu Elliot, dar azi zâmbeşte cu o mică sclipire în ochi, ca şi cum ştie mai multe acum decât ultima dată când am văzut-o.

— Hei, bună, Liz *Petropoulos*, îi spun când sunt aproape, renunţând să mă mai prefac.

Ezită doar o fracţiune de secundă şi apoi zice, fără să se uite la ecuson:

— Bună, Macy *Sorensen*.

Când ajung şi mai aproape, îmi zâmbeşte iar.

— Frate, ştiu că am auzit o grămadă despre tipa asta, Macy, în ultimii şapte ani. Şi când colo, era vorba despre noua şi drăguţa doctoriţă Sorensen, care îmi complimenta pometţii.

— Probabil că Elliot şi George ar trebui să renunţe şi să ne lase să ne măritām *una cu alta*, zic şi ea râde.

Are un râs plin, fericit.

Expresia îi devine repede serioasă.

— Iartă-mă că i-am zis când intri în tură.

Când dau să răspund, ridică o mână şi adaugă, mai în şoaptă:

— Mi-a spus că s-a întâlnit cu tine întâmplător şi atunci am făcut nişte legături. Nici nu-ţi închipui cât înseamnă pentru el faptul că te-a văzut. Ştiu că nu e treaba mea, dar...

— Apropo de asta.

Îmi reazem coatele de placa de marmură a biroului de recepţie şi îi zâmbesc, să înţeleagă că nu am de gând să cer să fie concediată.

— Ce zici dacă îmi faci şi mie un serviciu şi pe urmă terminăm definitiv cu divulgarea neconsensuală de informaţii?

— Absolut, zice Liz, căscând ochii. Cu ce pot să te ajut?

— Numărul lui de mobil ar fi excelent.

Prietenii se sună între ei, îmi zic în gând. Primul pas este să stăm de vorbă, să lămurim lucrurile o dată pentru totdeauna şi pe urmă putem să ne vedem de viaţă.

Liz îşi scoate telefonul, deschide lista de Favorite şi se apleacă să noteze numărul lui de telefon.

Are telefonul lui Elliot pe apelare rapidă.

Ştiu de ce: atent, grijuliu, matur emoţional, Elliot este cumnatul ideal. *Bineînţeles* că ţine regulat legătura cu el.

— Să nu-i spui că am numărul, îi zic când dezlipeşte bileţelul şi mi-l întinde. Nu ştiu cât o să dureze până îmi dau seama ce să-i spun.

Pe cine păcălesc? E o idee cât se poate de proastă. Elliot are ce să-mi povestească. Şi eu am propria poveste. Avem amândoi atât de multe secrete. Nici măcar nu sunt sigură că putem să ne întoarcem în timp atât de mult.

Traversez holul până la camera de repaus a rezidenților și tot drumul îmi verific mereu buzunarul pantalonilor de uniformă, să fiu sigură că n-am pierdut micul bilet, împăturit şi băgat acolo. Nu că aş avea nevoie de el în primul rând. Am stat cu ochii pe număr tot drumul până la etajul patru. Cred că nicio clipă nu mi-a trecut prin minte că Elliot şi-a păstrat acelaşi număr de telefon în tot acest timp. Numărul avea o ritmicitate care mi se înfipsese în minte precum o melodie.

Îmi pun geanta într-un dulap din camera de repaus şi mă uit la telefon. Garda mea începe în cinci minute şi acolo unde merg trebuie să fiu cu capul pe umeri. Dacă nu o fac acum, o să-mi stea ca o pietricică în pantof, toată tura. Inima îmi bubuie în ureche de parcă ar tuna.

Fără să mă gândesc prea mult, trimit un mesaj:

Azi lucrez de la 9 la 18.00. Vrei să ne vedem la cină? Să discutăm.

La numai câteva secunde după aceea, îmi apare bula de răspuns. Elliot scrie. Palmele încep să-mi transpire fără motiv. Până în clipa aceea nu-mi trecuse prin cap că ar putea să spună: *Nu, las-o baltă, prea eşti de toată jena.*

Macy, tu ești?

Sau că nu are numărul meu. Sunt o proastă.

Da, scuze. Trebuia să fi spus.

Nu-i nimic.

Spune-mi unde și vin.

atunci

joi, 13 martie
cu paisprezece ani în urmă

Pe măsură ce ziua mea de naştere se apropia, îmi dădeam seama că tata habar nu are ce să facă. De când mă ştiam, făcuserăm întotdeauna acelaşi lucru: pregăteam *aebleskiver*-e[11] la micul-dejun, după-amiaza ne uitam cu toţii la un film şi pe urmă eu mă îndopam cu o îngheţată uriaşă cu glazură, pe post de cină, şi mă duceam la culcare, jurând că n-o să mai fac niciodată asta.

După moartea mamei, obiceiul nu s-a schimbat. Pentru mine era importantă constanţa, un mic memento că mama chiar fusese aici. Acum era însă primul an când aveam casa de vacanţă şi primul an când aveam un prieten apropiat precum Elliot.

— Putem să mergem la cabană în weekendul ăsta?

Tata înţepenise cu cana de cafea în aer şi privirea lui a întâlnit-o pe a mea pe deasupra unei şuviţe subţiri de abur. A suflat peste buza ceştii, a luat o înghiţitură

11 Desert tradiţional danez, gogoşele din aluat asemănător celui pentru clătite.

şi a pus cana înapoi pe masă. Apoi a luat furculiţa şi a înfipt-o într-o bucată de omletă, încercând pe cât putea mai bine să se poarte natural, ca şi cum pentru el nu era nimic deosebit de surprinzător sau dezamăgitor în doleanţa mea.

Era prima dată când ceream să merg acolo şi îl cunoşteam suficient de bine pe tata ca să ştiu cât de uşurat era că poate să se bizuie neclintit pe predicţiile perfecte din lista mamei.

— Asta e ce ţi-ai dori să faci anul ăsta? De ziua ta?

Mi-am coborât ochii spre omleta mea.

— Mda, am zis, înclinând din cap.

— Ai vrea şi o petrecere? Am putea aduce câteva prietene la cabană? Le-ai putea arăta biblioteca ta?

— Nu... prietenelor mele de aici nu le-ar plăcea.

— Nu sunt ca Elliot.

Am luat o înghiţitură şi am ridicat din umeri, dezinvolt.

— E un prieten apropiat?

Cu ochii în farfurie, am dat din cap şi am luat încă o îmbucătură în furculiţă.

— Ştii că eşti prea mică să ieşi la întâlniri, a zis tata.

Am ridicat capul brusc, cu ochii măriţi de groază.

— *Tată!*

A râs.

— Doar mă asiguram că înţelegi care sunt regulile.

Am clipit şi am coborât iar privirea în farfurie.

— Nu fi nesuferit, am bolborosit. Doar îmi place acolo, bine?

Tata nu era prea zâmbăreţ, nu era genul de persoană la care să te gândeşti şi să ţi-l imaginezi cu un ditamai surâsul pe faţă, dar în clipa aceea, când am ridicat iar ochii, zâmbea. Zâmbea de-a dreptul.

— Sigur că putem să mergem la cabană, Macy.

Am pornit sâmbătă dimineața devreme, în prima zi a vacanței mele de primăvară. În săptămâna aceea, două au fost lucrurile pe care tata a vrut să le bifeze de pe listă, punctele 44 și 53: să plantăm un copac, pe care să-l pot urmări mulți ani cum crește, și să mă învețe să tai lemne de foc.

Înainte să pot evada în minunata mea lume a cărții, tata a scos din spatele mașinii un vlăstar și l-a dus în curtea de pe latura casei.

— Ia lopata din spate, a zis.

A îngenuncheat să înlăture cu o lamă containerul de plastic de pe măr.

— Adu mănușile de lucru.

Întotdeauna am considerat că, în anumite privințe, sunt fata mamei: îmi plăceau culorile și înghesuiala de lucruri din casa noastră din Berkeley. Îmi plăceau muzica ritmată și zilele călduroase și dansam când spălam vasele. La cabană însă mi-am dat seama că eram și fata tatei. În răcoarea vântului de martie ce șerpuia printre copaci am săpat o groapă adâncă, într-o tăcere plăcută, în timp ce comunicam cu un semn din vârful unui deget sau cu o înclinare din bărbie. Când am terminat, și în curtea noastră era bine înfipt un măr Gravenstein micuț și mândru, în loc să mă îmbrățișeze mândru și entuziast și să-și reverse dragostea în urechea mea, tata mi-a prins obrajii în căușul mâinilor, s-a aplecat și m-a sărutat apăsat pe frunte.

— Bună treabă, *min lille blomst*, a zis, zâmbindu-mi. Mă duc în oraș după provizii.

Cu permisiunea lui, mi-am luat zborul. Pantofii călcau cu zgomot pe cărarea în linie dreaptă care ducea de la capătul aleii noastre de maşină şi până la începutul aleii lui Elliot. Sunetul soneriei s-a auzit răsunând în toată casa şi apoi a revenit la mine, prin fereastra deschisă de deasupra. La urechi mi-a ajuns un lătrat puternic, urmat de zgrepţănatul stângaci al unor gheare de căţel pe pardoselile de lemn.

— Gura, Darcy, a zis o voce somnoroasă şi câinele a tăcut, a mai scos doar câteva mici scâncete spăşite.

Mi-am dat seama că, în cele aproape şase luni de când aveam cabana, nu intrasem niciodată în casa lui Elliot. Doamna Dina ne invitase, desigur, dar tata era de părere că ar fi fost nepotrivit să dea buzna. Cred că îi şi plăcea solitudinea casei noastre în weekenduri — cu excepţia prezenţei lui Elliot, desigur. Tatei îi plăcea să nu fie nevoit să iasă din cochilia lui.

Am făcut un pas în spate, mai emoţionată, când uşa s-a deschis şi înaintea mea a apărut Andreas, căscând şi cu părul vâlvoi.

Era evident că al doilea frate Petropoulos mai mare tocmai se dăduse jos din pat — cu părul castaniu bramburit, cu dâre pe faţă de la somn, fără cămaşă şi îmbrăcat cu un şort de baschet care sfida gravitaţia, abia aninat pe şolduri. Avea un trup cum până atunci eu nu fusesem sigură că există cu adevărat.

Aşa o să arate şi Elliot peste câţiva ani? Mintea mea abia dacă putea să facă faţă ideii.

— Bună, Macy, a zis Andreas şi vocea îi părea un mârâit, un păcat.

S-a dat în spate, cu uşa deschisă şi a aşteptat ca eu să fac un gest.

— Intri sau nu?

M-am silit să-mi cobor sprâncenele la locul lor, pe frunte.

— Ah, sigur.

Înăuntru *chiar* mirosea a prăjituri. A prăjituri şi a băiat. Andreas a zâmbit şi s-a scărpinat leneş pe burtă.

— Aţi venit aici în weekend?

Am dat din cap şi zâmbetul i-a cuprins tot chipul.

— Şi eşti foarte vorbăreaţă, văd.

— Scuze, am zis şi am rămas acolo, cu braţele pe lângă corp, trăgând cu degetele de tivul pantalonilor scurţi, fără să ştiu ce să spun. Elliot e acasă?

— Îl aduc eu, a zis Andreas şi a luat-o spre scări, râzând. Hei, Ell! A venit iubita ta!

Vocea i-a răsunat în holul lambrisat cu lemn, în timp ce mie mi se înroşea pielea pe corp, ca opărită.

Până să apuc să-i răspund, de deasupra noastră s-a auzit tropăit de paşi pe podea.

— Eşti un cretin! a zis Elliot, năpustindu-se în jos pe scări, să se bulucească peste frate-său.

Izbit, Andreas a gemut şi l-a înşfăcat pe Elliot, prinzându-i capul cu braţul, ca într-o menghină. Andreas era mai înalt şi destul de musculos, dar Elliot părea să aibă de partea lui dorinţa de a evita o umilire publică.

Cei doi băieţi s-au luptat, au fost periculos de aproape să dărâme o lampă, şi-au spus nişte cuvinte la care eu nu ar fi trebuit nici măcar să mă gândesc şi, într-un final, s-au despărţit, gâfâind.

— Scuze, mi-a spus Elliot, cu ochii tot la Andreas, în timp ce îşi potrivea ochelarii şi îşi aranja hainele. Frate-meu crede că e amuzant şi, după toate aparenţele, nu e în stare să se îmbrace singur.

A făcut semn spre pieptul gol al lui Andreas.

— Abia dacă e amiaza, puţă, a spus acesta, a dat ochii peste cap şi l-a ciufulit şi mai tare pe Elliot.

— Cred că mama ar trebui să te ducă la un control pentru narcolepsie.

După ce i-a mai tras un pumn în umăr, Andreas s-a întors spre scări.

— Eu mă duc acasă la Amie. Mă bucur că te-am văzut, Macy.

— Şi eu, i-am răspuns, jenată.

Andreas a făcut cu ochiul, peste umăr.

— Ah, Elliot, ştii ce?

— Ce?

— Să ţii uşa deschisă.

Hohotele lui de râs au umplut holul de sus, înainte ca el să dispară dincolo de uşă, închisă cu un clic.

Elliot a pornit spre scări, dar apoi s-a oprit şi s-a întors spre mine, încruntat.

— Hai să mergem la tine acasă.

— Nu vrei să-mi arăţi casa ta?

S-a întors cu un mormăit şi a arătat în jur.

— Living, sufragerie, bucătăria e într-acolo.

S-a învârtit pe loc, indicând fiecare încăpere, împungând aerul cu degetul arătător. A urcat scările şi m-am luat după el, în timp ce mormăia: „scări", „hol", „baie", „camera părinţilor" şi o listă de alte etichete monotone, până când s-a oprit în dreptul unei uşi albe, închise, de care era lipit un tabel periodic al elementelor.

— Asta e a mea.

— Uau, chiar că e... cum mă aşteptam, am zis, râzând.

Eram aşa de bucuroasă că îi văd camera, încât mă simţeam puţin ameţită.

— Nu eu l-am pus acolo, Andreas a făcut-o.

Vocea îi căpătase o inflexiune defensivă, ca şi cum nu suporta să-l considere cineva decât 98% tocilar.

— Dar nu l-ai dat jos, am subliniat.

— E un poster bun. L-a luat de la un târg de ştiinţe.

S-a întors spre mine și a ridicat din umeri, privind în jos.

— Ar fi o risipă să scap de el și, dacă l-aș pune înăuntru, în camera mea, nu m-ar mai slăbi cu tâmpeniile.

A deschis ușa, fără un cuvânt, doar a făcut un pas în spate, să mă lase să trec pe lângă el, ca să intru. Neliniștea și entuziasmul m-au lovit dintr-odată: intram în camera unui băiat.

Intram în camera lui *Elliot*.

Avea puțin mobilier și era imaculată: patul făcut, doar câteva haine murdare într-un coș din colț, sertarele comodei, bine închise. Singura dezordine era în grămada de cărți stivuite pe birou și în cutia cu cărți dintr-un colț.

Am simțit în spatele meu prezența lui tensionată, îi auzeam ritmul sacadat al respirației. Știam că vrea să scape de haosul din casa lui în solitudinea debaralei, dar eu nu mă puteam desprinde de acolo. În spatele biroului se afla un panou pe care erau prinse în piuneze câteva panglici, o fotografie și o carte poștală cu o imagine din Maui.

M-am apropiat și m-am aplecat să o studiez.

— Doar niște târguri de științe, a bolborosit în spatele meu, ca să explice panglicile.

Locul întâi la categoria lui de vârstă la târgul de științe din Comitatul Sonoma, trei ani la rând.

— Frate. Chiar ești *deștept*, am zis și l-am privit peste umăr.

A zâmbit strâmb și obrajii i s-au colorat.

— Neeh.

M-am întors cu spatele și am examinat fotografia prinsă în colțul tablei. Erau trei băieți în ea, inclusiv Elliot, și o fată în colțul din stânga. Părea să fi fost făcută cu câțiva ani în urmă.

Simţeam cum ceva mă râcâie în piept şi mă deranjează.

— Cine sunt ăştia?

Elliot şi-a dres glasul şi s-a aplecat spre tablă, arătând cu degetul. Gestul a adus cu el o explozie de parfum de deodorant — vag acru şi cu aromă de brad — şi încă ceva, un miros cu totul *băieţesc* şi care mi-a făcut stomacul să se strângă.

— Ăăm, ăla e Cristian, eu, Brandon şi Emma.

Auzisem numele acelea în treacăt: povestiri episodice despre cursuri sau o excursie cu bicicletele în pădure. Mi-am dat seama că, deşi Elliot devenea al meu, zona mea de siguranţă şi singurul om în afară de tata în care puteam să am cu adevărat încredere, nu îi ştiam aproape deloc viaţa. Ce latură a lui vedeau aceşti prieteni? Înţelegeau surâsul care începea ca un ridicat din sprâncene şi devenea încet o grimasă amuzantă a buzelor? Îi acceptau hohotele de râs care anihilau înclinaţia lui de a se simţi stânjenit şi care explodau într-un *haha-haha-haha* zgomotos?

— Par drăguţi, am spus şi m-am lăsat pe spate, simţindu-l cum se îndepărtează repede de mine.

— Mda.

Nu a mai spus nimic şi tăcerea părea să se transforme într-o sferă sclipitoare care ne înghite. Au început să-mi ţiuie urechile şi inima îmi bubuia imaginându-mi-o pe Emma aia aşezată pe jos, în colţ, citind împreună cu el. Din spatele meu vocea i s-a auzit abia şoptit:

— Dar tu eşti mai drăguţă.

M-am întors şi i-am întâlnit privirea în timp ce tocmai făcea manevra cu încreţitul rapid din nas ca să-şi salte ochelarii.

— Nu trebuie să spui asta doar pentru că...

— Mama e însărcinată, a izbucnit el.

Şi sfera s-a spart. Am auzit tropăit de picioare pe coridor, lătratul câinelui.

Am căscat ochii, pe măsură ce îi asimilam spusele.

— *Ce?*

— Da, ne-au anunţat aseară, a spus şi și-a dat la o parte părul de pe frunte. Se pare că o să nască în august.

— Să dea naiba. Ai 14 ani. O să fie, gen, cu 15 ani mai mic decât tine.

— Ştiu.

— Elliot, e aiurea.

— Ştiu.

S-a aplecat să-şi lege şiretul.

— Serios, acum, chiar nu vreau să vorbesc despre asta. Putem să mergem la tine? Mama se simte rău de câteva săptămâni, tata se poartă ca un dement. Fraţii mei sunt nişte nesimţiţi.

A făcut semn cu capul spre cutia cu cărţi şi a adăugat:

— Şi am nişte clasici pe care să-i adaug în biblioteca ta.

Când am intrat, tata ne-a aruncat o privire complice. Am urcat scările, tropăind.

— Marți nu e ziua ta? m-a întrebat Elliot, urmându-mă pe coridor.

Pantofii i se dezintegrau — perechea lui preferată de Vans — și una dintre tălpi clămpănea la fiecare pas.

M-am întors și m-am uitat peste umăr la el.

— Ți-am zis o dată asta, gen, acum cinci luni.

— Și n-ar *trebui* să-mi spui doar o dată?

I-am întors iar spatele și am intrat amândoi în camera mea și drept în debara. De când ne mutaserăm, interiorul căpătase încet o viață proprie și acum era complet: existau desigur rafturile de-a lungul unui perete întreg, fotoliul-pară în colțul cel mai îndepărtat și canapeaua extensibilă pe peretele opus raftului. Dar cu numai câteva săptămâni în urmă tata zugrăvise pereții și tavanul într-un albastru închis, cum e cerul noaptea, cu stele argintii și galbene pictate în constelații deasupra capului. Două lămpi mici luminau spațiul — câte una lângă fiecare din cele două variante de șezut. În mijlocul podelei erau pături și alte perne. Era un fort perfect.

Elliot s-a ghemuit pe jos și și-a a tras în poală o pătură de fleece.

— Și ești în vacanța de primăvară?

— Da, am zis, mușcându-mi buza și dând din cap.

A tăcut și pe urmă m-a întrebat:

— Ești tristă că n-o să fii cu prietenii tăi?

— Păi *sunt* cu un prieten.

M-am uitat la el, căscând ochii cu subînțeles.

— Mă refeream la prietenele tale, a răspuns, dar mie nu mi-a scăpat felul cum se îmbujorase.

— Ah. Nu, e OK. Nikki pleacă în Peru să-și vadă familia.

Elliot nu a zis nimic. M-a privit în timp ce îmi alegeam o carte și rearanjam pernele, să mă așez mai confortabil. Cu gândul la ce simțisem când am văzut fotografia cu el și prietenii lui — și la faptul că îmi doream să știu mult mai multe despre viața *lui* dincolo de debaraua mea — mi-am cântărit bine vorbele pe care urma să le spun și le-am lăsat să mi se rostogolească în cap înainte de a le rosti.

— După ce mama s-a îmbolnăvit, o vreme nu m-am mai văzut cu majoritatea prietenelor mele, ca să-mi pot petrece timpul cu ea.

A înclinat capul şi chiar dacă ochii i-au rămas fixaţi pe carnetul din faţa lui, mi-am dat seama că atenţia îi era concentrată exclusiv asupra mea.

Mi-am trecut privirea peste prima pagină şi am deschis apoi la capitolul pe care tocmai îl începusem.

— Pe urmă, după ce mama s-a dus, n-am mai avut chef să merg la petreceri în pijama şi să vorbesc despre băieţi. Era ca şi cum ele toate crescuseră în timp ce eu încercam să îmi revin. Nikki şi cu mine suntem încă prietene, dar cred că asta e din cauză că nici ea nu-şi petrece timpul cu nimeni, în afara şcolii. Are o familie foarte numeroasă şi e mult timp în vizită pe la rude.

Acum îl simţeam cum mă urmăreşte, dar nu m-am întors, ştiind că altfel n-aş mai fi fost în stare niciodată să termin. Cuvintele păreau să îmi clocotească în piept, lucruri despre care nu vorbisem niciodată, cu nimeni.

— Tata a încercat să mă facă să ies mai mult, am continuat eu. A aranjat chiar să merg la un club pentru copii, de la serviciul lui.

I-am aruncat lui Elliot o privire furişă şi apoi am coborât iar ochii.

— A zis că era ca să socializez şi să-mi fac prieteni, dar n-a fost aşa. Era un grup pentru copiii în doliu.

— Ah.

— Ştiam cu toţii ce căutam acolo, totuşi. Îmi aduc aminte că intram într-o încăpere imensă şi albă. Pereţii erau plini cu chestii care se presupunea probabil că au legătură cu adolescenţa: postere cu trupe de băieţi, graffiti cu roz și mov pe panouri de afişaj, fotolii-pară şi coşuri cu reviste.

M-am tras de un fir din jeanşi.

— Parcă mama cuiva venise și pusese la întâmplare toate lucrurile alea care credeau că ar trebui să existe în camera unei adolescente.

Mi-am adus coada groasă de cal peste umăr, să mă joc cu vârful ei și am continuat:

— Îmi amintesc că în prima zi m-am uitat în jur și m-am gândit ce ciudat e că toate eram acolo doar ca să stăm împreună. După câteva zile am observat că toate fetele aveau aproape aceeași tunsoare. Șapte fete, toate cam de vârsta mea, toate tunse bob, până la ureche. După câteva săptămâni am aflat că toate fetele acelea erau ca mine, toate își pierduseră mama. Cele mai multe pur și simplu aleseseră tunsoarea aceea simplă și ușoară.

Am făcut o pauză și am început să-mi răsucesc vârfurile părului în jurul unui deget.

— Tata învățase însă cum să-mi prindă părul în coadă de cal, ce fel de șampon trebuia să cumpere, ba chiar pusese pe cineva să-l învețe cum să-mi împletească părul și să folosească ondulatorul, la ocazii speciale. Și el ar fi putut să facă așa cum i-ar fi fost cel mai ușor, să mi-l scurteze de tot. Dar nu a făcut-o.

Pentru prima dată am ridicat ochii să mă uit cum mă privește. Cu ochii mari, plini de înțelegere, Elliot s-a întins și m-a luat de mână.

— Ți-am zis vreodată că am părul ca al mamei?

A scuturat din cap, dar mi-a zâmbit cu adevărat.

— Cred că ai cel mai frumos păr pe care l-am văzut vreodată.

acum

joi, 5 octombrie

Stau în fața intrării în restaurantul Nopalito de pe Ninth Street și, fără să caut prea mult, știu că Elliot este deja înăuntru. O știu pentru că e opt și zece minute. Am convenit să ne întâlnim la ora opt și el nu întârzie niciodată. Ceva îmi spune că asta nu s-a schimbat.

Intru și îl zăresc imediat. Grăbit să se ridice în picioare, șervetul îi alunecă pe jos și el se lovește stângaci cu șoldul de masă. Observ două lucruri: unu, e îmbrăcat cu sacou, jeanși super și o pereche de pantofi eleganți care par proaspăt lustruiți. Doi, s-a tuns.

Părul îi e în continuare cam lung în creștet, dar e tuns scurt pe părți. Îl face să arate ceva mai puțin ca un hipster din lumea literară și mai mult ca... un adept sexy al rolelor. E uluitor cum un look pe care nu l-ar fi încercat niciodată în adolescență, acum, la 29 de ani, poate să și-l însușească la perfecție. Totuși, sunt sigură că e doar meritul stilistului său. Băiatul cu care am crescut eu s-ar gândi mai mult la ce fel de stilou să folosească atunci când scrie o listă pentru băcănie decât la cum arată în fiecare zi.

Mă cuprinde tandrețea.

Îmi fac drum până la el, încercând să-mi controlez prin respirație bâzâitul fluxului de electricitate care îmi cuprinde sângele. Poate că e grație faptului că am avut timp să mă pregătesc astă-seară — și pentru că nu mai sunt în uniforma de spital –, dar de astă dată simt cum ochii lui se plimbă în sus și-n jos pe mine, de la păr la pantofi și înapoi.

Când fac un pas mai aproape și mă întind să-l îmbrățișez scurt e vizibil șocat.

— Bună.

Înghite și scapă un „Bună" gâtuit, apoi îmi trage scaunul, să mă așez.

— Părul tău e... arăți... superb.

— Mersi. La mulți ani, Elliot.

Prieteni. Nu e o întâlnire, îmi spun repetat, ca pe o rugăciune. *Am venit doar ca să mă revanșez pentru micul-dejun și ca să lămuresc lucrurile.*

Încerc să-mi întipăresc asta în creier și în inimă.

— Mulțumesc, zice Elliot dregându-și glasul și zâmbește cu buzele strânse și ochii mijiți.

Serios, acum, de unde să încep?

Chelnerul îmi toarnă apă în pahar și îmi așază șervetul în poală. În tot acest timp Elliot se uită la mine de parcă m-am întors din morți. Așa i se pare lui? În ce moment ar fi renunțat să mai încerce să ia legătura cu mine sau răspunsul e *niciodată*?

— Cum a fost azi la muncă? mă întreabă, începând cu un subiect neriscant.

— A fost o zi plină.

Înclină aprobator din cap, ia o gură de apă și apoi o pune jos, urmărind cu degetele picăturile de condens care alunecă în jos de pe buza paharului.

— Specializarea ta e în pediatrie.

— Da.

— Şi ai ştiut imediat ce ai început facultatea de Medicină că vrei să lucrezi în domeniul ăsta?

— Cam da, răspund şi ridic din umeri.

Iritat, gura i se chinuie să surâdă.

— *Lasă* şi tu puţin de la tine, Mace.

Mă umflă râsul.

— Scuză-mă. Nu încerc să fac pe ciudata.

Trag adânc aer în piept şi după ce expir îndelung şi tremurat, recunosc:

— Cred că sunt agitată.

Nu pentru că e o întâlnire.

Adică, bineînţeles că nu este. Lui Sean i-am spus că în seara asta mă întâlnesc să iau cina cu un vechi prieten şi mi-am promis că o să-i spun întreaga poveste când ajung acasă — ceea ce am în continuare de gând să fac. Sean era însă preocupat să-şi instaleze noul televizor şi oricum nu a părut să observe când am ieşit din casă.

— Şi eu sunt agitat, zice Elliot.

— A trecut multă vreme.

— Aşa e, zice, dar mă bucur că m-ai sunat. Sau că mi-ai trimis mesaj, mai degrabă.

— Mi-ai răspuns aşa de repede, spun şi gândul mă duce iar la vechiul lui telefon cu clapetă.

Nu eram pregătită pentru asta.

Radiază, cu prefăcută mândrie, şi spune:

— Acum am un iPhone.

— Lasă-mă să ghicesc: e moştenit de la Nick Jr.?

— Tot pe acolo, zice, încruntat.

Mai ia o gură de apă şi adaugă:

— Adică, Andreas îşi schimbă telefonul *mult* prea des.

Râsul ni se stinge pe buze, dar păstrăm contactul vizual.

— Păi, în caz că te întrebi, scorul e egal, unu la unu. Liz mi-a dat numărul tău de telefon. Deşi probabil că mi l-aş fi amintit. E acelaşi pe care l-ai avut întotdeauna.

Dă din cap, iar când îşi muşcă şi îşi umezeşte buza de jos, eu cobor reflex privirea tremurată.

— Liz e super.

— Îmi dau seama, zic. Îmi place de ea.

Îmi dreg vocea şi adaug şoptit:

— Apropo... scuze pentru cum am plecat de la micul-dejun.

— Înţeleg, răspunde repede. Sunt multe de asimilat.

E aproape hilar; ne despart un ocean de informaţii şi un număr infinit de puncte de unde să începem şi să mergem mai departe. Începem cu începutul şi mergem înainte. Începem cu prezentul şi o luăm înapoi. Ne aruncăm direct undeva la mijloc.

— Sincer, nici măcar nu ştiu de unde să încep, recunosc eu.

— Poate, zice Elliot, ezitant, poate ne uităm pe meniu, comandăm un vin şi pe urmă ne punem la curent?

Încuviinţez din cap, uşurată că pare la fel de viguros mintal ca întotdeauna. Iau meniul să-l citesc, dar mi se pare că toate cuvintele scrise pe pagină sunt estompate de întrebările din capul meu.

Unde anume locuieşte în Berkeley?

Despre ce e vorba în romanul lui?

Ce anume e schimbat la el? Ce a rămas la fel?

Dar gândul meschin şi perfid care pândeşte în cotloanele întunecate şi vinovate ale minţii mele este despre cât curaj i-a trebuit ca să încheie o relaţie, după ce m-a văzut preț de mai puțin de două minute. Adică, numai dacă nu era o relație foarte stabilă.

Sau poate că era deja pe terminate.

Oare ăsta e punctul cel mai prost de unde să începem? Sunt total maniacă? Vreau să spun, măcar ăsta a fost ultimul lucru important despre care am vorbit ieri, nu?

— E totul OK cu... cu...? îl întreb, jenată.

Ridică ochii din meniu și poate că doar expresia mea ușor anxioasă este cea care îi descifrează întrebarea.

— Cu Rachel?

Încuviințez din cap, dar numele ei îmi declanșează o reacție defensivă: chiar *ar trebui* să fie cu cineva pe nume *Rachel*, care citește încântată fiecare număr din *New Yorker*, lucrează într-o organizație nonprofit și transformă în compost toate cojile de ou și de sfeclă, ca să poată cultiva propriile alimente. Pe de altă parte, eu sunt praf, am împrumuturi nesfârșite pentru facultatea de Medicină, probleme legate de mami, legate de tati, legate de Elliot și un abonament rușinos la *US Weekly*.

— Lucrurile sunt OK, de fapt. Așa cred. Sper ca până la urmă să fim din nou prieteni. Retrospectiv privind, n-ar fi putut niciodată să fie mai mult.

Sentimentul acesta mi se strecoară în sânge, cald și electrizant.

— Elliot.

— Am auzit ce-ai spus, zice, sincer. Ești logodită, pricep. Dar mie, Macy, mi-ar fi greu să-ți fiu *doar* prieten. Nu e în ADN-ul meu.

Privirile ni se întâlnesc și Elliot pune meniul jos, lângă braț.

— O să încerc, dar deja știu asta despre mine.

Simt cum sinceritatea lui dezarmantă îmi ciobește încet cochilia rezistenței, care mă înconjoară. Mă întreb de câte ori ar putea să-mi mai repete că mă iubește înainte să mă topesc, să mă fac baltă la picioarele lui.

— Atunci, cred că putem să stabilim câteva reguli de bază, zic.

— Reguli de bază, repetă și dă încet din cap. Gen, fără speranțe?

Dau și eu in cap.

— Și poate... eu o să-ți spun tot ce vrei să știi și viceversa?

Dacă este vorba de un schimb la schimb, atunci va trebui să adopt rolul de femeie matură și să trec și prin asta. Accept, deși totul în mine se zbuciumă de panică.

— Deci, zice și lasă să-i scape un zâmbet, nu știu ce-ai vrea să afli despre Rachel. La început am fost amici. Ani întregi, în timpul masteratului și după aceea.

Ideea că mai mulți ani a fost prieten cu o altă femeie e ca un cuțit înfipt încet în pieptul meu. Beau puțină apă și reușesc să comentez lejer:

— Masterat?

— MFA[12] la NYU[13], explică, zâmbind.

Își trece o mână prin păr, parcă neînvățat încă să și-l simtă așa scurt, apoi adaugă:

— Când mă uit în urmă, mi se pare puțin ca și cum, după ce am împlinit 28 de ani, amândoi am recurs implicit la o relație.

Știu ce vrea să spună. Eu am împlinit 28 și am recurs implicit la Sean.

Elliot îmi citește gândurile:

— Spune-mi despre tipul ăsta cu care o să te căsătorești.

12 Master of Fine Arts – Masterat în Arte Plastice.

13 New York University.

E un câmp minat aici, dar la fel de bine aş putea să-i spun imediat cum stau lucrurile şi să fiu sinceră.

— Ne-am cunoscut cu ocazia unui dineu de bun-venit, organizat pentru toţi noii medici rezidenţi.

Nu mai e nevoie să calculez eu în locul lui, dar o fac şi adaug:

— În mai.

Saltă încet din sprâncenele care i se ascund sub claia dezordonată de păr.

— Ah.

— Ne-am împrietenit imediat.

Elliot dă din cap şi mă priveşte insistent:

— Presupun că aşa şi trebuia.

Clipesc, cu ochii la masă, şi îmi dreg glasul, încercând să nu-i răspund defensiv. Elliot a fost mereu brutal de sincer, dar până acum *pe mine* nu m-a împuns niciodată atât de tare. Cuvintele lui au fost întotdeauna gentile şi drăgăstoase la adresa mea. Acum inima îmi bate aşa de puternic, încât o simt zvâcnind între noi şi mă face să mă întreb dacă durerea pe care o simţim, fiecare dintre noi, nu o va alunga din trupurile noastre, cu lovituri de pumn.

— Scuze, mormăie Elliot.

Întinde mâna peste masă şi, înainte să se gândească mai bine, mă atinge.

— N-am vrut să sune aşa. Doar că e foarte repede, atât.

Ridic privirea şi îi trimis un zâmbet abia schiţat.

— Cum e tipul?

— Plăcut. Simpatic.

Îmi răsucesc şervetul în poală şi îmi doresc să fi fost în stare să folosesc adjective mai bune care să-l descrie pe bărbatul cu care am de gând să mă căsătoresc.

— Are o fată.

Elliot mă ascultă aproape fără să clipească.

— E unul dintre sponsorii spitalului. Mă rog, într-un fel. E artist plastic. Lucrările lui...

Îmi dau seama că încep să mă laud şi nu ştiu de ce asta îmi creează o senzaţie de nelinişte.

— E destul de la modă în momentul de faţă. Îşi donează foarte multe dintre instalaţiile artistice mai noi spitalului Benioff Mission Bay.

— *Sean Chen?* zice Elliot şi se apleacă peste masă.

— Da. Ai auzit de el?

— Pe aici, cărţile şi arta plastică se învârt în aceleaşi cercuri, îmi explică, dând din cap. Am auzit că e bun tipul. Arta lui e senzaţională.

Simt cum mândria mi se umflă, caldă, în piept.

— Aşa e. Da, şi arta.

Înainte să mă pot opri, îmi scapă un alt adevăr:

— Şi e primul tip cu care...

Rahat.

Încerc să găsesc un mod de a-mi termina fraza mai bun decât adevărul gol, dar în mintea mea e vid, cu excepţia expresiei sincere de pe chipul lui Elliot şi a felul delicat în care ţine mâinile căuş pe paharul cu apă. Mă dă gata.

Aşteaptă şi, într-un final, mă întreabă:

— Cu care ce, Mace?

La dracu.

— Cu care n-am simţit cumva că trădez...

Elliot încheie fraza mea neterminată cu un delicat:

— Ah. Da.

Îi întâlnesc privirea.

— Mie nu mi s-a întâmplat niciodată aşa ceva, mai adaugă, şoptit.

De fapt, *aici* e câmpul minat. Cu inima în gât, plec iar ochii spre masă, şi spun repede:

— Ăsta e motivul pentru care am zis da, impulsiv, când m-a cerut. Întotdeauna mi-am spus că o să mă mărit cu primul bărbat cu care o să am o relaţie fără să simt că e o greşeală.

— Mi se pare că e... un criteriu puternic.

— *Am simţit* că nu e o greşeală.

— Totuşi, spune Elliot strivind cu degetul o picătură de apă care şi-a făcut drum până pe masă, conform criteriului respectiv şi, tehnic vorbind, persoana aceea n-ar trebui să fiu eu?

Chelnerul devine persoana mea favorită, mai nou, pentru că imediat după ce Elliot a spus-o, se apropie de noi cu intenţia de a ne lua comanda şi mă împiedică să recurg la baletul stânjenitor al evitării unui răspuns.

Cu ochii fix pe meniu, spun:

— Vreau *tacos dorados*[14] şi salată de citrice.

Ridic privirea şi adaug:

— Îl las pe el să aleagă vinul.

Aşa cum puteam să ghicesc, probabil, Elliot comandă *caldo tlalpeño*[15] – întotdeauna i-a plăcut mâncarea picantă — şi o sticlă de sauvignon blanc Horse & Plow, apoi îi dă chelnerului meniul, mulţumindu-i fără cuvinte.

Revine apoi la mine şi spune:

— Am ştiut exact ce-o să comanzi. Salată de citrice? E mâncarea de vis a lui Macy, gen.

Când îl aud, gândurile mi se împiedică între ele, uluită cât de uşor e totul, cât de sincronizaţi suntem încă, într-o clipă. E prea uşor, pe bune, şi am senzaţia

---

14 O tortilla rulată și umplută cu carne de vită, brânză sau pui și apoi prăjită.

15 Supă de pui și legume din bucătăria mexicană.

că într-un mod *cu adevărat* suprarealist şi pe dos îi sunt infidelă bărbatului care, la doar câţiva kilometri distanţă, instalează un televizor în căminul mic pe care îl împărţim. Mă îndrept de spate, în efortul de a infuza în poziţia respectivă ceva distanţă emoţională.

— Şi doamna se retrage... zice Elliot, fixându-mă cu privirea.

— Îmi pare rău. Începuse să devină un pic prea familiar.

Îmi citeşte fiecare mişcare pe care o fac, oricât de imperceptibilă. Nu pot să-l condamn; şi eu fac la fel.

— Din cauza logodnicului, zice, şi-şi lasă capul pe spate, să arate *altundeva*. Pe când nunta?

— Programul meu e destul de aiurit, aşa că n-am fixat încă o dată.

E parţial adevărat.

Atitudinea lui Elliot îmi spune că îi place răspunsul meu — oricât de ipocrit ar fi — şi stârneşte în mine neliniştea.

— Ne gândim însă la toamna ce vine, adaug repede, îndepărtându-mă şi mai mult de adevăr de data aceasta.

Sean şi cu mine n-am discutat deloc despre vreo dată.

Elliot mijeşte ochii.

— Deşi, dacă ar fi după mine, o să aibă loc în ce haine om purta când mergem la starea civilă. Se pare că nu sunt deloc interesată de planificarea unei nunţi.

Câteva secunde apăsătoare, Elliot nu spune nimic, lasă doar vorbele mele să răsune în jurul nostru. Apoi zice doar, simplu:

— Ah.

Îmi dreg vocea, jenată.

— Deci, spune-mi ce-ai mai făcut tu?

E întrerupt doar o clipă, când chelnerul se întoarce cu vinul pentru noi, îi arată lui Elliot eticheta, deschide sticla la o parte și îi oferă o degustare. Există situații în care siguranța lui Elliot mă debusolează și aceasta e una dintre ele. A crescut în inima ținutului vinurilor din California, așa că ar trebui să se simtă confortabil cu asta, dar nu l-am văzut niciodată degustând vinul la masă. Eram așa de tineri...

— E excelent, îi spune chelnerului.

Revine apoi spre mine, în timp ce bărbatul ne toarnă în pahare, și e evident că tipul a dispărut din gândurile lui.

— Cât de departe în trecut ar trebui să mă întorc?

— Ce zici să începi cu prezentul?

Elliot se lasă în scaun și se gândește câteva clipe înainte de a părea că se lămurește de unde să înceapă. Pe urmă toate ies din el rostogolindu-se, ușor și în detaliu. Îmi spune că părinții lui sunt în continuare în Healdsburg („Nu l-am putut mitui pe tata să se pensioneze."); că Nick Jr. este procurorul Districtului Sonoma („Se îmbracă fix ca ieșit dintr-un serial polițist prost și n-o spun decât în spațiul acesta unde sunt în siguranță, însă nimeni n-ar trebui să poarte neopren[16]."); Alex e la liceu și este o dansatoare avidă („Nici nu pot să pun entuziasmul meu pe seama mândriei fraterne, Mace. *Chiar* este foarte bună."); George — așa cum știu — e căsătorit cu Liz și locuiește în San Francisco („E șef, undeva la o companie. Sincer, nu reușesc să-mi amintesc exact cum se cheamă funcția pe care o are."); iar Andreas locuiește în Santa Rosa, predă matematica la clasa a cincea și o să se căsătorească anul ăsta, mai încolo („Dacă s-ar fi pus problema să ajungeam toți să lucrăm cu copii, el era cel

16 Material textil sintetic, elastic și adeseori lucios, din care se confecționează costume, rochii etc. Nu trebuie confundat cu varianta mai rezistentă și impermeabilă folosită la costumele înotătorilor și scafandrilor.

mai puţin probabil să o facă şi totuşi s-a dovedit că e cel mai bun la asta.").

Cât timp mă pune la curent, eu nu reuşesc să mă gândesc decât la faptul că mi se oferă doar frişca, adunată din vârf. Sub ea mai sunt încă aşa de multe. Grămadă de mici detalii pe care le-am ratat.

Soseşte mâncarea şi e foarte bună, dar o mănânc fără să-i acord vreo urmă de atenţie, pentru că nu pot să mă satur de câte informaţii primesc. Şi el e la fel. Anii de colegiu sunt creionaţi în nuanţele monocrome ale retrospectivei, poveştile de groază ale masteratului sunt exagerate, însoţite de râsul atotcunoscător al cuiva care a suferit la rândul lui şi care a văzut şi cealaltă latură. Nu vorbim însă despre cum ne-am îndrăgostit de altcineva şi despre unde ne-a dus asta acum şi, oricât de mult ar fi de prezent în noi, în fiecare răsuflare şi în fiecare cuvânt, nu vorbim despre ce s-a întâmplat ultima dată când l-am văzut, acum unsprezece ani.

atunci

luni, 28 iulie
cu paisprezece ani în urmă

În prima noastră vară după ce am cumpărat cabana, tata şi cu mine am fost acolo aproape în fiecare zi şi am făcut un singur drum acasă, la sfârşitul lui iulie, când a venit în vizită fratele lui, Kennet.

Kennet avea două fete şi o soţie, Britt, a cărei idee despre afecţiune era să-mi pună mâna pe umăr. Aşa că, atunci când m-am dus la ea şi i-am şoptit uşor îngrozită că probabil mi-a venit primul ciclu, m-a tratat cu o sterilitate emoţională la care mă aşteptam: mi-a cumpărat un pachet de tampoane şi o cutie de absorbante şi a pus-o pe Karin, fata ei mai mică, să-mi explice jenată elementele de bază ale procedeului de aplicare.

Tata s-a descurcat mai bine, dar nu cine ştie ce. Odată ce ne-am întors la cabană în acel weekend, s-a dus la lista mamei, unde, la punctul 23, scrisese:

Când Macy o să înceapă să aibă ciclu, ai grijă să nu rămână cu întrebări despre ce se întâmplă cu corpul ei. Ştiu că e stânjenitor, meu amor, dar ea trebuie să ştie că e uluitoare și perfectă și eu, dacă aș fi acolo, i-aș spune toată povestea scrisă în plicul marcat cu numărul 23.

Tata l-a deschis, cu obrajii roșii.

— Când eu...

A tușit și s-a corectat:

— Când mama ta a început să aibă... ăăă...

I-am înșfăcat scrisoarea din mână și am zbughit-o pe scări în sus, în liniștea bibliotecii mele.

Aveam cele mai groaznice crampe, începea scrisoarea, și vederea caligrafiei mamei mi-a dat dureri în piept.

Mă apucau în momentele cele mai neașteptate. Când eram la cumpărături cu prietenele, la o zi de naștere. M-a ajutat Midol-ul[17] *când l-am descoperit, dar cel mai mult m-a ajutat să vizualizez durerea evaporându-mi-se din abdomen.*

Mi-o imaginam iar și iar, până când durerea ceda.

Nu știu dacă o să funcționeze și pentru tine sau dacă o să ai nevoie de asta, dar dacă vei avea, imaginează-ți vocea mea care te ajută. O să fii tentată să urăști ce face corpul tău, dar este felul în care el îți spune că totul funcționează și ăsta e un miracol.

Dar mai ales, meu docinha[18]*, imaginează-ți cât de mândră sunt să-ți împărtășesc acest lucru. Ai crescut. Când mi-a venit, ciclul a fost procesul care până la urmă m-a dus în situația de a rămâne însărcinată cu tine, atunci când am fost pregătită.*

Tratează-ți corpul cu grijă. Nu permite nimănui să ți-l abuzeze și nu-l abuza nici tu. Fiecare centimetru al pielii tale

---

17 Analgezic împotriva crampelor menstruale.

18 Dulcea mea (ad litteram).

l-am făcut cu grijă; luni întregi m-am muncit cu tine. Tu ești capodopera mea.

Mi-e dor de tine. Te iubesc.

Mama

Am clipit, speriată. La un moment dat, în timp ce citeam, Elliot apăruse în prag, dar nu mi-a văzut lacrimile decât atunci când m-am întors cu fața spre el. Zâmbetul i s-a topit încet și a făcut un pas, apoi încă unul, mai aproape de mine, îngenunchind pe jos lângă locul unde eu stăteam pe canapea.

M-a cercetat cu privirea.

— Ce s-a întâmplat?

— Nimic, i-am spus și m-am fâțâit pe loc în timp ce împătuream scrisoarea.

S-a uita la ea și apoi iar la mine.

Abia dacă avea 15 ani și deja era peste poate de pătrunzător.

Mă deranja din ce în ce mai mult că viața noastră de fiecare zi devenise deja o mare și stranie necunoscută pentru celălalt. Ne țineam la curent de fiecare dată când ne întâlneam aici. Cu cine ne-am petrecut timpul, ce mai studiam. Vorbeam despre cine ne enervează, pe cine admirăm. Și, desigur, ne comunicam cuvintele preferate. Elliot le știa după nume pe cele două prietene ale mele — Nikki și Danny –, dar nu știa cum arată. Iar eu, deși le văzusem fețele în fotografia din camera lui, aveam puține informații despre prietenii lui de școală. Știam că Brandon e tăcut și liniștit, iar Christian, un adevărat infractor în devenire. Acolo, în bibliotecă, citeam, stăteam de vorbă și aflam unul despre celălalt cum ne-a fost de-a lungul timpului, dar cum puteam oare să-i spun ce se întâmplă cu mine?

Nu era vorba doar de faptul că începusem să am ciclu cu mult mai târziu decât toate prietenele mele, nici măcar că tata se chinuia să empatizeze cu mine sau că mama murise ori nimic de genul acesta. Sau poate *toate* la un loc. Îl iubeam pe tata mai mult decât orice, dar era total nepregătit pentru unele chestii. Sigur, știam că e la parter, că se plimbă încolo și încoace, că ascultă, să-mi audă vocea, ca să știe dacă făcuse bine că l-a lăsat pe Elliot să urce sau dacă instinctele lui fuseseră complet greșite.

— N-am nimic, am zis, sperând să fi rostit cuvintele suficient de tare ca ele să ajungă până jos.

Ultimul lucru pe care l-aș fi vrut era să îi am pe amândoi aici, sus, îngrijorați din cauza mea.

Încruntat, cu un gest care m-a șocat, Elliot mi-a luat fața în mâini și m-a cercetat din ochi.

— Te rog, spune-mi ce s-a întâmplat. E vorba de tatăl tău? De școală?

— Ell, chiar nu vreau să vorbesc despre asta.

M-am tras puțin în spate și mi-am șters obrajii. Degetele erau ude și asta a explicat panica lui Elliot. Probabil că plângeam zdravăn când a intrat el.

— Aici ne spunem totul unul altuia, ai uitat? Așa e înțelegerea, a mai zis, și s-a dat înapoi, fără tragere de inimă.

— Chestia asta chiar nu cred că vrei să o știi.

— Ba chiar vreau să știu, a zis, țintindu-mă imperturbabil cu privirea.

Tentată să-i dezvălui cacealmaua, m-am uitat fix în ochii lui și am zis:

— Mi-a venit ciclul.

A clipit de câteva ori înainte de a-și îndrepta spatele, în timp ce roșeața îi urca de pe gât spre pomeți.

— Și de asta ești supărată?

— Nu sunt supărată, am zis şi mi-am muşcat gânditoare buza. Mai mult uşurată. Dar pe urmă am citit o scrisoare de la mama şi acum sunt puţin tristă?

A zâmbit.

— Asta a sunat exact ca o întrebare.

— Chestia e că toată viaţa auzi despre menstruaţie.

Să vorbesc cu Elliot despre asta a fost... de fapt, n-a fost deloc nasol.

— Te întrebi când o să se întâmple, cum o să fie, dacă după aceea o să simţi că eşti altfel. Când li se întâmplă prietenelor tale, îţi zici: „Ce nu e în ordine cu mine?" E ca şi cum ai în tine o mică bombă biologică.

Şi-a muşcat buza, să-şi înăbuşe râsul stânjenit.

— Până acum?

— Mda.

— Ei, şi acum? Te simţi altfel?

Am scuturat din cap.

— Nu chiar. Oricum, nu aşa cum am crezut că o să fie. Am un fel de senzaţie, ca şi cum ceva încearcă să-mi roadă burta ca să iasă afară. Şi sunt un pic irascibilă.

Elliot a dat pătura deoparte şi s-a cuibărit lângă mine, cu braţul pe după umerii mei.

— N-o să-ţi fiu de ajutor, dar cred că ar trebui să mă bucur pentru tine.

— Te porţi foarte matur şi deloc băieţeşte, în treaba asta. Mă aşteptam la mai puţină compasiune şi la mai multe bombăneli.

Căldura corpului şi senzaţia braţului lui în jurul meu m-au ameţit.

A hohotit de râs cu gura în părul meu.

— Sunt pe cale să am o surioară şi mama insistă că e treaba mea să-i arăt cum stau lucrurile, ai uitat? Aşa că am nevoie să-mi explici tu totul.

M-am ghemuit lângă el şi am închis ochii, care mă usturau din cauza lacrimilor pe care mi le simţeam cum se adună.

— Pot să te ajut cu ceva? m-a întrebat în şoaptă.

Am simţit o greutate care mă apăsa greu pe piept.

— Nu, dacă nu poţi s-o aduci pe mama înapoi.

Tăcerea pulsa în jurul nostru şi am auzit cum Elliot inspiră de câteva ori înainte, pregătindu-se să vorbească. Într-un final, s-a decis să spună simplu:

— Aş fi vrut să pot.

Am dat din cap, lipită de el, inspirând adânc parfumul deodorantului, mirosul persistent al sudorii pe corpul lui, mirosul de bumbac al tricoului, ud ca urmare a celor patru metri parcurşi în fugă prin ploaia de vară, de pe veranda lui pe a mea. Ce ciudat, că numai cât l-am auzit spunând-o şi deja m-a făcut să mă simt de o mie de ori mai bine.

— Vrei să vorbeşti despre asta?

— Nu.

Îşi plimba gingaş mâna pe braţul meu, în sus şi-n jos. Nu aveam nevoie să caut prea mult ca să ştiu că nu mai existau băieţi ca Elliot, nicăieri.

— Îmi pare rău că eşti ţâfnoasă.

— Şi mie.

— Vrei să-ţi aduc o sticlă cu apă caldă? Mamei aşa îi fac.

Am clătinat din cap. O voiam pe mama lângă mine, să-mi citească ea scrisoarea.

Elliot şi-a dres vocea şi m-a întrebat reţinut:

— Pentru că ar fi ca şi cum sunt iubitul tău?

Am înghiţit greu şi într-o clipă mi s-a schimbat starea. Termenul de iubit nu părea să spună destul. Elliot era de toate pentru mine.

— Probabil?

S-a ridicat în capul oaselor, avea aceleași brațe slăbănoage și picioare lungi, strâmbe, dar cumva se transforma în ceva nou, ceva mai degrabă... bărbat decât băiat. La aproape 15 ani, avea mărul lui Adam proeminent și câteva tuleie în barbă, iar șortul îi era prea scurt. Vocea îi devenise mai groasă.

— Probabil că încă suntem prea mici pentru asta.

Am încuviințat și am încercat să înghit, dar gura mi se uscase.

— Mda.

acum

vineri, 6 octombrie

Perdelele de tul filtrează lumina începutului de zi și transformă totul într-un albastru pal. Afară, pe Elsie Street, mașinile de gunoi huruie pe asfalt. Se aud scrâșnetul metalului pe metal, bufnetul tomberoanelor izbite de camion și zgomotul gunoaielor rostogolindu-se în cascadă în compactor. În ciuda felului în care, dincolo de fereastră, lumea continuă să meargă înainte, eu nu sunt sigură că sunt gata să-mi încep ziua.

În urechi îmi sună încă frânturi de discuție din timpul cinei de aseară. Vreau să mă mai agăț încă puțin de ele, să mă desfăt cu bucuria de a-l avea din nou prezent în viața mea pe cel mai bun prieten, înainte să se strecoare la suprafață toate complicațiile care decurg din asta.

Sean se întoarce cu fața la mine, mă trage lipită de el și își îndeasă fața în grumazul meu.

— Neața, mormăie și deja mâinile îi sunt ocupate, buzele, pe gâtul meu, pe obraz.

Îmi trage în jos pe șolduri șortul pijamalei și se rostogolește deasupra mea.

— Chiar ai dormit toată noaptea?

— Minunea minunilor — *chiar* aşa am făcut.

Îmi trec ambele mâini prin părul lui, îmi înfig degetele în încâlceala colilie. Mă invadează pofta; n-am mai făcut sex de aproape o săptămână.

Suntem încă la început şi nici nu sunt sigură că ni s-a mai întâmplat până acum să treacă atât de mult timp.

Se întinde să-mi atingă buzele şi îl sărut, apoi simt cum mă săgetează îndoiala şi mă dau puţin înapoi.

— Stai.

— Ah. Ciclu? mă întreabă, încreţindu-şi fruntea.

— Ce? zic şi pe urmă scutur din cap. Nu, voiam doar să-ţi spun despre aseară.

— Despre seara trecută? repetă, încurcat.

— Despre cina mea cu Elliot.

Sprâncenele negre ale lui Sean coboară acum.

— Nu putea să aştepte până după..., zice şi se lipeşte de mine apăsat, cu subînţeles.

— Aaa.

Presupun că putea. Adevărul însă e că n-ar fi trebuit, probabil.

Elliot şi cu mine nici măcar nu ne-am mai atins după ce l-am îmbrăţişat la sosire. Nu e ca şi cum s-a întâmplat ceva. Dar am impresia că mint dacă nu-i spun lui Sean cine e Elliot. Sau, mai bine zis, cine a fost.

— Nu s-a întâmplat nimic rău, zic, însă Sean mă dă oricum la o parte. Doar că... una dintre încercările prin care trebuie să trecem noi doi este faptul că avem în spate acest trecut imens pe care nu aveam cum să ni-l împărtăşim în timpul scurt de când suntem împreună.

Admite cu o înclinare abia vizibilă a capului.

— Ţi-am spus aseară că o să iau cina cu un prieten vechi şi n-am minţit.

— Bine, şi?

— Adevărul este însă că el mi-a fost, gen... *totul*, în trecut.

Îi întâlnesc privirile și mă înmoi puțin. Ochii lui au fost primul lucru pe care l-am remarcat la el, pentru că sunt așa de adânci, de expresivi și de sclipitori. Are niște ochi uluitori: căprui, cu gene dese, ușor oblici spre coadă, și asta îi face să fie cei mai seducători ochi pe care i-am văzut. În clipa aceasta, totuși, sunt mai degrabă precauți decât jucăuși.

Am strâns din umeri și m-am corectat:

— A fost *primul* om care a însemnat totul pentru mine.

— Primul...

— Primul meu prieten adevărat, prima mea dragoste, primul cu care...

— Ai făcut sex, a terminat Sean fraza în locul meu.

— E complicat.

— Cât de complicat? întreabă, calm. Oricine are un fost. Te-a... făcut să suferi?

Am scuturat repede din cap.

— Vezi tu, după moartea mamei, tata a devenit întregul meu univers, dar el n-a știut totuși să mă crească așa cum o făcuse mama. Și pe urmă l-am cunoscut pe Elliot și a fost gen...

Îmi caut cuvintele potrivite.

— Aveam pe cineva de vârsta mea care mă înțelegea cu adevărat și mă vedea exact așa cum sunt. Era un fel de cel mai bun prieten și primul iubit în același timp.

Expresia de pe fața lui Sean se îndulcește.

— Mă bucur, iubito.

— Într-o seară ne-am certat și...

Acum îmi dau seama că o să închid prematur discuția. Nu sunt sigură că pot termina povestea.

— Aveam nevoie de un timp de gândire şi „un timp" s-a transformat în unsprezece ani.

Sean a căscat ochii puţin.

— Ah.

— Ne-am întâlnit întâmplător, acum câteva zile.

— Înţeleg. Şi e prima dată când vorbiţi, de atunci încoace.

— Exact, spun şi înghit greu.

— Deci, e ceva istorie de depănat, spune, zâmbind vag.

— Exact, repet şi dau din cap.

— Şi relaţia asta te-a bântuit în tot timpul ăsta?

— Da.

Nu vreau să-l mint. În afară de moartea părinţilor mei, nimic din viaţa mea nu e mai important decât Elliot.

— Îl mai iubeşti încă?

— Nu ştiu, spun şi clipesc des, să-mi ţin lacrimile.

Cu un deget, Sean îmi întoarce încet faţa spre el.

— Mace, nu-mi pasă dacă îl iubeşti. Nici dacă poate crezi că e posibil să-l iubeşti veşnic. Dar dacă din cauza asta ajungi să te întrebi ce cauţi aici, cu mine, *atunci* trebuie să discutăm.

— Nu, nu e cazul, de fapt. A fost doar emoţionant să-l revăd.

— Pricep. Scoate la iveală chestii trecute. Sunt sigur că dacă aş vedea-o iar pe Ashley şi eu m-aş confrunta cu tot felul de chestii. Furie, durere şi da — iubirea pe care încă o simt pentru ea. Nu am reuşit niciodată să mă desprind de iubirea pentru ea. A trebuit doar să merg înainte când a plecat.

Perfectă descriere. *Nu am reuşit niciodată să mă desprind de iubire. A trebuit doar să merg înainte.*

Îmi dă un sărut, doar unul.

— Iubito, nu mai avem 18 ani. N-am intrat în relația noastră cu armura absolut intactă. Nu mă aștept ca în inima ta să fie loc doar pentru mine.

Îi sunt așa de recunoscătoare în clipa asta, că sunt aproape gata să plâng.

— Păi, lucrează la chestia cu prietenia. Fă ce ai de făcut, zice Sean.

Apoi revine cu toată greutatea deasupra mea, penisul se împinge în mine, erect, gata de acțiune.

— Dar acum, întoarce-te la mine, spune.

Îl încolăcesc cu brațele și îmi lipesc fața de gâtul lui, dar când se mișcă deasupra mea și apoi înăuntrul meu, mă străfulgeră o sclipire scurtă de sinceritate pură. E bine — sexul a fost întotdeauna bun —, dar nu e *ce trebuie.*

E limpede că nu declanșează vreun semnal de alarmă în capul meu, dar nici nu-mi face pielea de găină. Nu-mi dă în piept durerea aceea atât de dureros de dulce, încât aproape să-mi taie respirația. Nu mă simt copleșită sau disperată ori cu pielea încinsă doar pentru că îl doresc cu aviditate. Și suspinul sugrumat pe care Sean îl interpretează drept plăcere e urmarea îngrijorării mele că poate Elliot are dreptate și eu greșesc și — ca întotdeauna — el are grijă de inimile noastre amândouă, în timp ce eu mă fâțâi de colo-colo, încercând să înțeleg.

Îmi simt gândurile dând mereu roată la ceva, același lucru, iar și iar: cum s-a dus Elliot acasă după ce m-a văzut și s-a despărțit de Rachel.

A trebuit doar să mă vadă ca să știe, pe când eu abia dacă pot să mă bizui pe un singur sentiment de-al meu.

atunci

miercuri, 26 noiembrie
cu paisprezece ani în urmă

Tata împingea căruciorul pe culoar și s-a oprit în dreptul vitrinei frigorifice pline cu ditamai curcanii.

Ne-am zgâit amândoi la ei. Deși eu și tata continuaserăm multe dintre tradiții și după moartea mamei, nu sărbătoriserăm niciodată Ziua Recunoștinței de unii singuri.

Pe de altă parte, însă, nici împreună cu ea nu ținuserăm vreodată sărbătoarea asta. Cum ambii părinți erau la prima generație de imigranți, în secolul XXI, Ziua Recunoștinței nu prea era o sărbătoare care să-i spună ceva vreunuia dintre noi. Acum însă aveam cabana și aproape o săptămână liberă, iar de făcut, nu era mare lucru, cu excepția tăierii lemnelor de foc cu îndemânare și a lecturării în fața flăcărilor. Într-un mod total ilogic, părea o risipă de resurse fie și numai tentativa de a găti preparatul specific acestei sărbători.

Stând însă acolo, confruntați cu perspectiva pregătirii unui produs atât de voluminos pentru doi oameni, gătitul lui părea în mod decisiv o pierdere și mai mare.

— Ăştia au şase kilograme cel puţin, a zis tata.

Cu o expresie de uşor dezgust, a scos o pasăre din vitrină şi a examinat-o.

— Da, n-au numai ăia... am spus, fluturând mâna spre raionul de măcelărie, unde erau expuşi piepţi.

— Ăia ce? a întrebat tata, fără să priceapă.

— Ştii tu, părţi mai mici?

— *Piepţii*? a zis, hohotind de râs.

Am gemut, am trecut pe lângă el şi am găsit un piept de curcan cu os pe care l-am fi putut frige în mai puţin de jumătate dintr-o zi.

Tata a venit lângă mine pe la spate şi a zis:

— Astea au nişte dimensiuni mai potrivite. Piepţi cu o măsură decentă, a adăugat, aplecându-se şi râzând înfundat.

Ruşinată, i-am dat un brânci şi m-am dus la raionul de legume, să iau cartofi. Acolo, lângă rafturi şi cu bebeluşa Alex în ham, am dat peste mama lui Elliot, doamna Dina.

Avea un căruţ plin cu alimente, telefonul la ureche şi vorbea cu cineva în timp ce copila dormea, lipită de pieptul ei, şi ea inspecta ceapa galbenă degajată, de parcă ar fi avut tot timpul din lume la dispoziţie. Născuse de numai trei luni şi acum era acolo, gata să pregătească o masă plină pentru gaşca ei de băieţi hămesiţi.

M-am uitat lung la ea, cu un amestec bolnăvicios de admiraţie şi eşec. Doamna Dina făcea ca lucrurile să pară aşa de uşoare; tata şi cu mine abia dacă reuşeam să ne prindem cum să pregătim o masă de sărbătoare pentru două persoane.

A ezitat uşor când m-a zărit şi, poate pentru prima dată în viaţa mea, m-am văzut prin ochii altcuiva: pantalonii de trening de la echipamentul de înot, hanoracul lăbărţat, cu emblema Yale, pe care tata i-l cumpărase mamei cu ani în urmă, şlapi în picioare. Am rămas, privind insistent la galantarele cu legume, orfană de mamă şi vizibil depăşită.

Doamna Dina a terminat de vorbit la telefon şi a împins căruciorul spre mine.

S-a uitat la faţa mea, apoi ochii i-au alunecat în jos, spre picioarele mele, şi iar în sus.

— Tu şi tatăl tău aveţi de gând să gătiţi mâine?

I-am trimis un zâmbet care speram să pară amuzant încrezător.

— O să încercăm.

A tresărit şi a privit dincolo de mine, mimând îngrijorarea.

— Macy, a zis, aplecată conspirativ spre mine, am o grămadă de mâncare cu care nici nu ştiu ce să fac, şi cu micuţa Alex aici de faţă... mi-ar fi de mare folos dacă tu şi tatăl tău aţi veni la noi. Dacă poţi să mă ajuţi, să cureţi cartofii şi să faci chiflele, îmi salvezi viaţa.

Nu aş fi spus nu pentru nimic în lume.

Toată ziua s-a simţit miros de aluat copt de plăcintă, de unt topit și de curcan — chiar și la noi în casă. Vântul aducea aromele preparatelor prin fereastra deschisă și stomacul meu rodea în gol.

Doamna Dina ne spusese să venim la ora trei și nu puteam să mă bizui că Elliot o să stea cu mine până atunci, pentru că, indiscutabil, fusese pus la treabă.

Am auzit mașina de tuns iarba, aspiratorul mergând în casă. Am auzit strigătele meciului de fotbal la televizorul din living, străbătând timp de ore întregi din casa lor. La trei și două minute, când am ajuns și noi să ne îndreptăm într-acolo, cu vin și flori, așteptarea mă înnebunise deja.

Tata câștiga bine și casa noastră din Berkeley avea toate facilitățile materiale de care am fi avut vreodată nevoie sau pe care ni le-am fi dorit. Dar ce n-am fi putut cumpăra niciodată erau haosul și zarva. Ne lipseau zgomotul, și cearta, și bucuria platourilor care dau pe dinafară pentru că fiecare a insistat să i se pregătească felul de mâncare preferat.

Abia trecuți de ușa de la intrare, am fost atrași în nebunia aceea așa cum magnetul atrage un metal. George și Andreas răcneau la televizor. În balansoarul din colț, domnul Nick sufla exuberant bezele pe burtica lui Alex. Nick Jr. lustruia masa din sufragerie în timp ce doamna Dina turna unt topit peste chiflele crestate care urmau să fie băgate la cuptor, iar Elliot era la chiuvetă și curăța cartofi.

Am fugit la el și am întins mâna să-i iau curățitorul.

— I-am spus mamei tale că o să-i curăț eu!

A clipit la mine, surprins, și a dus degetul acoperit cu o coajă de cartof să-și împingă ochelarii pe nas. Știam că treaba cu ajutorul pentru cină fusese doar un șiretlic — la urma urmelor mirosisem toată ziua mâncarea — dar nu se știe din ce motiv eram incapabilă să cedez.

Treaba e că, la 14 ani, eram suficient de matură să înțeleg că mulți dintre cei care locuiau de mult timp în Healdsburg nu și-ar fi putut permite să locuiască în Berkeley. Deși Healdsburg fusese acaparat de oamenii cu bani din Bay Area și de nebunia vinului din anii 1990, mulți dintre cei care locuiau aici încă mai munceau în regim de plată cu ora și trăiau în case vechi, cu umezeală.

Aici bunăstarea consta în ce se găsea înăuntru: familia Petropoulos, căldura — transmisă din generație în generație — și știința preparării unei mese ca aceasta, pentru o familie atât de mare.

M-am uitat cum doamna Dina îi dă lui Elliot o altă însărcinare — să spele și să taie lăptucii pentru salată –, pe care el a îndeplinit-o fără să se plângă și fără să aibă nevoie de indicații.

Între timp, eu am hăcuit la cartofi, până când doamna Dina a venit și mi-a arătat cum să-i curăț mai încet, în fâșii lungi și netede.

— Frumoasă rochie, a zis Elliot după ce mama lui a plecat, dar cu o voce ușor brodată cu un sarcasm delicat.

M-am uitat la salopeta demodată, din denim, pe care o purtam.

— Mersi. A fost a mamei.

— Vai de mine, Macy, a zis, căscând ochii, îmi pare ră...

Am aruncat spre el cu o coajă de cartof.

— Fac mișto de tine. Tata mi-a luat-o. Am simțit că trebuie să o port la un moment dat.

Părea scandalizat, dar pe urmă a zâmbit.

— Ești malefică, a șuierat.

— Te pui cu taurul, am zis, ridicând mâna cu arătătorul și degetul mic în sus, te alegi cu coarnele.

L-am simțit privindu-mă și am sperat că îmi vede zâmbetul.

Mama a avut întotdeauna un simț al umorului diabolic.

Tata a stat și a urmărit meciul celor de la Niners[19] cu prefăcut interes, alături de domnul Nick și băieți, până când doamna Dina ne-a chemat să mâncăm.

19 Niners sau San Francisco 49ers – echipă profesionistă de fotbal american cu sediul în San Francisco Bay Area.

Odată aşezaţi la masă, a avut loc un ritual, o scenă coregrafiată pe care tata şi cu mine am respectat-o cu atenţie: fiecare pe scaunul lui, ne-am dat mâinile. Domnul Nick a adus mulţumire Domnului şi pe urmă fiecare, pe rând, a spus pentru ce e recunoscător în acel an.

George era recunoscător pentru că intrase în echipa de atletism a şcolii.

Doamna Dina era recunoscătoare pentru bebeluşa ei sănătoasă (care dormea liniştită lângă masă, într-un balansoar cu vibraţii).

Nick Jr. era recunoscător că încheiase aproape primul lui semestru, pentru că, frate, era nasol la colegiu.

Tata era recunoscător pentru un an bun în afaceri şi pentru o fiică minunată.

Andreas era recunoscător pentru iubita lui, Amie.

Domnul Nick era recunoscător pentru băieţii lui şi pentru fetele lui – două acum. A făcut cu ochiul spre nevastă-sa.

Elliot era recunoscător pentru familia Sorensen şi mai ales pentru Macy, de care îi era dor în timpul săptămânii, când ea era acasă.

M-am ridicat, m-am uitat la el şi am încercat să găsesc altceva de spus, ceva la fel de bun.

M-am concentrat pe un punct de pe masă în timp ce îmi rosteam ezitant cuvintele.

– Sunt recunoscătoare că liceul nu e groaznic, deocamdată. Sunt recunoscătoare că nu îl am pe domnul Syne la matematică.

Am ridicat ochii spre Elliot.

– Dar cel mai mult sunt recunoscătoare pentru că am cumpărat casa asta şi că am reuşit să-mi fac un prieten care nu mă face să mă simt ciudat că sunt tristă din cauza mamei sau pentru că vreau să stau în tăcere şi care întotdeauna va trebui să-mi explice de două ori lucrurile, pentru că e cu mult mai deştept ca mine. Sunt recunoscătoare că familia lui e aşa de amabilă şi pentru că mama lui pregăteşte nişte cine aşa de gustoase, iar tata şi cu mine nu mai trebuie să încercăm să pregătim un curcan de unii singuri.

La masă se lăsase tăcerea şi am auzit-o pe doamna Dina înghiţind de câteva ori înainte să spună, veselă:

— Perfect! Hai să mâncăm!

Normalitatea a dispărut şi i-a luat locul frenezia, când patru băieţi adolescenţi s-au năpustit asupra mâncării. Au trecut de la unul la altul chiflele, curcanul şi sosul au ajuns să se scalde în farfuria mea şi am savurat fiecare îmbucătură.

Nu a fost la fel de bun ca gătitul de fiecare zi al mamei, care a ratat ceva ce ar fi adorat pur şi simplu — o cameră plină cu o familie gălăgioasă –, dar a fost cea mai frumoasă Zi a Recunoştinţei pe care am avut-o vreodată. Nici măcar nu m-a încercat vreun sentiment de vinovăţie pentru cum m-am simţit, pentru că ştiam că mama ar fi vrut ca eu să am mai mult şi mai bine, mereu.

Întorşi mai târziu acasă, tata m-a condus sus şi, aşezat în spatele meu, mi-a periat părul aşa cum o făcea mereu, în timp ce eu mă spălam pe dinţi.

— Îmi pare rău că am fost aşa de tăcut astă-seară, a zis, poticnindu-se.

Privirile ni s-au întâlnit în oglindă.

— Îmi place în ce fel eşti tu tăcut. Inima ta nu e tăcută.

Tata s-a aplecat, şi-a lipit obrazul de tâmpla mea, şi mi-a zâmbit în oglindă.

— Macy Lea, eşti o fată uluitoare.

acum

vineri, 13 octombrie

Mai uimitoare decât o noapte întreagă de somn este perspectiva unei zile întregi libere în weekend. O sâmbătă liberă îmi dă senzația că am din nou 10 ani și sunt într-un magazin de dulciuri, cu o bancnotă de douăzeci de dolari în mână. Nici nu știu de unde să încep.

Mă rog, nu e cu totul adevărat. Știu că nu vreau să-mi petrec nici măcar o secundă din ziua asta în casă. Spitalul UCSF pentru copii din Mission Bay[20] are ferestre peste tot, dar când ești medic rezident pediatru, nu vezi nimic altceva în afară de copilul din fața ta sau de șeful tău, care îți spune unde trebuie să te duci.

Vineri după-amiază, într-o scurtă pauză după gardă, îi reamintesc lui Sean despre planurile noastre pentru un picnic în Parcul Golden Gate. O sun pe Sabrina, să-i confirm că pot să vină cu toții, ea, Dave și Viv. Îmi mai invit doi vechi prieteni, vecini de cartier în Berkeley, care încă locuiesc în zonă — Nikki și Danny. Apoi mă întorc la treabă, simțind țiuit în urechi și perturbații în gânduri. Nu pot să las chestiunea neterminată până la sfârșitul zilei.

20 Cartier în San Francisco.

Întâi îi pun la curent despre ceva analize de sânge pe părinții mei preferați din acest moment, a căror fiică este internată la oncologie, apoi dau fuga în camera de repaus, mă ascund după dulap, îmi iau telefonul și îi trimit lui Elliot un mesaj.

Câțiva dintre noi mergem mâine în Parcul Golden Gate, la un picnic.

M-am gândit că poate vrei să vii și tu?

La ce oră v-ați gândit?

Aveam de gând să mă duc la H-burg după-amiază, dar m-aș putea lăsa convins.

Ne întâlnim la 11.00 în fața grădinii botanice.

Nu e nicio problemă dacă nu poți, știu că e în ultimul moment.

O să fiu acolo. Mi-ar face plăcere să îi cunosc pe toți.

atunci

miercuri, 31 decembrie
cu paisprezece ani în urmă

— Băieții sunt nașpa.

Eram iar la Goat Rock Beach, stăteam ghemuiți și vântul ne biciuia din nou, în timp ce ne pregăteam împreună cu familiile noastre pentru un grătar cu cârnăciori, un meci de *flag football*[21] și focurile de artificii de Anul Nou, pe partea cealaltă a golfului.

— Vreau să știu? m-a întrebat Elliot, fără ca măcar să ridice ochii din carte.

— Probabil că nu.

Ca să fiu absolut sinceră, nu aveam cine știe ce sentimente pentru niciunul dintre băieții de la școală, dar — deși începusem cursurile de o lună — nici ei nu păreau să aibă vreun fel de sentimente, oricare ar fi fost ele, pentru mine. Danny, cel mai bun amic dintre băieți, îmi spusese că prietenii lui, Gabe și Tyler, erau amândoi de părere

21 Tip de fotbal american în care, în loc să doboare adversarii la pământ, echipa în defensivă trebuie să-i ia jucătorului aflat în posesia mingii un fanion sau centura de care acesta e prins.

că sunt drăguță, dar, după spusele lui: „Puțin cam prea interesată de cărți, gen."

Mă urmărea chestia asta; toată lumea începea să „iasă la întâlnire cu" toată lumea. Eu nici măcar nu sărutasem un băiat.

Probabil că la balul de clasa a noua urma să merg cu Nikki.

Elliot mi-a aruncat o privire.

— Poți să-mi dai mai multe detalii despre motivul pentru care băieții sunt naşpa?

— Băieților nu le trebuie fete *interesante*, m-am plâns eu. Vor fete cu sâni, care se îmbracă precum cocotele și care flirtează.

Elliot și-a pus încet cartea deoparte, pe un petic de iarbă de lângă el.

— Eu nu vreau asta.

Fără să-i bag în seamă spusele, am continuat:

— Și fetele *chiar* vor băieți interesanți. Fetele vor tocilari timizi care știu totul, au mâini mari, dinți superbi și care spun chestii drăguțe.

Îmi mușc buzele, să tac. S-ar putea să fi spus prea mult.

Elliot îmi trimite un zâmbet larg, a scăpat în sfârșit de sârme și are dinți perfecți.

— Îți plac dinții *mei*?

— Ești ciudat.

Am schimbat apoi subiectul și l-am întrebat:

— Cuvântul preferat?

Cu ochii spre largul mării, a inspirat și expirat de câteva ori înainte de a-mi răspunde.

— *Cinosura*[22].

---

22 Denumire alternativă pentru Ursa Mică – derivat din greaca veche, cu sensul „coadă de câine"; în mitologia greacă, numele unei nimfe; în limba engleză, cuvântul mai semnifică și „punct central", „obiect de interes".

— Înseamnă ceva, măcar?

— Este elementul central al admirației. Și tu?

Nici nu a fost nevoie să mă gândesc.

— *Castrare.*

A tresărit. S-a uitat la mâinile lui, puse în poală, le-a răsucit și le-a studiat cu atenție.

— Păi, dacă vrei să știi, Andreas crede că ești drăguță.

— Andreas?

Mi-am auzit intonația șocată. Am mijit ochii, m-am uitat înspre plajă, acolo unde Andreas și George se luaseră la trântă, și am încercat să-mi imaginez cum îl sărut pe Andreas. Avea pielea fină, dar părul îi era prea vâlvoi pentru gustul meu și era puțin cam tont.

— A zis el asta? E iubitul lui Amie.

Elliot s-a încruntat, a luat de jos o pietricică și a aruncat-o spre valurile ce veneau zbuciumate spre mal.

— S-au despărțit. Dar i-am zis că, dacă se atinge de tine, îl bat măr.

Am râs din toată inima.

Elliot era prea rațional ca să se simtă ofensat de reacția mea: ceea ce îi lipsea lui Andreas ca minte compensa prin mușchi zdraveni.

— Mda, așa că m-a pus jos. Ne-am bătut. Am spart glastra mamei, o știi pe aia urâtă, din hol?

— Vai, nu!

Supărarea mea a părut convingătoare, dar eram mai degrabă încântată peste măsură că se bătuseră pentru mine.

— Ne-a pedepsit pe amândoi.

Mi-am mușcat buza, încercând să nu râd. M-am întins în schimb pe nisip, m-am întors la cartea mea și m-am abandonat textului, citind iar și iar aceeași frază: *Muzica părea că se mișcă odată cu ea, o ridică în văzduh și o plimbă printre stele și, preț de o clipă, Meg simți și ea că mătușa Bestia avea dreptate — cuvinte precum* lumină și întuneric *nu aveau niciun sens. Muzica aceea era singurul lucru real.*[23]

Se prea poate să fi trecut ore înainte să aud cum cineva și-a dres glasul în spatele nostru și să-l văd pe tata. Corpul lui blocase soarele și lăsa o umbră răcoroasă peste locul unde stăteam întinși.

Abia odată ce el a ajuns acolo, mi-am dat seama că mă tot mutasem, încet, încet, așa că acum stăteam cu capul pe burta lui Elliot, pe peticul nostru izolat de nisip. M-am împins în capul oaselor, jenată.

— Ce faceți aici?

— Nimic, am răspuns, la unison.

Imediat mi-am dat seama cât de vinovați ne făcea să părem răspunsul nostru în cor.

— Serios?

— Serios, i-am răspuns, dar tata nu se mai uita la mine. El și Elliot făceau un soi de schimb secret de mesaje, ceva masculin care implica un contact vizual prelungit, dresul glasului și probabil vreo formă misterioasă de comunicare directă între cromozomii lor Y.

— Nu făceam decât să citim, a spus Elliot într-un târziu, cu o voce devenită gravă pe la jumătatea frazei.

Nu sunt sigură dacă, din punctul de vedere al tatei, semnul acesta de bărbăție iminentă era liniștitor sau incriminator.

— Pe bune, tată, am zis.

Ochii i s-au mutat la mine.

— OK.

Părea în sfârșit să se fi relaxat și s-a așezat pe vine lângă mine.

---

23 *O buclă în timp*, de Madeleine L'Engle, traducere de Andreea Caleman, Ed. Arthur, 2015.

— Ce citești?

— *O buclă în timp.*

— Iar?

— E așa de bună.

Mi-a zâmbit și s-a întins să-mi mângâie obrazul cu degetul mare.

— Ți-e foame?

— Cum să nu.

Tata a dat din cap, s-a ridicat în picioare și s-a dus spre locul unde domnul Nick se ocupa intens să clădească un foc.

Au trecut câteva secunde înainte ca Elliot să pară capabil să răsufle.

— Serios. Cred că are palmele cât toată fața mea.

Mi-am imaginat cum mâna tatei apucă toată fața lui Elliot și nu știu de ce imaginea era așa de comică, încât m-a făcut să scot un hohot de râs ascuțit.

— Ce-i? a zis Elliot.

— Doar că e așa de amuzantă imaginea.

— Nu și dacă ești în locul meu și se uită la tine de parcă ar avea o lopată pe care e scris numele tău.

— Haide, zău, am zis holbându-mă la el.

— Crede-mă, Macy. Știu eu cum e cu tații și fetele.

— Că veni vorba de tata, am zis, așezându-mi mai confortabil capul pe burta lui, ghici ce am găsit săptămâna trecută?

— Ce?

— Are reviste porno. O grămadă.

Elliot nu a mai spus nimic, dar am simțit limpede cum se mișcă dedesubtul meu.

— Sunt într-un coș pe raftul de sus, în colțul cel mai ferit al dulapului de la cabană. În spatele scenei cu nașterea lui Iisus.

Partea asta de la urmă mi se părea foarte importantă, într-un fel.

— Ciudat de specific.

Vocea îi reverbera în ceafa mea și mi s-a făcut pielea de găină pe brațe.

— Păi e un loc ciudat de specific unde să pui ceva de genul ăla. Nu crezi?

— Ce făceai la el în dulap?

— Elliot, nu asta e problema.

— Tocmai asta e problema, Mace.

— De ce?

Și-a pus semnul de carte între pagini și s-a ridicat să mă privească, silindu-mă și pe mine să mă așez în poziție verticală.

— E bărbat. Un bărbat *singur*.

Elliot s-a folosit de arătător ca să-și împingă ochelarii pe nas și mi-a susținut cu obstinație privirea.

— Dormitorul lui e o fortăreață a solitudinii — dulapul e *cripta* lui. La fel de bine puteai să-i cotrobăi în sertarul noptierei sau sub saltea.

Am căscat ochii.

— Ce te așteptai să găsești pe raftul de sus, în colțul cel mai ferit al dulapului, în spatele scenei cu nașterea lui Isus?

— Albume cu fotografii? Suveniruri dragi ale unei tinereți trecute? Pulovere de iarnă? Chestii părintești, gen?

Am făcut o pauză și i-am zâmbit vinovat.

— Cadourile de Crăciun pentru mine?

A clătinat din cap și s-a întors la cartea lui.

— Când îți bagi nasul unde nu trebuie, Mace, întotdeauna se termină rău. Întotdeauna.

M-am gândit la ce spusese. Tata nu prea ieșea la întâlniri... mă rog, *niciodată*, din câte îmi aminteam, și își petrecea mare parte din timp la muncă sau cu mine. Nu mă gândisem nicio clipă la genul ăsta de lucruri, când era vorba de el. Am găsit colțul de pagină îndoit din cartea mea, *O buclă în timp*, și m-am așezat iar pe bucata de iarbă din spatele meu.

— Doar că e... scârbos. Atâta tot.

A izbucnit în râs: un fornăit sonor, abrupt, urmat de clătinatul capului.

L-am săgetat cu privirea și am întrebat:

— Ai scuturat din cap la mine?

— Exact, a spus și și-a ținut cartea întredeschisă, cu un deget între pagini. De ce e scârbos? Pentru că tatăl tău are revistele sau pentru că le folosește ca să...

Mi-am acoperit instinctiv urechile.

— Nu. Nu. Elliot Petropoulos, jur că dacă termini fraza, aia îți trag un șut în ouă. Nu face toată lumea așa.

Elliot nu mi-a răspuns, doar a deschis cartea și a continuat să citească.

— *Așa* e? am întrebat firav.

A întors capul și m-a privit.

— Ba, da. O fac.

Am rămas o clipă tăcută, să diger informația.

— Deci... și *tu* o faci?

Roșeața a început să-i urce pe gât, trădându-i stânjeneala, dar după câteva secunde a încuviințat cu un semn din cap.

— Des? am întrebat, sincer curioasă.

— Presupun că depinde de cum definești tu „des". Sunt un tip de 15 ani, cu o imaginație uluitoare. Asta ar trebui să-ți cam răspundă la întrebare.

Aveam senzația că descoperiserăm o ușă nouă dintr-un coridor, care dădea spre o încăpere nouă, în care se afla un nou *totul*.

— La ce te gândești? Când o faci, adică.

Inima îmi era ca un picamer sub coaste.

— La sărut. Atingeri. Sex. La părţi pe care nu le am şi la chestii pe care le fac oamenii cu ele, a mai adăugat, agitându-şi sprâncenele.

Am dat ochii peste cap.

— Mâini. Păr. Picioare. Dragoni. Cărţi. Buze. Cuvinte... guri...

Glasul i s-a stins treptat şi Elliot şi-a vârât iar nasul în carte.

— Uau, am exclamat. Ai zis *dragoni*?

A ridicat din umeri, dar nu s-a mai uitat la mine. L-am privit cu coada ochiului, curioasă. Menţiunea despre cărţi şi cuvinte şi buze nu trecuse neobservată de mine.

— Cum am spus, a mormăit, dintre pagini, am o imaginaţie uluitoare.

acum

sâmbătă, 14 octombrie

— OK, oare încep să-mi apreciez uniforma de medic? zic, gemând.

Sean bagă capul în dormitor.

— Care-i problema, iubito?

— Niciuna, spun şi arunc încă o cămaşă în grămada de rufe de pe pat. Doar că... pe unii dintre oamenii ăştia nu i-am mai văzut de o veşnicie. Şi acum mergem la picnic. Trebuie să fiu îmbrăcată super drăguţ şi vesel, pentru că n-apuc niciodată să port haine normale. Cred că am uitat cum să mă îmbrac.

— Credeam că te-ai pus la ţol festiv pentru cina de săptămâna trecută, cu el.

— Nu mă refer doar la *Elliot*.

Zâmbetul jucăuş de pe chipul lui îmi spune că nu mă crede şi mă face să râd, dar imediat apoi mă pune pe gânduri. De fapt, *nu este* vorba că trebuie să arăt drăguţ şi vesel pentru Elliot; el m-a văzut aproape în orice, de la haine de gală, la salopete ponosite şi nimic. Şi poate că e doar o chestie specifică tipelor — iar dacă o explic, asta o face şi mai absurdă –, dar vreau să arăt drăguţ pentru *prietenele* mele. Dar dacă Sean crede că mă frământ să găsesc ținuta potrivită pentru Elliot, oare nu ar trebui să-l deranjeze, măcar puțin?

Se pare că nu, pentru că pleacă iar, se întoarce la coșul cu mâncare pe care îl pregătește pentru azi. Îmi place cât de mult iubește să gătească, mai ales pentru că e direct proporțional cu cât de mult urăsc eu asta.

Îl aud bombănind ceva în șoaptă, apoi apare Phoebe, care intră, face un salt și se aruncă peste grămada de haine din mijlocul cuverturii.

— Când mergem la grădina Bojanglic?

— Botanică, îi spun și o sărut pe frunte. Plecăm peste...

Arunc o privire la ceasul de pe noptieră.

— Ooof, douăzeci de minute.

— Îmi place cum te-ai îmbrăcat, zice fetița, fluturând vag mâna în direcția mea. Tati spune că e o risipă când îmi schimb hainele prea des.

Sunt momente în care simt că e treaba mea să îi împărtășesc lui Phoebs din înțelepciunea feminină, dar, ca de obicei, Sean mi-a luat-o înainte.

Cum și-a pierdut interesul în dilema mea vestimentară, Phoebs se răsucește teatral pe burtă, și spune:

— Mi-e foame.

— Vrei să-ți aduc ceva? Erau niște căpșune, mai devreme.

— Nu, mersi, zice, încrețindu-și nasul. O să-i cer lui tati.

Se ridică, exact când Sean strigă din camera cealaltă, pentru că ne auzise:

— Pot să-ți dau să mănânci o banană, Applejack[24]. Toate căpșunele sunt deja împachetate pentru picnic.

---

24 Numele unui personaj (un ponei), din serialul de desene animate *My Little Pony*.

Şi până să mă mai bucur de prezența ei, Phoebe e deja ieşită pe uşă, înapoi în cealaltă cameră. Dacă mă gândesc mai bine, probabil că n-am petrecut mai mult de jumătate de oră cu ea în toată săptămâna. Îmi spun mereu că şi simpla prezenţă a unei figuri materne e o chestie importantă pentru ea, dar, aşa cum tocmai am fost martori, chiar sunt măcar atât oare? Şi ea chiar are nevoie? Mă întreb cumva dacă ceea ce i-a bolborosit Sean în şoaptă înainte de a veni la mine nu a fost să-i amintească să vină să mă salute, ca să-mi dea sentimentul că sunt binevenită aici.

Doamne, devin complet ridicolă. Dar, serios, Sean şi Phoebe par să se descurce perfect ca un mic duo, fără să aibă nevoie de alţii. Eu nu m-am simţit niciodată aşa cu tata. Ne-am iubit unul pe altul, sigur, dar fără mama am fost amândoi oarecum pierduţi, cu braţele întinse în faţă, încercând să trecem bâjbâind de fiecare nouă zi.

A jdemia oară m-am gândit la Ashley şi la ce fel de soţie trebuie să-i fi fost lui Sean înainte, când el încă nu era noul artist la modă din San Francisco, atunci când încă mai era doar un *muritor de foame*, însurat cu femeie cu MBA, pe cale să devină o stea a finanţelor. Ştiu că Phoebe a venit pe lume înainte ca ei să fi plănuit să aibă copii, într-o vreme când Ashley încă se lupta să avanseze în carieră. Oare era vreodată acasă? Sean a crescut-o pe micuţa Phoebe aşa cum m-a crescut mama pe mine, implicat absolut în fiecare moment, până când ea a început să meargă la şcoală?

Cât de diferită ar fi fost viaţa mea dacă tata ar fi fost mai mult acasă când eram eu mică? Cât de diferit ar fi fost dacă *el* murea când aveam zece ani, şi nu mama?

Mi s-a făcut greaţă la gândul acela, ca şi cum tocmai mi-aş fi dorit o realitate alternativă care l-ar fi omorât mai întâi pe tata. Paralizată de sentimentul vinovăţiei, am spus în şoaptă „N-am vrut” spre aerul din jurul meu, dorindu-mi să iau înapoi orice lucru rău se poate să fi azvârlit afară. Chiar dacă şi tata e mort deja.

Pe durata scurtă a drumului până în parc, Sean şi Phoebe se distrează jucând *Eu văd*. Când ajungem, Sabrina şi Dave ne aşteaptă deja, împreună cu micuţa Viv pusă într-un fel de drăcie complicată, un fel de cărucior. Sean, Dave şi copiii intră în parc să găsească un loc bun de picnic, iar eu şi Sabrina îi aşteptăm pe ceilalţi, undeva mai aproape de locul de parcare.

Mă uit la cei doi bărbaţi care se îndepărtează şi îi admir de la spate.

— Sunt nişte bărbaţi pe cinste, zic şi când mă întorc spre ea, o văd pe Sabrina privindu-mă intens.

— Ce-i? o întreb.

— Cum faci? zice. Azi arăţi tare *sexy*.

Arunc o privire în jos, spre ţinuta pe care, într-un final, am ales-o pentru acea zi iraţional de călduroasă pentru anotimpul în care eram: maiou alb, blugi nostimi, cu manşete şi un colier de aur masiv. Cu părul lung strâns într-un coc neglijent, aranjat cu totul deliberat şi artistic, ajung să mă întreb brusc dacă nu las cumva impresia unor eforturi exagerate — colierul ştiam că e prea mult. Sabrina e îmbrăcată cu pantaloni scurţi, făcuţi dintr-o pereche veche de blugi, şi un tricou pentru alăptat.

— M-am străduit prea tare? o întreb. Mereu îmi fac griji că am uitat cum să mă îmbrac potrivit.

— Eşti agitată?

— Nerăbdătoare, răspund şi scutur din cap.

— Şi eu. Nu l-am cunoscut până acum.

— Adică, sunt nerăbdătoare să-mi petrec ziua asta liberă, codoaşă mică. Dar, dacă tot ai pomenit, îţi aduc aminte că nici pe Nikki și Danny nu i-ai cunoscut până acum.

Sabrina râde și face un pas mai aproape, să mă cuprindă pe după umeri.

— Știu că ești prietenă cu ei din școala primară, dar știm amândouă, cred, de cine sunt cea mai curioasă.

Arunc o privire în spatele nostru, acolo unde Sean și Dave au dispărut deja din raza vizuală.

— Sean pare să fie zero la sută contrariat de chestia cu Elliot.

— Și asta nu e bine?

Ridic din umeri.

— Sigur că da. Dar tot mă simt vinovată că mă gândesc așa de mult la Elliot și la trecut și, apoi, când îi pomenesc despre asta lui Sean, îmi zice chestii gen „E cool, iubito, nicio chestie." Poate că totuși e din pricină că nu sunt complet sinceră cu el în legătură cu ce simt acum, după ce l-am *văzut* pe Elliot?

Apoi adaug, gândind cu voce tare:

— Când i-am pomenit de întâlnire, Sean a presupus din prima că a fost mai mult decât revederea cu un prieten vechi ca să ne povestim ce-am mai făcut, dar asta nici măcar nu l-a iritat. *Asta* nu e ciudat?

Sabrina răspunde bolboroselilor mele cu o privire neajutorată. Măcar nu sunt singura confuză.

— Probabil, zic icnind, probabil că mă gândesc prea mult.

— Ah, sunt convinsă că asta e.

Îi sesizez inflexiunea din voce, dar nu am vreme să mă întreb ce înseamnă, pentru că îi zăresc pe Nikki și Danny apropiindu-se de noi, pe alee. Mă duc spre ei în pas săltat și mă reped să îi îmbrățișez, mai întâi pe Nikki, apoi și pe Danny.

Deşi m-am întors în Bay Area de vreo şase luni, încă nu m-am văzut cu ei şi e ireal să văd cum s-au schimbat şi — mai mult de atât — cum nu s-au schimbat. Pe Nikki am cunoscut-o în clasa a treia, când am fost colege de bancă, iar părinţii ei au făcut o treabă mai bună decât majoritatea când au învăţat-o cum să se poarte cu o prietenă care în anul următor şi-a pierdut mama, pentru că deşi Nikki nu a ştiut întotdeauna ce să spună, nici n-a încetat vreodată să încerce. Danny s-a mutat la Berkeley din L.A. când eram în clasa a şasea, aşa că nu a fost martor la partea cea mai rea a tristeţii mele şi a bâjbâielilor mele ulterioare de a-mi găsi locul în societate, dar oricum a avut întotdeauna o abordare mai degrabă impasibilă şi lipsită de dramatism.

Iar pentru cei care nu au mai văzut-o de aproape şapte ani, Nikki arată senzaţional. Amândouă avem în vene sânge sud-american, dar, în vreme ce eu am moştenit statura minionă a mamei şi tenul măsliniu, iar nu înălţimea şi pielea albă de la tata, Nikki are un ten deschis şi ochii verzi şi toată viaţa a avut un corp voluptuos de la natură. La cum arată acum, zici că e căpitanul unei echipe dintr-o disciplină sportivă foarte dinamică.

Spre deosebire de ea, Danny arată ca orice tip de 28 de ani care locuieşte în Berkeley: uşor subponderal, zâmbăreţ, oarecum certat cu duşul.

Numai ce am început să ne povestim — se pare că Nikki e antrenoarea echipei feminine de baschet de la liceul Berkeley High, iar Danny e programator şi lucrează de acasă —, când atenţia îmi e atrasă de ceva ce zăresc peste umărul Sabrinei.

Văd o siluetă care coboară dintr-o Honda Civic albastră şi bine întreţinută, scoate un pulover de pe bancheta din spate şi porneşte cu paşi mari şi egali direct spre noi. Ştiu că m-a văzut şi mă întreb dacă şi lui i se înmoaie picioarele, aşa cum mie mi se întâmplă încă şi acum, când îl văd.

— A venit Elliot, zic şi îmi aud chiar eu tremurul din cuvinte, puţin cam târziu ca să le mai pot opri.

— Hai că începe, îşi îngână Sabrina singură, iar eu nici nu pot să-mi dezlipesc privirea măcar atât cât să mă uit urât la ea.

— *Elliot*-Elliot? zice Nikki cu ochii holbaţi. Adică, Elliot secretul?

— Cine? se miră Danny şi se întoarce să vadă.

— Vai de mine, şopteşte Nikki. Sunt aşa de emoţionată în clipa asta.

— Şi eu! zice Sabrina, bătând din mâini.

Acum îmi dau seama că Elliot stă să dea piept cu un zid de femei — plus Danny –, care zâmbesc toţi cu gura până la urechi, în aşteptarea sosirii lui.

— Elliot e iubitul lui Macy? întreabă Danny şoptit, pe la colţul gurii.

Apoi se întoarce tocmai spre Sabrina şi adaugă:

— A, stai puţin, ăsta e tipul din oraşul ăla de vacanţă.

— Elliot *a fost* iubitul ei, confirmă ea, şuierând încântată şi scandalizată.

— Cam vreo zece minute, îi reamintesc.

— Cam vreo *cinci ani*, mă corectează ea. Şi, dacă ţinem cont că ai doar 28 de ani, asta înseamnă o ditamai halca din viaţa ta amoroasă.

Gem şi mă întreb pentru prima dată dacă nu cumva toată chestia asta nu e o idee groaznică.

Sabrina s-a întâlnit cu Sean de trei ori până acum şi, chiar dacă insistă că îl place, îl consideră „ciudat de superficial pentru un *artist*" şi crede că „nu îi transmite vibraţii *foarte calde*". Nu ajută nici faptul că ea l-a cunoscut pe Dave în primul nostru an de facultate la

Tufts şi au fost iubiţi vreme de şapte ani înainte de a se căsători, aşa că o perioadă de prelogodnă de numai două luni este ceva de neimaginat pentru ea. E pur şi simplu un semnal de alarmă.

Mai avusesem câteva relaţii şi înainte de Sean, dar, aşa cum îmi aminteşte Sabrina, fusesem „prietena aia enervantă care găsea oricui cusur". Nu greşeşte. Ca să trecem în revistă: Julian era ciudat de ataşat de chitara lui. Aston săruta groaznic şi nu am putut trece peste asta, indiferent cât de adorabil sau de amuzant era. Jaden avea o problemă cu alcoolul, Matt prea arăta ca un student membru într-o fraternitate, iar Rob era prea emotiv.

După ce l-a întâlnit pe Sean pentru prima dată, Sabrina m-a întrebat ce cusur cred că o să-i găsesc. Bineînţeles, cum eram doar de câteva luni împreună şi în faza pasională, răspunsul meu cam ameţit a fost: „Niciunul!"

În gândul meu, însă, acolo unde nu pătrunde nimeni altcineva, nu pot să o învinovăţesc cu adevărat că îl consideră pe Sean cam rece. Relaţionează minunat în societate, dar ştiu sigur că în sinea lui e reţinut şi distant. E cât se poate de zgârcit cu vorbele când răspunde la întrebări, nu manifestă decât un interes limitat faţă de prietenii mei, nu acceptă mai mult de circa trei minute de conversaţie sentimentală înainte de a schimba subiectul şi, la exterior, nu e prea afectuos cu nimeni în afară de Phoebe.

Nu ştiu, totuşi. Există un element de confort în modul lui reţinut de a fi. Eu îl înţeleg, pentru că, oricât de mult i-am îngăduit lui Elliot să pătrundă în zona mea mintal-emoţională, după aceea nu am mai fost niciodată în stare să las pe altcineva acolo. Mi-a fost prea greu. Poate că la fel stau lucrurile şi în cazul lui Sean şi Ashley; purtăm amândoi aceleaşi cicatrici. În clasa bărbaţilor cu vederi progresiste, Sean şi Elliot ocupă poziţii cum nu se poate mai diferite.

Am nevoie de cineva ca Sean în viaţa mea.

Am nevoie de un Elliot tot atât cât îmi trebuie o gaură în cap.

Elliot se apropie şi ne zâmbeşte la fel cum îi zâmbim şi noi, ne priveşte pe rând, pe fiecare.

— Presupun că voi sunteţi comitetul de întâmpinare, corect?

Sabrina face un pas în faţă, cu mâna întinsă. Cu vocea piţigăiată, spune, dintr-o suflare:

— Eu sunt Sabrina. Am fost colegă de cămin cu Macy și vreau să te cunosc de o *veşnicieeee.*

Elliot izbucneşte în râs și mă priveşte ridicând din sprâncene.

Îmi pun mâna pe umărul ei și îi șoptesc:

— Las-o puţin mai moale.

În loc să îi strângă mâna, Elliot alege să o îmbrăţişeze. Sabrina e mai degrabă înaltă, dar el o face să pară pitică, o învăluie în braţele surprinzător de musculoase, bronzate şi tonifiate, ieşite din mânecile scurte ale tricoului negru. Îmbrăţişaţi, își lipeşte faţa de ea și îmi dau seama că a făcut-o să-l îndrăgească pe veci. Nu există cineva căruia să îi placă mai mult decât Sabrinei o îmbrăţişare zdravănă.

— Ei, îi zice Elliot, făcând un pas în spate, zâmbindu-i, mă bucur să te cunosc în sfârşit.

Sabrina are aerul că o să leşine de încântare. Elliot se întoarce și se uită la mine, aşteptând.

— Ea e Nikki. Și acesta e Danny, spun, arătând spre cei doi.

Observ cum expresia lui Elliot se schimbă ca reacţie la numele auzite de atât de multe ori şi la feţele pe care nu le văzuse niciodată altfel decât în poze.

— Ah, OK, zice, zâmbind și strângându-i mâna lui Danny, înainte de a o îmbrățișa pe Nikki. Am auzit o grămadă despre voi.

Râd, pentru că tot ce auzise venea din perioada de scandal din liceu. Mă întreb dacă se gândește la cum sunt eu, la latura sălbatică a lui Nikki și la gafele stângace ale lui Danny. Elliot îmi surprinde privirea și sclipirea din ea îmi spune că am dreptate. Își reprimă un zâmbet și eu îmi mușc buza, în același scop.

— OK, zic, hai să mergem să găsim de mâncare.

Dave și Sean au găsit un loc drăguț, la umbră. Phoebe stă liniștită pe pătură și desenează. Viv doarme în căruț și cei doi bărbați stau de vorbă, dar când ne apropiem, observ că Dave îi aruncă Sabrinei o privire care spune *salvează-mă*. Asta mă face să mă inflamez în sinea mea, cu un sentiment protector, dar el repede înecat într-un flux de adrenalină, când Sean se ridică în picioare, își șterge mâinile de blugi și se îndreaptă spre noi. Spre Elliot.

Ce dracu' fac eu aici?

Mai întâi îl prezint pe Sean lui Nikki și Danny — cei mai ușor de acceptat. Când mă aude rostind cuvântul „logodnic", Danny e în mod evident mirat, ce mama dracului se întâmplă, și se uită la Elliot de parcă ratase ceva important.

Sean se întoarce spre Elliot și eu încep să aud un bâzâit static peste tot în jurul meu. Și la Elliot se simte limpede tensiunea: în umeri și pe frunte. Sean e cât se poate de relaxat.

— Sean, el e Elliot, spun, și adaug, inexplicabil — cel mai vechi prieten al meu.

— Alo! exclamă Nikki, contrariată, și Danny o imită și el, imediat ce pricepe ce am spus.

— Scuze, zic râzând, n-am vrut să sune chiar așa. Doar că...

Elliot îmi vine în ajutor.

— Îmi pare bine să te cunosc, Sean, zice.

Întinde brațul spre el, să îi strângă mâna și, Doamne, e așa de jenant. Din atâtea puncte de vedere.

Sean zâmbește degajat și îmi face cu ochiul.

— Credeam că *eu* sunt cel mai vechi prieten al tău, nu?

Toată lumea râde cordial la spusele lui și Sean dă drumul mâinii lui Elliot, se întoarce și mă sărută apăsat pe gură. Pe bune, ce mama dracului? Sean e gelos sau nu? Mă surprinde într-atât, că nici măcar nu închid ochii și Elliot rămâne șocat. Pieptul i se scobește, atât de tare trage aer în piept. Își revine și se îndepărtează repede, merge să se așeze lângă Phoebe și Dave, să se prezinte singur. Când Sean se dezlipește de mine, aud vocea gravă, de tenor, a lui Elliot, care întreabă ce desenează Phoebe.

Nostalgia îmi copleșește gândurile, mă duce înapoi la vremea când obișnuia să facă la fel cu Alex, mică, să o observe blând și să o laude în tihnă. Acum ia un creion colorat și o întreabă pe Phoebe dacă nu vrea să îi arate și lui cum se desenează o floare, așa cum face ea.

— Sexy de ți-o iau ovarele razna, îmi șoptește Sabrina la ureche, în timp ce se preface că mă sărută pe obraz.

— Cam așa ceva, șoptesc la rândul meu și îmi șterg palmele pe blugi.

Cred că transpir pur și simplu.

Despachetăm mâncarea, împărțim tuturor sandviciuri, băuturi și fructe. Conversația devine degajată imediat ce Nikki începe să vorbească despre baschet, pentru că Dave a fost el însuși baschetbalist și slavă Cerului că sunt aici amândoi, pentru că aduc entuziasmul necesar oricărui picnic reușit. Când Viv se trezește, lui Phoebe i se dă voie să o țină în brațe și bucuria din ochii ei ne transformă pe toţi într-un cor de exclamaţii de adoraţie. Una peste alta, lucrurile decurg aşa cum trebuie la un picnic: mâncare, conversaţie, câteva conflicte minore cu insectele şi relativul disconfort de a sta pe pături, în iarbă.

În inima mea, însă, s-a întâmplat ceva ireparabil. Certitudinile mele au început să se clatine încă din dimineaţa precedentă, când abia dacă am putut să fac sex cu Sean, şi au continuat să se frângă în două azi, odată cu prezenţa aici a celor doi, împreună. Ştiu că Sabrina observă cum eu şi Elliot ne trimitem priviri fără să ne putem abţine, aparent. Poate că observă şi felul cum eu şi Sean abia dacă interacţionăm.

Mă ia prin surprindere când îmi dau seama că Elliot e aici, *e chiar aici*. E din nou în faţa mea, accesibil. Aş putea întinde mâna şi să-l ating. Aş putea să mă târăsc până la el, în poala lui, să simt cum braţele lui mă înconjoară, calde.

Ar putea să fie al meu, încă.

De ce n-am avut reacţia asta atunci când ar fi trebuit — acum două săptămâni?

Dau filmul înapoi, rememorez toate lucrurile care mi s-au întâmplat de la despărţirea noastră şi, în afară de moartea tatei, nimic altceva nu mi se pare foarte important. De parcă viaţa mi-a fost pur şi simplu suspendată, eu am mers mai departe, am făcut diverse lucruri, dar nu am *trăit* cu adevărat. Asta e îngrozitor sau fantastic? Habar nu am.

Mâna Sabrinei o acoperă pe a mea, sprijinită pe pătură, şi privirile ni se întâlnesc. Mă întreb cât de multe citeşte pe chipul meu.

— Eşti OK? mă întreabă şi eu încuviinţez cu o înclinare a capului, mă silesc să zâmbesc şi îmi doresc al dracului de tare să o fi crezut eu însămi.

atunci

cu doisprezece ani în urmă

Am reuşit să trec de anul întâi şi de cea mai bună parte din anul al doilea de liceu exclusiv graţie lui Elliot — şi faptului că tata fusese de acord să ne petrecem aproape fiecare weekend în Healdsburg. Weekendurile în care mergeam acolo ni le petreceam citind, cutreierând pădurea şi vizitând uneori Santa Rosa. Odată, Elliot şi cu mine ne-am aventurat împreună tocmai până în Oakland, la un concert. Elliot era mai mult un membru de familie decât un prieten, dar, cu timpul, a devenit chiar mai apropiat, în unele privinţe, decât un membru de familie.

Toată această intimitate însemna însă că, de fiecare dată când ratam un weekend la cabană, săptămânile dintre vizite păreau interminabile. Amândoi mergeam bine cu şcoala, dar eu uram afectarea socială şi principiile prieteniilor din liceu. Nikki şi Danny erau de aceeaşi părere şi întotdeauna noi trei eram la zero cu dramatismul — în fiecare zi stăteam împreună în pauza de prânz, un fel de grup în autoizolare, aşezaţi pe un dâmb acoperit cu iarbă, privind la mare parte din haosul aflat în desfășurare.

După școală însă, Nikki mergea să stea cu bunica ei, Danny se ducea acasă să se dea cu placa împreună cu copiii de pe strada lui și eu îmi urmam programul zilnic din timpul săptămânii, într-un fel aproape ritualic: antrenament de înot, teme, masă, duș, culcare. Faptul că în afara școlii nu făceam nimic împreună făcea dificilă construirea unor legături emoționale foarte strânse între noi, dar, ciudat, pe niciunul nu părea să îl deranjeze asta.

Pe măsură ce primăvara din anul doi trecea, deveneam tot mai acut conștientă că Elliot se transforma... în mai mult. Nu doar intelectual vorbind, ci și fizic. Pentru că îl vedeam doar în weekenduri și în timpul verii, aveam senzația că mă uit la o filmare secvențială a creșterii unui copac, a unui boboc înflorind, a unui câmp care rodește peste an.

— Cuvântul preferat.

Elliot s-a așezat mai bine pe maldărul de perne, cu ochii întorși spre mine. Se pare că făcea și el o actualizare.

Era 14 mai și nu-l mai văzusem din martie, de la aniversarea mea de 16 ani — cea mai lungă pauză a noastră în aproape doi ani. Era... diferit. Mai mare, oarecum mai măsliniu. Avea rame noi la ochelari, groase și negre. Părul era prea lung, tricoul, întins bine peste piept. Blugii atingeau marginea pantofilor sport negri. Așadar, și blugi noi.

— *Tremor*, am spus. Tu?

A înghițit și a răspuns:

— *Acerb.*

— Ohoo, e bun. Povestim?

M-am așezat confortabil și am luat o carte de Dickinson, pe care tata o lăsase la mine pe pat.

— Mă gândesc să învăț să patinez.

Am ridicat ochii măriți spre el.

— Adică, pe patine?

Mi-a aruncat o privire strâmbă.

— Nu, Macy. Adică pe rolele de la *skateboard*.

Am început să râd, amuzată de felul în care pusese accentul, dar m-am oprit când i-am văzut mai bine expresia. Într-o clipită m-am întrebat dacă voia să învețe doar pentru că era ceva ce făcea Danny...

— Scuze, doar că... poate că e suficient să spui *skateboard*.

A dat din cap, crispat.

— În fine. Am strâns bani și caut plăci.

Mi-am mușcat buza, să-mi rețin un zâmbet. Băiatul era fără speranță.

— Trebuie să existe un website cu jargon sau ceva.

Enervat, și-a aplecat capul într-o parte și a mijit ochii.

— Scuze, am zis. Continuă.

— În plus, a continuat, privindu-și tivul cămășii de parcă era iubirea vieții lui, semestrul viitor o să urmez câteva dintre cursuri la Santa Rosa.

— Cum? am zis, fără suflu. Adică la colegiul Santa Rosa?

A dat din cap.

— Când ești abia în *anul doi* de liceu?

Știam că e deștept, dar... acum era doar în clasa a zecea și deja fusese acceptat la cursuri la facultate?

— Mda, știu. Biologie și...

A început să clipească, fascinat brusc de ceva din colțul camerei.

— Biologie și ce *altceva*, Elliot?

— Ceva matematici.

— *Ceva* matematici? am repetat, cu gura căscată.

Absolvise deja analiza matematică avansată? Cu ochii minții m-am uitat strâmb spre cursul de algebră pe care urma să-l încep.

— Așa că treaba cu skateboardul poate o să mă ajute să mă împrietenesc cu cei din anul meu.

Vulnerabilitatea din vocea lui m-a făcut să mă simt cea mai mare nesimțită.

— Da, ești cu ei în fiecare zi, la cursuri. Nu?

Mă privea tăcut.

— Mda, după ore. La prânz.

— Stai puțin. Păi acum nu faci ore cu copiii din clasa ta?

— Doar la dirigenție, a zis, înghițind în sec și încercând să zâmbească. La școală am lucrat de unul singur, dar din semestrul ăsta încep la SRJC[25].

M-am uitat la cartea din mâna lui. *Franny și Zooey*. Paginile aveau colțurile îndoite pentru că fiecare din noi o citise de câteva ori.

— De ce nu mi-ai spus că ești atât de special?

— Scuză-mă, a răspuns, recăpătându-și treptat suflul. Eu nu mă văd așa.

L-am fixat cu privirea și am încercat să pricep ce i se părea așa de amuzant.

— Nu s-a întâmplat decât în semestrul ăsta, mi-a explicat Elliot. Și, nu știu ce să zic.

A ridicat ochii și brusc mi s-a părut că e cu mult mai mare. Într-un acces prevestitor al vieților noastre în viitor, m-am întrebat dacă vom fi întotdeauna la fel de apropiați. Posibilitatea să nu se întâmple astfel mi s-a părut revoltătoare.

— Nu am considerat potrivit să includ așa ceva într-un e-mail, pentru că seamănă puțin a lăudăroșenie.

---

25 Santa Rosa Junior College.

— Ei, dar sunt super mândră de tine.

— Super? a zis, mușcându-și buza, zâmbind.

— Mda. *Super*, am repetat și mi-am săltat capul, să-mi mut perna. Ce altceva mai e nou?

— Au făcut un *skate park* nou — a spus, făcând din degete semnul ghilimelelor și râzând mucalit — imediat după Safeway[26], deși eu mă antrenez în parcarea aia veche din spatele spălătoriei automate. Și, ce-ar mai fi... în vara asta Brandon și Christian o să facă un traseu în Yellowstone, timp de o lună, împreună cu tatăl lui Brandon.

Cei mai buni doi prieteni ai lui Elliot.

— Tu nu te duci?

— Neeh, a zis clătinând din cap. Christian deja vorbește despre câtă băutură o să-și ascundă în valiză și mi se pare nasol.

Nu l-am presat. Oricum, nici nu-l prea vedeam pe Elliot în drumeție prin Yellowstone.

— Spune mai departe.

— Am fost la un bal de absolvire, a mormăit.

În cap mi-a răsunat un scârțâit de roți la frânare. Că urma cursuri la un colegiu preuniversitar[27] părea o chestie minoră în comparație cu gravitatea acelei omisiuni.

— La un *bal de absolvire*? Dar ești doar într-a zecea.

— Am fost cu cineva dintr-a unsprezecea.

— Era frumușel cineva-ul? am întrebat, înghițindu-mi reacția mai sinceră și mai amară.

— Haha. *Ea* arată bine. O cheamă Emma.

M-am strâmbat, dar nu m-a băgat în seamă.

---

26 Companie americană din domeniul retailului.

27 Junior college – în SUA, tip de învățământ postsecundar, echivalent ultimelor două clase de liceu, care pregătește studenții fie pentru studiile universitare, fie pentru o carieră vocațională.

— Arată bine, am repetat. Ce compliment răvășitor.

— A fost destul de plicticos. Dans. Punci. Tăceri jenante.

— Ce păcat, am zis, zâmbind sarcastic.

A ridicat din umeri, dar a zâmbit și el. Nu un zâmbet scremut, abia schițat — ci unul cu gura plină, adevărat. Pe măsură ce eu mă încruntam, și el a devenit serios. Mi-am amintit de numele Emma și de fata din fotografia de pe panoul lui, aproape o adolescentă, drăgălașă și îmbujorată.

— Adică, aceeași Emma din fotografia aia?

A ridicat din umeri, cu un aer intenționat degajat.

— Mda. Ne cunoaștem de o veșnicie.

O veșnicie. Mi s-a strâns stomacul.

— Și ți-a mers treaba cu ea? am întrebat, pe un ton pe care m-am chinuit să îl păstrez nonșalant.

A mijit ochii și a clătinat din cap.

— Nu... Nu sunt convins că o plac în felul ăsta.

Nu e *convins*?

— Pentru băieți are vreo importanță?

A continuat să mă fixeze cu privirea, confuz.

— Ai *sărutat*-o?

Obrajii i s-au îmbujorat și eu am primit răspunsul.

Elliot *sărutase* pe cineva.

Poate că sărutase o grămadă de alte cineva.

Adică, *bineînțeles* că o făcuse. Nu toată lumea era la fel de cusurgie și de împiedicată ca mine, când era vorba de jocuri romanțioase. Elliot urma să împlinească 17 ani peste doar câteva luni. Părea aproape hilar că mi-l imaginasem la fel de inocent ca mine. Eram sigură că făcuse mult mai mult decât să se sărute. Simțeam cum sângele mi se coagulează parcă în piept și am scăpat un geamăt mic, în barbă.

— De ce ești așa de furioasă, deodată? m-a întrebat șoptit.

La urma urmelor, Elliot îmi era doar prieten.

Tot ce însemna un prieten.

— Nu știu, am spus, cu capul plecat în continuare.

— *La tine* ce mai e nou?

Am ridicat iar ochii, săgetându-l.

— Am avut primul orgasm.

A ridicat din sprâncene, s-a înroșit la față și gura i s-a schimonosit într-o mie de feluri diferite, înainte de a o deschide.

— Ce?

— Or. Gaz. Îm.

— Dar ai... 16 ani.

Părea să-și fi dat seama în același timp cu mine că vârsta nu era chiar așa de revoltătoare.

— Adică, e rușinos să fii așa de mare?

A izbucnit într-un râs nervos.

— În plus, am continuat, privindu-l, și tu ai avut unul. Probabil că alte multe, multe, în timp ce te gândeai la dragoni.

S-a înroșit puternic pe gât și s-a ridicat în fund, cu mâinile prinse între genunchi.

— Dar... numai de unul singur.

Vorbele lui mi-au provocat un val rece de ușurare prin tot corpul, dar eram deja pornită pe furie.

— Păi, tu ce credeai că am vrut să spun?

Ochii i s-au oprit brusc pe mâinile mele.

— Ah. Deci nimeni nu...

— M-a atins?

Am săltat bărbia, chinuindu-mă să nu-mi feresc privirea.

— Nu, nimeni.

— Ah, a spus, înghiţind zgomotos, în timp ce în jurul nostru pereţii albaştri păreau să se apropie tot mai mult.

— E o noutate bizară asta? l-am întrebat.

S-a fâţâit pe loc.

— Oarecum.

Eram îngrozită. Roşeaţa cu care mă luptasem părea să-mi explodeze sub piele şi aş fi vrut să mă întorc pe burtă şi să-mi îngrop faţa în pernă. Fusesem geloasă, încercasem să-l înfurii şi practic îi azvârlisem în faţă propria sinceritate.

— Scuze.

— Nu, e...

Elliot s-a frecat pe frunte, şi-a împins ochelarii pe nas şi s-a mobilizat.

— E bine că mi-ai spus.

— Şi tu ai zis că ai făcut-o.

Şi-a dres vocea şi a încuviinţat din cap, ferm.

— E firesc pentru tipii de vârsta mea.

— Deci, nu e normal pentru *fete*?

A tuşit şi a reuşit să zică:

— Sigur că e. Doar am vrut să spun...

— Glumesc.

Am închis ochii pentru un răgaz, străduindu-mă să recâştig controlul asupra propriei nebunii. Ce naiba aveam?

— La ce te-ai gândit?

Ultimul lui cuvânt i-a ieşit cu greu, rostit cu o voce uşor sugrumată.

L-am privit fix.

— M-am gândit: „Fir-ar să fie, e uluitor."

Elliot a râs, dar era un râs stânjenit şi piţigăiat.

— Nu. Înainte. În timpul.

Am ridicat din umeri.

— Să fii atins de altcineva în felul ăsta. Tu te mai gândeşti încă la dragoni?

A clipit, privirea lui a fluturat peste fiecare părticică din mine.

— Nu, a răspuns, fără să râdă deloc la gluma mea. Mă gândesc la... încheieturi, şi urechi, şi piele, şi picioare. Părţi ale fetelor. La fete.

Cuvintele lui curseseră toate îngemănate şi am avut nevoie de o secundă ca să le despart.

Fete? Sângele mi se încinsese de gelozie.

— Anumite *fete* mai ales?

Elliot a deschis o carte şi a frunzărit-o. Era calm, nemişcat, aşa cum făcea când omitea câte o informaţie.

— Uneori.

Aşa s-a încheiat conversaţia noastră. El nu m-a mai întrebat nimic altceva şi nici nu a oferit nimic în plus.

acum

sâmbătă, 14 octombrie

Sunt conștientă că Elliot și cu mine suntem oarecum ca într-un acvariu social, pentru că este evident că Sabrina și Nikki urmăresc cât timp petrecem gravitând unul în jurul celuilalt. Așa că, deși sunt permanent conștientă de prezența lui, în timpul picnicului nu îi vorbesc prea mult și asta mă înnebunește, pentru că mă întreb constant ce părere are despre toate astea. Cel mai mult stă de vorbă cu Danny, în timp ce Nikki, Sabrina, Dave și cu mine ne povestim ce am mai făcut. Am senzația clară că odată ce Sabrina și Dave vor rămâne singuri în mașină, pe drumul spre casă, o să izbucnească exasperați, de acord că Sean este într-adevăr Cel mai Plicticos Om.

Pe baza propriilor observații, nu pot totuși să-i condamn. Sean e în perfectă armonie cu Phoebe, dar în rest stă cu ochii în telefon sau se aruncă în câte o conversație doar cât să-și exprime părerea, apoi se retrage iar la ale lui. Mă frământă ideea, pe care tocmai ce o conștientizez, că nu am mai fost niciodată într-o astfel de situație cu el — să fiu împreună cu un grup de prieteni de-ai mei şi nu cu un grup de artişti entuziaşti sau de sponsori care mor să îi capteze atenţia lui Sean Chen. Şi, dacă nu e curtat, se pare că Sean e genul solitar, din punct de vedere social. Am o bănuială sâcâitoare că el a fost mereu aşa, doar că nu s-a arătat niciodată până acum pentru că nu am petrecut niciodată cu prietenii.

Sean *are* prieteni, măcar?

Pe la ora patru, se adună norii şi pare că stă să plouă. California a devenit aproape secetoasă, aşa că ne strângem bucuroşi lucrurile, de parcă am fi nişte rude băgăcioase care şterg putina ca să facă loc peste noapte unor tineri însurăţei.

Sean o cară pe Phoebe pe umeri până în parcare şi eu vin imediat în spatele lor, cu Sabrina, care împinge căruţul cu Viv.

— Trebuie să recunoşti că e chiar drăguţ, îi spun, făcând semn cu bărbia ridicată spre cei doi din faţa noastră.

Puseul protector pe care l-am simţit pentru el mai devreme s-a metamorfozat într-un sentiment ciudat de disperare. Sean şi cu mine ne potrivim perfect; aşa fost înainte să apară Elliot şi aşa e şi acum. Sunt în căutare de dovezi. Una dintre ele e tandreţea pe care o simt când îl văd cu Phoebe.

Admiraţia mea pentru fundul lui în blugii aceia e o dovadă.

— Se pare că e un *tată* cu adevărat formidabil, zice Sabrina, râzând.

Oftez.

— Mesaj recepţionat.

Cu voce joasă, să nu ne audă ceilalţi, zice:

— Noi două trebuie să vorbim serios despre asta. Trebuie să-ţi arăt cum stă treaba.

— Să nu începi.

— De câte ori am încercat eu să te conving să renunţi la o relaţie? zice, cu ochii mari. Asta nu-ţi spune ceva?

Deschid gura să-i răspund, când văd cu coada ochiului că Elliot e doar la câţiva paşi în spatele nostru şi probabil că a auzit fiecare cuvânt.

— Hei, îi spun şi arunc o privire subtilă.

Elliot era concentrat pe ceva din telefon, dar totul e doar un truc. E la fel de interesat să piardă timpul pe iPhone cât e să-şi vâre un băţ în fund. Din doi paşi întinşi ne ajunge din urmă şi se bagă între noi, cu câte un braţ petrecut pe după umerii noştri.

— Doamnelor.

— Ai auzit tot ce-am vorbit, nu-i aşa?

Ridică din umeri şi strânge din ochi, hlizit.

— Da.

— Băgăciosule.

Îl bufneşte râsul.

— Veneam să-ţi mulţumesc pentru că m-ai invitat. Doar nu speram să vă surprind discutând despre Sean.

Apoi, cu voce şoptită, plină de înţeles, murmură:

— Să mă crezi.

— Sinceritatea dialogului e uşor dezarmantă, intervine Sabrina. Nu ştiu dacă ar trebui să dispar, jenată, sau să rămân să aud urmarea.

Face o pauză şi continuă:

— Chiar vreau să aud ce urmează.

— Aşa a fost mereu cu noi, îi spun.

— Adevărat, zice şi Elliot. Nu ne-am priceput niciodată foarte bine să ne minţim unul pe altul. Când aveam 15 ani, Macy mi-a spus să-mi schimb deodorantul. A insinuat că acela pe care îl folosesc probabil nu mai dă rezultate.

— Elliot a marcat exact ziua în care observase că îmi cresc sânii.

Sabrina s-a uitat la noi, uimită.

— I-am cerut lui Elliot să ia Imodium cu noi când am mers să vedem trupa Backstreet Boys, pentru că mă durea burta.

— Partea jenantă în treaba asta, a explicat Elliot, e că am fost să văd Backstreet Boys.

— Nu, l-am corectat eu, partea jenantă a fost când te-am surprins dansând.

— Mă mişcam bine, recunoaşte, a zis, ridicând puţin din sprâncene.

— Da, spun, râzând. *Mişcare* e singurul fel în care se poate descrie ce făceai.

Sabrina pufneşte la noi şi când Dave o strigă, o ia la fugă înainte. Elliot mă opreşte însă, cu mâna pe braţul meu, şi schimbăm câteva priviri curioase, în timp ce restul grupului trece pe lângă noi în drum spre parcare. Din fericire, Sean şi Phoebe sunt în continuare în faţa noastră.

— Hei. Deci.

Îşi îndeasă mâinile în buzunare. Umerii i se ridică şi îi apasă pe gât. E în continuare foarte slab, foarte înalt.

— Hei. Deci, repet la rândul meu.

— Mersi că m-ai invitat azi.

Îmi zâmbeşte într-un fel pe care nu ştiu dacă îl pot descrie. E un zâmbet care spune: *Ştiu că ne cunoaştem de o veşnicie, dar pentru mine tot înseamnă enorm faptul că m-ai inclus şi pe mine aici.* N-o să pricep niciodată cum reuşeşte să facă asta cu o simplă arcuire a buzelor şi un mic contact vizual.

— Ei, ar trebui probabil să-ţi spun că am fost gazda chestiei ăsteia doar ca să te pot invita să-mi cunoşti prietenii.

Abia când o spun cu voce tare îmi dau seama că e adevărat. Asta este ce mi se întâmplă cu Elliot: îmi smulge sinceritatea din cotloanele învălmășite ale minții.

Mijește ochii, irisul îi înflorește în timp ce pupilele devin cât vârful de ac în lumina palidă, obturată de nori.

— E adevărat ce spui?

Îl loc să-i răspund, îl întreb:

— De ce m-ai tras înapoi?

Nici nu știu măcar ce aș vrea să-mi spună. Cum am să mă simt dacă zice că și-a venit în fire și își dă seama că am dreptate, că nu putem să fim decât prieteni? O parte din mine, trădătoare, speră să nu aflu niciodată.

— Voiam să te întreb ceva.

În pieptul meu e o junglă; inima bate tam-tamul. Sunt încântată sau îngrozită?

— Mă întrebam doar când am putea să ne mai întâlnim? zice.

— Ah, fac eu și clipesc, privesc peste umărul lui, la eucalipții imenși care se leagănă, profilați pe cerul tot mai întunecat.

— Cred că o să am ceva timp liber în preajma Zilei Recunoștinței.

Elliot înclină din cap și inima mi se strânge puțin. De ce-am spus asta? Ziua Recunoștinței pare foarte, foarte departe.

Își drege glasul și spune:

— Andreas se căsătorește în decembrie...

— Decembrie?

Pare o lună ciudată pentru căsătorie. Și e mult mai departe decât Ziua Recunoștinței, dacă el se gândește că atunci e următoarea dată când o să ne vedem. Apoi mă lămurește:

— De Revelion, de fapt, și mă întrebam dacă n-ai vrea să mergi cu mine.

Revelion.

Revelion.

Chiar mă invită.

Din felul în care mă priveşte ştiu că îşi dă seama de însemnătatea acelei date.

Numai că, în loc să abordez chestiunea spinoasă, îl întreb:

— Nu vrei să mai ieşim până în *decembrie*?

Văd în ochii lui căprui cum emoţia îl electrizează.

— Bineînţeles că vreau, spune, râzând. Sunt dispus să ne întâlnim aproape oricând vrei tu. Dar cum e vorba de o vacanţă, voiam să te întreb din timp dacă ai vrea să vii.

— Nu pot să vin ca partenera ta.

— Macy, nu te invit ca *parteneră*, a zis, scuturând din cap, când logodnicul tău şi viitoarea ta fiică vitregă tocmai urcă în maşina de colo.

— Deci, doar... — ezit, în căutarea cuvintelor potrivite — să vin cu tine?

— Mda, să vii cu mine. La Healdsburg.

Apoi adaugă:

— În weekend.

Umerii i se relaxează la loc, de parcă e aşa de simplu.

Vino şi tu.

Mergem împreună cu maşina.

O să fie distractiv.

Cuvintele se aşază între noi şi, cu cât evit să răspund, tonul cu care le aud se schimbă.

Vino cu mine în weekend.

Patruzeci şi opt de ore cu Elliot.

Cum o să fie lucrurile între noi peste două luni şi jumătate, când *acum* sunt deja aşa de încâlcite?

Mă uit iar peste umărul lui şi îl văd pe Sean potrivindu-i centura lui Phoebe în maşina Prius.

— S-ar bucura cu toţi să te vadă şi eu sunt cavaler de onoare, aşa că ar fi drăguţ să am o prietenă cu mine, acolo, spune, în efortul de a scoate discuţia de pe muchea prăpastiei. Mama şi tata m-au întrebat de tine... au luat-o razna când au aflat că noi doi am reluat legătura.

— Trebuie să-l întreb pe Sean ce planuri avem, îi răspund, neconvingător. S-ar putea să aibă vreo expoziţie sau un eveniment deja programat.

— Sigur, zice, dând din cap.

— Pot să te anunţ mai târziu?

— Bineînţeles, răspunde şi zâmbeşte puţin, în timp ce duruitul unui tunet îi atrage atenţia spre cer.

Când revine cu privirea la mine, eu mă simt la fel de calmă precum norii de ploaie vălătuciţi deasupra noastră. O clipă îmi imaginez că îl îmbrăţişez. I-aş cuprinde gâtul cu braţele şi mi-aş lipi faţa de el, să-i respir fiinţa. El s-ar apleca mai aproape şi ar lăsa să-i scape un mic mormăit de uşurare, aşa cum face mereu. Dorinţa mea e aşa de intensă, că îmi lasă gura apă şi trebuie să mă silesc să fac un pas înapoi.

— Ar fi bine să..., zic şi fac un gest peste umăr.

— Ştiu, ştiu, spune, privindu-mă fix, cu o expresie tensionată.

Încă un tunet rupe cerul.

— Seara bună, Elliot.

În sfârşit, mă întorc cu spatele şi plec.

atunci

sâmbătă, 9 iulie
cu doisprezece ani în urmă

Stăteam întinși la soare pe acoperișul drept al garajului lui. Era un ritual al vacanței de vară pe care îl aveam deja de aproape doi ani: ne întâlneam pe acoperiș la ora zece, mâncam în jurul prânzului, înotam în râu și ne întorceam acasă la familiile noastre pentru restul serii.

Oricât de mult îi plăcea compania mea, tata se bucura de liniștea singurătății. Sau poate că o fiică adolescentă îi era străină până la epuizare. Oricum, părea mulțumit să mă lase să stau pe afară cu copiii Petropoulos oricât voiam, până când cântecul de seară al insectelor devenea zgomotos și cerul se întuneca.

Andreas stătea întins lângă mine pe o parte, Elliot, pe cealaltă. Un frate se juca pe consola lui portabilă, celălalt citea Proust.

— Voi doi nu se poate să fiți rude, am mormăit, dând pagina cărții mele.

— El e un ratat, a zis Andreas, râzând. E complet nesărat.

— El e un tâmpit, a zis Elliot şi apoi mi-a zâmbit. Îi dictează doar...

De pe aleea de maşină s-a auzit un claxon şi ne-am ridicat toţi să vedem un Pontiac ruginit care oprise scrâşnind pe pietriş.

— Of, a zis Elliot aruncându-mi o privire grăbită, în timp ce sărea în picioare. Rahat. Rahat.

S-a răsucit pe jumătate, s-a luat cu mâinile de părul din creştet, cu aerul că l-a lovit panica, apoi a intrat în salon pe fereastră. O clipă mai târziu apărea pe peluza din faţă. Din maşină a coborât o fată şi i-a întins lui Elliot un maldăr de hârtii.

Era potrivită de statură, avea un păr des şi negru, cu o drăguţă tunsoare bob, şi o faţă frumuşică, fără nimic special. Vag familiară. O siluetă sportivă, dar nu otova. Cu sâni.

Am mârâit în sinea mea.

Fata i-a spus ceva lui Elliot, el a dat din cap şi apoi a ridicat ochii spre locul unde Andreas şi cu mine stăteam şi ne uitam la ei.

— Cine e aia? l-am întrebat pe Andreas.

— O gagică, Emma, de la şcoală.

— Emma? Emma de la *bal*?

Am încremenit pe dinăuntru.

— Şi îi place de ea?

Andreas s-a uitat la faţa mea şi a râs.

— Mamă, ce tare e asta.

— Nu, Andreas, am şuierat, disperată. Să nu cumva...

— Elliot, a strigat el, fără să mă ia seamă. Adu-ţi iubita aici, sus, să o cunoască pe cealaltă iubită a ta.

Am închis ochii şi am gemut.

Când am privit iar jos, spre parter, Emma se uita la mine, scrutător, cu ochii mijiţi. Elliot mă privea şi el, cu o expresie îngrozită lățită pe toată fața. Pe urmă s-a uitat la ea.

Le-am făcut semn cu mâna. Nu aveam de gând să fac pe fandosita.

Emma a fluturat și ea din mână și a strigat spre mine:

— Eu sunt Emma.

— Bună, pe mine mă cheamă Macy.

— Tocmai te-ai mutat aici?

— Nu, i-am strigat. Noi stăm alături, în weekenduri și uneori în vacanțe.

— Elliot n-a pomenit niciodată de tine.

Elliot s-a uitat la ea, șocat, și după expresia lui aș fi putut să jur că mă pomenise și chiar o grămadă. În fine. După toate aparențele, Emma *avea de gând* să facă pe fandosita.

Și l-am auzit cum spune, înțepat:

— E prietena mea cea mai bună, îți amintești? Învață la Berkeley High.

Emma a dat din cap și s-a uitat iar la el, și-a pus mâna pe brațul lui și a râs de ceva ce i-a șoptit. Elliot a zâmbit, dar cu expresia aceea a lui, crispată și politicoasă.

M-am întins înapoi pe pătură, ignorând greața care îmi urca din stomac. Mi se învârteau în minte vorbele pe care mi le spusese cu mai puțin de o săptămână în urmă — când era pe cale să adoarmă, pe acoperiș, și când recunoscuse în șoaptă că se simțea cu mine mai el însuși decât cu oricine altcineva.

Îi spusesem că și eu simt la fel. În timpul anului școlar, zilele săptămânii erau toate estompate, orele curgeau uniform, într-un vălmășag de teme, antrenament la bazin și apoi, în pat, cu speranța că, indiferent ce-mi băgasem în cap în ziua respectivă, n-o să mi se prelingă afară, în pernă, peste noapte. Într-un fel, timpul trăit departe de el semăna cu orele petrecute la serviciu, iar weekendurile și verile erau revenirea acasă — relaxare, să fiu cu Elliot și cu tata, să fiu eu însămi. Apoi însă se întâmplau chestii ca asta — și mi se reamintea că lumea lui Elliot exista în mare parte în lipsa mea.

Au trecut câteva minute înainte să aud mașina pornind și îndepărtându-se. Alte clipe, până când Elliot a ieșit înapoi pe fereastră, pe acoperiș. Mi-am băgat rapid nasul în carte.

— Șmecher, Ell.

— Gura.

I-am zărit tălpile, apărute în raza mea vizuală, în dreptul cărții, și m-am prefăcut atât de absorbită, că nici nu l-am observat.

— Salut, a zis, încet. Vrei o gustare?

— Sunt OK, am zis, continuând falsa lectură.

A îngenuncheat lângă mine, aproape, și s-a aplecat să-mi întâlnească privirea. Pe față i se citea regretul.

— Hai înăuntru, e arșiță.

În bucătărie, a scos carafa cu limonadă și două pahare și s-a apucat să pregătească sandviciuri pentru amândoi. Andreas nu venise după noi și în casă era răcoare, întuneric și liniște.

— Emma pare foarte drăguță, am zis, sec, turtind o lămâie pe blat.

A strâns din umeri.

— E tipa pe care ai sărutat-o la bal, nu?

Eliot a ridicat privirea spre mine și și-a împins ochelarii pe nas.

— Mda.

— Și încă te mai săruți cu ea?

Îndreptându-și atenția înapoi la sandviciuri, a întins untul de arahide pe pâine și a adăugat gem, apoi a răspuns:

— Nu.

— Asta e o minciună prin omisiune?

Când privirile ni s-au încrucişat iar, a lui era încordată.

— Am sărutat-o de câteva ori, da. Dar nu o mai sărut acum.

Vorbele lui mi-au izbit urechile ca nişte cărămizi căzute dintr-un avion.

— Ai mai sărutat-o şi în alte dăţi în afară de balul de astă-primăvară?

Şi-a dres vocea şi s-a făcut stacojiu la faţă.

Ce nesimţit.

— Mda.

Iar şi-a împins ochelarii mai sus.

— De alte două ori.

Parcă înghiţisem ace de gheaţă; ceva rece şi dur mi se cuibărise în piept.

— Şi nu e iubita ta?

— Nu, a zis, clătinând calm din cap.

— Dar *ai* o iubită?

M-am mirat singură că a trebuit să-l întreb asta. Nu mi-ar fi spus? Sau n-ar fi stat cu ea în timpul verii, în loc să fie cu mine? Elliot fusese întotdeauna sincer, dar oare era şi deschis?

A pus jos cuţitul, a lipit sandviciurile şi abia apoi m-a privit, zâmbind.

— Nu, Macy. Vara asta am fost cu tine în fiecare zi. N-aş face asta dacă aş avea o iubită.

Aş fi vrut să-i arunc lămâia în cap.

— Da mi-ai *spune* dacă ai avea o iubită?

S-a gândit serios înainte de a-mi răspunde, cu ochii fixaţi în ochii mei.

— Cred că da. Dar, cum să spun, ca să fiu sincer, ăsta e singurul subiect despre care nu sunt niciodată sigur cât să-ţi împărtăşesc.

Chiar dacă o bună parte din mine ştia ce vrea să spună, uram totuşi răspunsul.

— Ai avut *vreodată* o iubită?

Şi-a întors iar atenţia la sandviciuri, clipind des.

— Nu, tehnic, nu.

Am rulat lămâia mai departe şi fructul a căzut pe jos. Elliot s-a aplecat să o ridice şi mi-a întins-o.

— Ascultă, Macy. Cred că ceea ce încerc să-ţi spun e că n-aş vrea să ştiu că tu ai sărutat pe cineva, dacă asta n-a însemnat nimic, şi faptul că am sărutat-o pe Emma n-a însemnat nimic pentru mine. De aceea nu ţi-am spus niciodată.

— Dar pentru ea a însemnat ceva?

A ridicat din umeri şi asta a spus tot ce omisese tăcerea lui.

— Poate că nu e treaba mea, am continuat, dar eu *chiar* vreau să ştiu astfel de lucruri. Mă simt ciudat că n-am ştiut că e o chestie între voi.

— Nu e nicio *chestie* între noi.

— Ai sărutat-o în trei ocazii diferite!

A acceptat cu o înclinare a capului.

— *Tu* ai sărutat pe cineva?

— Nu.

A încremenit, cu sandviciul la jumătatea drumului spre buze.

— Pe nimeni?

Am scuturat din cap şi am muşcat din pâinea cu gem, evitând contactul vizual.

— Ţi-aş fi *spus*.

— Pe bune?

Am dat din cap. Îmi ardea faţa. Aveam 16 ani şi nu fusesem sărutată. Acel *Pe nimeni?* al lui îmi răsuna în cap şi mă făcea să mă simt absolut lamentabil.

— Dar Donny? Sau... cum îl cheamă?

Am ridicat ochii spre el, fixându-l cu înţeles. Ştia foarte bine cum îl cheamă pe Danny.

— Danny?

— Mda, Danny, a zis zâmbind, prins cu minciuna.

— Nţî. Nici măcar pe Danny. Cum ţi-am zis, ţi-aş fi spus. Pentru că tu eşti *prietenul meu cel mai bun* — nesimţitule.

— Uau.

A luat o ditamai muşcătura din sandvici şi s-a zgâit la mine în timp ce mesteca.

M-am gândit la toate weekendurile petrecute împreună, la toate istoriile pe care mi le spusese despre Christian, care era nebun, sau Brandon, căruia nu-i ieşea nicio fază cu fetele la şcoală. M-am gândit la poveştile despre fraţii lui şi iubitele lor şi m-am întrebat de ce Elliot era întotdeauna aşa de zgârcit cu vorba în privinţa propriilor escapade. Eram încurcată. Mă făcea să cred că poate nu eram aşa de apropiaţi cum credeam eu.

— Ai sărutat multe fete?

— Vreo două, a răspuns, mormăit.

Ceva se răscula în mine.

— Ai făcut mai mult decât să le săruţi?

S-a înroşit şi mai tare şi într-un final a încuviinţat din cap şi a mai luat o îmbucătură zdravănă, ca să nu fie nevoit să dezvolte.

Am rămas cu gura căscată. Am aşteptat până ce a terminat de mestecat şi a băut din limonadă, ca să-l întreb:

— Cât de mult?

Până să ajungă el să răspundă, a trecut timp destul cât să apară țări noi, să declanșeze războaie și să se fărâmițeze în țări mai mici.

— Elliot.

— Ne-am scos bluzele.

S-a scărpinat pe frunte și și-a împins iar ochelarii pe nas, cu vârful degetului. Trăgea de timp. Evita să mă privească în ochi.

— Ăăm... și cu o fată — nu Emma –, mâna în pantaloni.

— Ai *făcut-o*?

Simțeam că-mi ies ochii din cap.

— Cu cine?

— Cu Emma a fost doar chestia fără bluză. Restul a fost cu altă fată, Jill.

Mi-am pus jos sandviciul, pofta de mâncare mi se tăiase complet. În perioada aceea din zi, bucătăria era partea cea mai întunecoasă a casei și brusc mi s-a părut că s-a făcut prea rece. Am ridicat mâinile să-mi frec brațele goale.

— Macy, nu fi supărată.

— Nu sunt supărată! De ce-aș fi?

Tremurând, am luat o gură din limonadă, încercând să mă calmez.

— Nu sunt iubita ta. Sunt doar prietena ta cea mai bună care se pare că nu știe *nimic* despre tine.

A făcut un pas pe după insula din bucătărie și s-a oprit.

— Macy.

— Reacționez exagerat?

— Nu..., a zis și s-a mai apropiat cu un pas. Nici eu n-aș fi de acord dacă vreun tip și-ar vârî mâna în chiloții *tăi*.

— Cred că n-ai fi de acord nici dacă s-ar întâmpla şi eu nu ţi-*aş ascunde* asta.

A părut să mediteze serios la asta.

— Cum ziceam, depinde. Mi-ar sta pe creier, sigur, aşa că n-aş vrea să ştiu de asta decât dacă tu ai manifesta ceva mai mult decât... o atracţie de moment.

— Despre asta a fost vorba la tine şi Emma? O atracţie de moment?

— Absolut, a zis, dând din cap.

— Când a fost ultima dată când ţi-ai făcut de cap cu cineva?

A oftat şi s-a rezemat cu şoldul de blat, în locul unde stătea.

— Să nu mă iei tu cu *oftaturi*, i-am spus. Dacă situaţia era invers, m-ai fi anchetat mai rău ca Inchiziţia spaniolă.

— Emma şi cu mine ne-am încurcat prin martie, pe urmă am mers la bal, în mai, şi ne-am sărutat iar o săptămână după aceea, dar n-a însemnat nimic. A fost doar un fel de...

S-a poticnit puţin, cu ochii fixaţi în tavan.

— Dacă n-ai sărutat pe nimeni, atunci e greu să pricepi ce-a însemnat, dar eram cu toţii într-un parc şi Emma a venit la mine şi pur şi simplu s-a întâmplat.

M-am strâmbat când l-am auzit, Elliot a râs jenat şi a ridicat din umeri.

— Jill e verişoara lui Christian. A venit în vizită anul trecut, în decembrie, şi ne-am sărutat o dată. N-am mai vorbit cu ea de atunci.

Pe Jill am dat-o la o parte cu o fluturare de mână.

— Deci, n-o placi pe Emma?

— Nu aşa cum crezi tu.

Mi-am întors privirea şi Elliot a făcut pauză o clipă, să mă liniştesc. Mi-am dat seama că ar fi fost un gest teatral, dar voiam să ies de acolo în trombă, ca să-l fac să mă urmeze și să mă implore, gen, toată ziua.

— Cu Emma m-am prostit doar pentru că ea e aici, a șoptit. Tu ești în Berkeley, noi doi nu suntem împreună și eu stau în fundătura asta cât un lighean. Cu cine altcineva să mă sărut eu?

Exact în clipa aceea ceva s-a schimbat, ceva ce nu avea să mai fie niciodată ca înainte.

Cu cine altcineva să mă sărut?

M-am uitat la mâinile lui mari și la mărul lui Adam. Mi-am lăsat privirea să zăbovească asupra brațelor musculoase, altădată subțiri ca două bețe și vânoase, m-am uitat la picioarele conturate clar pe sub blugii rupți. I-am privit nasturii șlițului, vizibili prin blugi. Am clipit și am ridicat ochii spre dulapurile de bucătărie. Să mă uit oriunde numai la nasturii ăia nu. Voiam să-i ating, să-mi lipesc mâna de ei și, pentru prima dată, mi-am dat seama că nu voiam să-i mai atingă nimeni altcineva.

— Nu știu, am mormăit.

— Atunci vino încoace, a spus, la fel de șoptit. Sărută-mă *tu*.

Privirea mi-a fugit la ochii lui.

— Ce?

— Sărută-mă.

Am crezut că blufează, dar eram montată de chestia cu Emma și de felul în care arăta Elliot, rezemat de blat, cu ochii pe mine. Mă atrăgea cât de mari îi păreau acum mâinile, maxilarul colțuros... și nasturii blugilor.

Am ocolit insula și m-am oprit exact în fața lui.

— OK, am zis.

A coborât privirea spre mine și pe buze i-a fluturat un zâmbet, dar a dispărut când Elliot a înțeles că nu glumeam.

Mi-am lipit mâinile pe pieptul lui şi m-am apropiat şi mai mult. Eram aşa de aproape, că îi auzeam fiecare respiraţie, tot mai accelerată, şi vedeam cum îi zvâcnesc muşchii maxilarului.

Şi-a adus mâna spre buzele mele, fascinat, şi-a lipit două degete de ele şi m-a privit fix. Fără să mă gândesc, am deschis gura şi l-am lăsat să-mi vâre înăuntru arătătorul, lipit de dinţi. Când l-am auzit gemând stins, mi-am trecut limba peste buricul degetului. Avea gust de gem.

Şi-a retras rapid degetul. Arăta de parcă era gata să mă devoreze: avea o privire nestăpânită, cercetătoare, gura întredeschisă, pulsul vizibil sub pielea de pe gât, gata să-i sară afară. Şi pentru că voiam să-l sărut, exact aşa am făcut. M-am ridicat pe vârfuri, mi-am strecurat mâinile în părul lui şi mi-am lipit buzele de ale lui.

A fost cu totul altfel decât aş fi zis eu. Şi — puteam să recunosc asta în sinea mea — altfel decât îmi închipuisem că va fi. Mai moale şi în acelaşi timp mai apăsat şi clar mai îndrăzneţ. Un sărut scurt, încă unul, iar apoi şi-a lăsat capul pe o parte şi mi-a acoperit gura cu a lui. Şi-a plimbat limba peste buza mea de jos şi am simţit instinctiv că trebuie să-l las înăuntru, să-mi simtă gustul.

Cred că acela a fost probabil momentul pierzaniei lui. Pentru mine evident aşa a fost. Din clipa aceea, tot ce s-a întâmplat a devenit pentru mine senzaţie pură; restul a dispărut. Toate imaginile neîngăduite cu el, reale şi închipuite, secrete pe care nici măcar mie nu mi le dezvăluisem, mi-au fulgerat prin minte şi am ştiut, cumva, că şi el gândea la fel: cât de bine fusese să ne simţim atât de aproape... şi tot ce s-ar putea întâmpla în urma unor astfel de atingeri.

Elliot şi-a plimbat mâna pe spatele meu în sus, până în păr, şi cred că apăsarea acelei atingeri a fost singurul lucru care m-a ţinut să nu mă ridic de la podea, plutind. Dar când și cealaltă mână mi-a atins coastele și a urcat apoi, am făcut un pas în spate.

— Scuze, a spus imediat, din instinct. La dracu, Mace. A fost prea repede, iartă-mă.

— Nu, am spus ezitant, doar că...

Cuvintele mi se buluceau deodată pe buze, cuvinte pe care nu voiam nici măcar să le gândesc, darmite să le și rostesc cu glas tare.

— Poate că pentru Emma n-a însemnat nimic atunci când a făcut asta, am spus, atingându-mi buzele acolo unde mă gâdilau. Dar pentru mine înseamnă totul.

acum

sâmbătă, 14 octombrie

Sean își azvârle cheile în bolul de lângă ușă, își aruncă pantofii din picioare și geme fericit.

— Ți-e foame, Applejack? o întreabă pe Phoebe și cei doi dispar în bucătărie.

Le așez pantofii unii lângă alții pe raftul mic de lângă ușă și ne agăț hainele în cuier. Pe hol se aude ecoul vocilor lor; Phoebe îl bate la cap stăruitor pe tatăl ei să-i ia un animal de companie, orice animal — broască, hamster, pasăre, pește.

Sincer, nu sunt foarte sigură de sentimentele mele. Sean și cu mine am avut un debut de relație foarte vertiginos și am intrat atât de ușor într-o rutină casnică, dar asta nu înseamnă decât că împart patul cu el și că programele noastre sunt armonizate și funcționează aidoma unor rotițe bine unse.

Mi-am adus de la casa din Berkeley tot ce mi s-a părut necesar, dar ea a rămas aproape plină și complet nelocuită, în timp ce eu stau aici fără să fim căsătoriți. Sean spune că îi place să mă știe în patul lui. Phoebe pare întotdeauna fericită să mă vadă. Dar azi, privindu-l, îmi dau seama că nu-l cunosc prea bine, de fapt. El și Phoebe au relația lor. Dar dacă vreau să fac și eu parte din ea, trebuie să mă *implic.*

— Vrei să pregătesc eu cina? întreb, luându-mă după ei.

Amândoi ridică ochii de unde erau, băgați în frigider, și mă privesc absenți.

— *Paste*, zic, prefăcându-mă ofensată. Cred că mă descurc să fac niște paste.

— Ești sigură? zice Phoebe, încă neconvinsă.

— Sunt sigură, prostuțo, îi zic și o pup pe obraz.

Copila chiräie și fuge din bucătărie, în timp ce Sean se duce în cămară și îmi scoate o cutie de paste și un sos la borcan.

— Ai nevoie de ajutor?

— Poți să-mi ții de urât.

Fac semn spre locul pentru mic-dejun și îl îndemn pe mutește să stea și să vorbească cu mine. Ca să mă ajute să-mi ostoiesc senzația care îmi roade măruntaiele, că el și cu mine n-o să rămânem împreună. În weekenduri nu am avut niciodată cu adevărat un răgaz împreună și am o bănuială stăruitoare că acesta e motivul pentru care, dincolo de așternuturi, suntem de fapt niște străini.

Sean se așază și își citește e-mailurile, cât timp eu pun apa să fiarbă.

Vreau să mă mărit cu bărbatul ăsta; vreau ca el să vrea să se însoare cu mine.

Îmi place să-i fiu în preajmă.

Îmi place cum arată fundul lui în blugii ăștia.

— Te-ai distrat azi? îl întreb, încercând să am un ton degajat.

— Sigur.

Derulează, derulează.

Borcanul se deschide cu un pocnet plăcut şi sosul *marinara* se scurge în tigaia pe care am pus-o pe aragaz. La auzul sunetului, Sean ridică ochii şi priveşte cu o vagă repulsie.

— Ţi-a plăcut să-mi cunoşti prietenii? Ei te-au plăcut foarte tare.

Sean îşi ia ochii de la aragaz şi îmi întâlneşte privirea, zâmbind, cu aerul că ştie, probabil, că mănânc rahat.

— Sigur, scumpo, au fost super.

Are un ton aşa de degajat, complet lipsit de interes, că îmi vine să-l pocnesc în frunte cu borcanul gol. Vreau să-l implor să vină şi el în întâmpinarea eforturilor mele. În schimb, clătesc superficial borcanul şi îl arunc în coşul de reciclare. Simt enervarea faţă de el ca pe o mâncărime pe piele.

— Încearcă să nu pari aşa de entuziasmat.

— Ce vrei să spui? mă întreabă, foarte uşor înţepat, defensiv. A fost bine, Mace, dar sunt prietenii tăi, nu ai mei.

— Păi, până la urmă ar putea să devină şi prietenii tăi, îi spun. Nu aşa se întâmplă într-un cuplu? Se împărtăşesc lucrurile? Se contopesc vieţile?

În clipa aceasta îmi dau seama că noi nu ne-am certat niciodată. Nici măcar nu ştiu cum poate să fie când nu suntem de acord. Practic, existenţele noastre nu se suprapun, adunat, decât o singură oră, în afară de perioada când dormim. Cât de dezastruos ar fi rezultatul, dacă adunăm totalul orelor pe care le-am petrecut împreună? Oare ne pasă măcar atât cât să ne certăm?

Telefonul îmi zbârnâie pe blat, îl iau şi citesc mesajul trimis de Sabrina.

Bună, drăgălașo, scuze că m-am dat prea tare la tine știi tu despre ce.

Îmi dau seama că n-ar trebui să îi răspund imediat, dar dacă nu-mi iau acest mic respiro, s-ar putea să îi spun lui Sean ceva ce aş putea să regret. Inspir profund şi îi scriu răspunsul.

Nu-i nimic.

Poate luăm prânzul amândouă săptămâna viitoare? Pot s-o aduc și pe Viv în oraș?

Ca să organizezi intervenția?

Îmi răspunde cu un şir de emoji-uri cu ochii inimioară şi îmi dau seama că scuzele din deschidere nu au fost de fapt decât o stratagemă, ca să mă înmoaie pentru restul conversaţiei. Ca de obicei, sincronizarea ei este impecabilă. Îmi aşez telefonul pe blat cu ecranul în jos şi mă uit iar la Sean, hotărâtă să salvez relaţia, să fac planuri, să fac *ceva*.

— Cum stai cu programul pe săptămâna asta? îl întreb.

— Destul de lejer. S-ar putea să o duc pe Phoebe la Exploratorium[28]. Mă gândeam să mergem cu cortul vreo două nopţi, poate.

Strânge din umeri şi face semn cu bărbia spre aragaz.

— Fierbe apa.

— Nu mai face pe copilotul, domnule, îi spun, încercând să glumesc. Mă descurc şi singură.

— Vrei să pregătesc o salată sau ceva? mă întreabă, întorcându-şi atenţia la frigider, în ideea că mai sunt chestii de găsit pe acolo.

— Te linişteşte dacă o faci?

28 Exploratorium – muzeu al ştiinţei, tehnologiei şi artei din San Francisco, California.

— Oricum, zice, coborând privirea pe telefonul lui, nu vreau doar tăiței și sos chior la cină. Asta-i tot.

Mă uit la el preț de câteva clipe, în tăcere. Adică, în clipa asta un *mulțumesc* ar face minuni.

— Sigur că nu.

Spunând asta, mă întorc să scot din frigider salata și legumele.

Mai târziu, în pat, Sean se cuibărește mai aproape și îmi șuieră cu nasul în grumaz:

— Hmm, scumpo, ce bine miroși.

Stau cu ochii în tavan și încerc să-mi dau seama ce vreau să spun. Am organizat un picnic în ziua mea liberă, i-am oferit ocazia să îmi cunoască prietenii și el abia dacă le-a adresat o vorbă, despre viața lor, despre slujbe, despre ce îi interesează. Am ajuns acasă și m-am oferit să gătesc — a mâncat fără să scoată un cuvânt, înghesuit cu Phoebe la celălalt capăt al mesei, unde a ajutat-o să deseneze un unicorn.

După cină Phoebe mi l-a arătat, mândră, dar în afară de asta, eu parcă nici n-am fost acolo.

Oare așa a fost mereu și eu n-am observat pentru că eram atât fericită să fiu inclusă în grupul lor și atât de ocupată, încât nimic altceva nu-mi mai ocupa mintea? Oare era așa o ușurare că mă lămurisem, că nu mai simțeam nimic — nici vină, nici dragoste sau teamă ori incertitudine — încât am permis ca rutina asta să devină viitorul pentru mine?

Sau ceva s-a schimbat de când Elliot a revenit pe firmament și, oricât de mult încearcă Sean să nege, lucrul acesta a creat o cută în mica noastră viață lejeră și ternă?

Sean îmi sărută clavicula și își face drum spre gât. E excitat, boxerii stau să plesnească și e gata de acțiune, iar noi abia dacă am schimbat trei cuvinte unul cu altul în ultimele două ore.

— Pot să te întreb ceva? zic.

Încuviințează din cap, dar nu se oprește, tot mai aproape de bărbia și de buzele mele.

— Orice, zice, în timp ce mă sărută.

— Ești încântat să te căsătorești din nou?

Bagă mâna între noi și îmi desface picioarele ca și cum ar avea de gând să-mi răspundă la întrebarea asta după ce o să înceapă să facă sex cu mine. Mă dau însă la o parte și el oftează, aplecat spre gâtul meu.

— Sigur, scumpo.

— „Sigur scumpo”? obiectez eu ușor.

Sean geme și se rostogolește lângă mine.

— Nu asta vrei? zice. Eu am mai fost însurat. Știu ce e super în treaba asta și ce nu e chiar așa de minunat. Dar dacă tu asta vrei...

Ridic mâna să-l opresc.

— Îți mai aduci aminte cum s-a întâmplat?

Se gândește o clipă.

— Adică, seara când am vorbit despre asta?

Încuviințez, deși „seara când am vorbit despre asta” nu e chiar cea mai potrivită descriere. După o seară în care ne-am distrat în oraș și fuseserăm cu Phoebe la film, am pus-o la culcare și pe urmă Sean m-a dus la el în cameră, a făcut din mine o femeie satisfăcută și apoi, înainte să adoarmă între sânii mei, a mormăit: „Phoebe crede că ar trebui să ne căsătorim.”

A doua zi dimineață, și-a amintit și m-a întrebat dacă îl auzisem.

La început confuză, i-am spus într-un final: „Te-am auzit."

— Pentru Phoebe, spusese. Dacă o facem, vreau să fie cu tot tacâmul.

Atunci nu avuseserăm vreme să discutăm despre asta, pentru că eu a trebuit să plec la spital, dar cuvintele au părut să mi se învârtă în cap toată ziua, ca un cântec. *Dacă o facem, vreau să fie cu tot tacâmul.*

Privind retrospectiv, tot ce îmi amintesc pe bune este sentimentul copleșitor de ușurare pe care l-am simțit gândindu-mă la perspectiva de a-mi rezolva bucățica asta din viață într-un mod atât de *confortabil.* Nu era nimic încâlcit sau turbulent. Cu Sean nu putea fi vorba de apogee frenetice, dar nici prăpăstii de neliniște nu existau. Sean era relaxat, iar el și Phoebe erau o familie căreia puteam pur și simplu să... mă alătur. Dar când mă uit în urmă, în contrast puternic cu intensitatea emoțiilor pe care le simt în preajma lui Elliot, pare aproape o nebunie că în seara aceea m-am întors acasă și i-am spus da lui Sean, plină de entuziasm.

De atunci, e clar că nu am mai planificat mare lucru. Încă nu am ales verighetele, probabil pentru că ne-am dat seama amândoi că, până la urmă, Phoebe nu pare deosebit de preocupată de femeia prezentă în casa ei și dacă aceea o să fie noua ei mămică.

Sabrina e singura persoană care mă întreabă constant cum stăm cu planurile și e singura care a spus de-a dreptul că după părerea ei toată treaba asta e o farsă.

Sean își pune o mână pe șoldul meu.

— Scumpo, cred că ar trebui să te lămurești ce vrei.

Îl privesc drept în ochi.

— Ce vreau *eu*?

— Da, zice, dând din cap. Pe mine, pe Elliot, pe niciunul dintre noi.

Și cine *face* asta? Cine este atât de neafectat de potențiala pierdere a logodnicei, încât e în stare să-mi propună să mă gândesc mai bine, în timp ce îmi mângâie șoldul și sugerează că relația s-ar putea termina, dar mai putem totuși să facem sex?

— Contează pentru tine că evident între noi lucrurile stau foarte ciudat?

Sean își ia mâna la o parte, oftează iar lung și închide ochii.

— Sigur că pentru mine contează. Dar am mai trecut prin astfel de suișuri și coborâșuri și pur și simplu nu pot să mă las condus de ele. Nu pot controla ce simți tu.

Înțeleg că spusele lui sunt reacția ideală la situația în care suntem — sunt bine temperate, varianta perfectă pentru această discuție dificilă —, dar oare chiar așa *funcționează* inima omului? Îi spui s-o lase mai moale și ea se potolește?

Mă uit acum la el, și-a acoperit ochii cu brațul, și încerc să surprind acea sclipire a ceva mai măreț, a unei emoții care să mă mistuie. Fac așa cum obișnuiam să fac uneori cu Elliot: îmi imaginez că Sean se ridică, se duce la ușă și nu se mai întoarce niciodată. Cu Elliot, reacția mea ar fi ca și cum m-a pocnit cineva în stomac.

Cu Sean, simt o vagă ușurare.

Mă gândesc iar la chipul lui Elliot când i-am spus că sunt logodită. Mă gândesc la fața lui acum: expresia nostalgică, mica împunsătură de durere pe care i-am zărit-o în privire când am luat-o fiecare în direcția lui. Au trecut unsprezece ani și pe el încă îl mai doare ce am avut odată.

Sunt îngrozită de ce simt; am senzația că tocmai m-am dezmeticit. Credeam că nu-mi trebuie trăiri intense, când, de fapt, mi le doresc cu disperare.

Mă împing în sus şi mă dau jos din pat.

— Unde te duci?

— Pe canapea.

Se ia după mine.

— Eşti supărată?

Doamne, dintre toate situaţiile ciudate, asta este cea mai ciudată şi Sean e aşa de... calm. Cum am ajuns eu aici?

— Doar cred că ai dreptate, îi spun. Poate am nevoie să mă lămuresc ce vreau.

atunci

sâmbătă, 10 septembrie
cu doisprezece ani în urmă

Elliot era întins pe podea și se zgâia la tavan. Stătea așa de ceva vreme, deja, cu volumul lui uzat din *Călătoriile lui Gulliver* abandonat pe perna de lângă el. Părea așa de concentrat la ce gândește, că nici măcar nu observase cum îmi plimbam ochii peste trupul lui, de fiecare dată când dădeam pagina.

Începusem să mă întreb dacă o să înceteze vreodată să mai crească. Avea aproape 17 ani și încă purta pantaloni scurți, din care îi ieșeau picioarele, lungi, interminabile. Erau mai păroase decât îmi aminteam. Nu foarte păroase, doar pudrate cu cafeniu pe deasupra pielii bronzate. Am decis că era ceva masculin. Îmi plăcea.

Când trec perioade lungi până să revezi o persoană, unele dintre lucrurile cele mai ciudate sunt toate schimbările pe care, dacă v-ați vedea zilnic, nu le-ai observa. Cum ar fi părul de pe picioare. Sau bicepșii. Sau mâinile mari.

Acum, când mi-a relatat noutățile, a pomenit că maică-sa îl întrebase dacă nu voia să se opereze cu laser ca să scape de ochelari. Am încercat să-mi imaginez cum ar arăta fără ei, cum aş putea să mă uit în ochii lui verzi-aurii fără avantajul ramelor negre interpuse. Îmi plăceau mult ochelarii lui Elliot, dar gândul că, în lipsa lor, aş fi atât de aproape de el mi-a provocat un fel de căldură și senzații ciudate în stomac. În mintea mea, asta îl făcea oarecum dezbrăcat.

— Ce-ţi doreşti de Crăciun? m-a întrebat.

Surprinsă, am tresărit uşor. Eram aproape sigură că arăt exact aşa cum arată cineva care e prins zgâindu-se la cel mai bun prieten, cu gânduri nu dintre cele mai inocente. Nu ne-am mai sărutat de atunci.

Dar îmi doream foarte tare.

Întrebarea lui îmi răsuna în cap.

— De *Crăciun*?

Sprâncenele lui negre erau adunate, serios.

— Mda. De Crăciun.

Am încercat să divaghez.

— La asta te-ai gândit tot timpul ăsta?

— Nu.

L-am aşteptat să dezvolte, dar nu a făcut-o.

— Nu prea ştiu, i-am zis. Ai un motiv special pentru care mă întrebi asta în septembrie?

S-a rostogolit pe o parte, să fie cu faţa la mine, şi şi-a rezemat capul în mână.

— Aş vrea să-ţi iau ceva frumos. Ceva ce-ţi doreşti.

Mi-am lăsat cartea jos şi m-am rostogolit şi eu să stăm faţă-în-faţă.

— Ell, nu trebuie să-mi iei nimic.

S-a ridicat în fund şi a scos un sunet de frustrare. S-a împins de pe covor și s-a ridicat în picioare. M-am întins și i-am cuprins încheietura mânii. Tensiunea vag senzuală dintre noi se pare că venise doar din partea mea.

— Te supără ceva?

Elliot și cu mine nu ne certam, de fapt, și ideea că ceva nu e în regulă între noi îmi dăduse peste cap echilibrul interior și mă făcea să simt o neliniște imediată. Îi simțeam pulsul ca o bătaie regulată de tobă, sub piele.

— Când te întorci înapoi, acolo, te gândești la mine?

Rostise cuvintele tăios, răsuflând greoi.

Am avut nevoie de o clipă să procesez ce a vrut să spună. Când mă întorceam acasă. Când eram departe de el.

— Sigur că da.

— Când?

— Tot timpul. Ești cel mai bun prieten al meu.

— Cel mai bun *prieten*, a repetat.

Inima mi s-a oprit în piept, aproape dureros.

— Păi ești mai mult de atât. Ești cel mai bun al meu din *toate privințele*.

— În vara asta m-ai sărutat și pe urmă te-ai purtat ca și cum nimic nu s-a întâmplat.

M-a trăsnit ca o lamă înfiptă în plămâni. Am închis ochii și mi-am acoperit fața cu mâinile. Așa se întâmplase. După ce îl sărutasem în bucătărie, m-am străduit din răsputeri ca totul să revină la cum era înainte: cititul pe acoperiș dimineața, înotatul în râu. Îi simțeam privirile asupra mea, tremurul reținut al mâinilor. Îmi aminteam cât de calde îi fuseseră buzele și cum mă simțisem, ca un fitil aprins, când gemuse cu gura lipită de gura mea.

— Îmi pare rău.

— De ce-ți pare rău? m-a întrebat, precaut, lăsându-se pe vine lângă mine. Îți pare rău pentru că nu ți-a plăcut să mă săruți?

Am simțit cum îmi îngheață mâinile și m-am uitat la el, șocată.

— Așa s-a *simțit*, ca și cum nu mi-a plăcut?

— Nu ştiu, a zis, strângând neajutorat din umeri. Am simţit că ţi-a plăcut. *Mult*. Şi mie la fel. Nu încetez să mă gândesc la asta.

— Serios?

— *Da*, Mace, şi pe urmă tu ai...

M-a privit cu reproş, cu o expresie încordată.

— Ai devenit ciudată.

Gândurile mi se învălmăşiseră toate — amintirea Emmei alături de el pe alee şi panica pe care o simţeam întotdeauna când mi-l imaginam ieşind din viaţa mea pentru totdeauna.

— Păi, mai e şi Emma.

— *Dă-o dracului* pe Emma, a zis, aspru şi asta m-a surprins aşa de mult, că m-am lăsat pe spate, sprijinită în palme, şi m-am îndepărtat de el.

Elliot a luat imediat o expresie plină de regret şi a întins mâna să-mi dea la o parte de pe faţă o şuviţă de păr.

— Pe bune, Mace. Nu e nimic între mine şi Emma. Ăsta e cu adevărat motivul pentru care nu vrei să vorbeşti despre ce s-a întâmplat între noi în bucătărie?

— Cred că mai e şi spaima, când mă gândesc că s-ar putea s-o dau în bară.

Am coborât privirea şi am adăugat:

— N-am avut niciodată un iubit — sau ceva. Tu eşti, gen, singurul om în afară de tata care contează cu adevărat pentru mine şi pe bune nu sunt sigură că aş putea să fac faţă dacă n-ai mai exista în viaţa mea.

Seara, când închideam ochii, singurul lucru pe care îl vedeam era Elliot. În cele mai multe dintre seri eram disperată să îl sun fix înainte să adorm, doar ca să-i aud glasul. Nu suportam să mă gândesc mai departe de următorul weekend, pentru că nu eram sigură cum ni se va armoniza viitorul. Mi-l imaginam pe Elliot plecat la

Harvard şi pe mine undeva, în California, şi cum deveneam amândoi doar nişte cunoştinţe vagi. Ideea îmi repugna.

Când i-am întâlnit din nou privirea, am observat că linia dură a buzelor lui strânse se mai îndulcise. S-a aşezat în faţa mea şi genunchii ni s-au atins.

— Nu plec nicăieri, Mace, a zis şi mi-a luat mâna. Am nevoie de tine tot aşa cum şi tu ai nevoie de mine. Bine?

— Bine.

S-a uitat la mâna mea într-a lui şi ne-a potrivit palmele aşa încât să fie lipite, cu degetele împletite.

— Tu te gândeşti la *mine*? l-am întrebat.

Acum, că el ridicase problema, întrebarea mă rodea.

— Uneori am impresia că mă gândesc la tine în fiecare minut, a zis, şoptit.

O bulă de emoţii mi se înfipsese drept sub coaste şi îmi atinsese un punct sensibil. M-am uitat vreme îndelungată la mâinile noastre, înainte ca Elliot să vorbească iar.

M-am chinuit să-mi ţin privirile departe de corpul lui.

— Cuvântul favorit? a zis, tot în şoaptă.

— *Fermoar*, am spus fără să mă gândesc şi mai degrabă i-am simţit decât să-i văd zâmbetul de răspuns. Tu?

— *Pârâit.*

— Tu ai o iubită? am întrebat şi vorbele au sunat mai degrabă ca o pală de vânt răbufnind în încăpere, o fereastră deschisă stângaci.

A ridicat privirea de la mâinile noastre, încruntat.

— Vorbeşti serios?

— Verificam doar.

Mi-a dat drumul mâinii şi s-a întors la cartea lui. Nu citea; părea că ar fi vrut să mi-o arunce în cap.

M-am tras puţin mai aproape de el.

— Nu se poate să fii surprins că am întrebat.

A căscat ochii la mine și a pus jos cartea.

— Macy, tocmai te-am întrebat dacă te gândești la mine. Te-am întrebat de ce te-ai purtat aiurea după ce ne-am sărutat. Chiar crezi că dacă aveam o iubită aș mai insista pe tema asta?

— Nu, am răspuns și mi-am mușcat buza, stânjenită.

— Tu ai un iubit?

— Câțiva, pe ici, pe colo, am spus, zâmbindu-i.

A râs ironic, a scuturat din cap și a luat iar cartea în mână.

Evident, ori de câte ori îmi imaginam că sărut pe cineva, era întotdeauna Elliot. Și deja trecuserăm prin asta: fantezie perfectă, realitate sublimă, consecințe potențial periculoase. Chiar și ideea de a-l săruta mă dusese cu gândul la o despărțire urâtă și jenantă și lucrul îmi provoca niște spasme dureroase în stomac.

Totuși... nu mă puteam opri să-l *privesc*. Oare când scăpase de toate stângăciile și ajunsese atât de absolut perfect? Ce aș face cu el dacă aș avea vreodată șansa? Elliot cel de aproape 17 ani era o capodoperă de linii prelungi și bine definite. Habar n-aveam cum să-i ating corpul. Dar știindu-l cum este, pur și simplu mi-ar fi spus el. Probabil că mi-ar fi dat un ghid al anatomiei masculine și mi-ar fi desenat câteva diagrame. În timp ce s-ar fi holbat la sânii mei.

Am pufnit și Elliot a ridicat ochii.

— De ce te holbezi la mine? m-a întrebat.

— Eu... nu.

A scos un sunet scurt, sec, bănuitor.

— Bine.

Și-ai întins gâtul și a coborât iar ochii.

— Încă te mai holbezi.

— Doar mă întreb cum funcționează.

— Cum funcționează *ce*?

— Când...

Am făcut un gest explicit cu mâna.

— Cu tipii și... înțelegi tu.

A ridicat din sprâncene, așteptând. Am intuit momentul când a înțeles despre ce vorbeam. Pupilele i se dilataseră atât de repede, încât ochii îi păreau negri.

— Mă întrebi cum funcționează *penisul*?

— Ell! N-am surori — trebuie să-mi spună și mie cineva chestiile astea.

— Tu nu ești în stare să faci față unei discuții despre cum m-ai sărutat și vrei să-ți spun eu cum e când mă mângâi singur?

Mi-am înghițit nodul agitat din gât.

— OK, nu contează.

— Macy, a continuat, mai blând acum, de ce nu ieși niciodată cu cineva acolo, acasă?

Uluită, i-am spus ceea ce credeam că e de la sine înțeles.

— Nu mă interesează alți tipi.

— *Alți* tipi?

— Adică, nimeni, am explicat, dându-mi seama de scăparea mea.

— „Alți" presupune că există un tip — a ridicat o palmă, apoi a ridicat-o și pe cealaltă — și apoi alți tipi. Dar în cazul ăsta, ai spus că nu te interesează alți tipi. Deci, există doar unul singur care te interesează?

— Încetează să mai vorbești cu mine ca în grupul de dezbateri.

A râs strâmb.

— Cine e acel *unul*?

M-am uitat la el îndelung. Am tras adânc aer în piept și am decis că nu trebuia să fie așa de rău.

— Știi că eu compar fiecare băiat cu tine. Că doar nu ai acum o revelație.

Zâmbetul i s-a lățit.

— Așa faci?

— Bineînțeles. Cum aş putea să n-o fac? Ai uitat? Pentru mine tu eşti cel mai bun acela, din toate privințele.

— Cel mai bun acela pe care îl întrebi despre masturbare.

— Exact.

— Cel mai bun acela cu care nu se compară niciun alt tip și pe care l-ai lăsat să-ți atingă limba cu a lui.

— Corect.

Nu-mi plăcea încotro se îndrepta discuția. Mergea spre recunoașteri și recunoașterile schimbă lucrurile. Recunoașterile fac astfel încât sentimentele să se intensifice pur și simplu, pentru că li se face loc să respire. Recunoașterile duc la iubire și dacă recunoşti că iubeşti e ca și cum te-ai lega pe o șină de tren.

— Deci, cel mai bun acela pentru tine poate că ar trebui să fie iubitul tău.

M-am uitat fix la el și el la mine.

Am vorbit fără să mă gândesc.

— Poate.

— Poate, a spus și el, șoptind.

acum

joi, 26 octombrie

Respectându-şi promisiunea, Sabrina o aduce pe Viv în oraş să ne întâlnim la prânz. Prima ocazie convenabilă pentru amândouă se întâmplă să fie la aproape două săptămâni după picnic. O perioadă în care practic m-am afundat în muncă. E ciudat să o spun, dar nu l-am văzut pe Sean treaz decât de trei ori.

S-ar putea să fie din pricină că dorm pe canapea.

Nu ştiu de ce nu pot să fac pasul final, să-mi fac bagajul şi să mă mut înapoi în Berkeley. S-ar putea să fie din cauza neajunsului cu naveta sau a fantomelor trecutului meu, care ştiu că trăiesc acolo încă — mama şi tata sunt prezenţi în fiecare frântură de aer din casa aceea.

De când am plecat la colegiu, nu am stat acolo decât şapte zile, în total. Ar fi ca şi cum aş urca într-o capsulă a timpului.

Chipul Sabrinei,, când intru în Wooly Pig,, îmi spune tot ce trebuie să ştiu despre cât de bine am reuşit azi-dimineaţă să-mi maschez cearcănele de sub ochi.

— Doamne sfinte, bombăne când mă așez în fața ei. Arăți de parcă tocmai ai ieșit la lumină din cimitirul pentru animale de companie.

— Mersi, spun râzând și iau paharul cu apă din fața mea.

— Dacă m-aș fi așteptat la asta, îți comandam un espresso.

— Fără cafea, spun și ridic mâna. Săptămâna asta a fost singura mea sursă de calorii și am nevoie de ceva... suculent. Un smoothie sau ceva.

Simt cum mă inspectează în timp ce citesc meniul.

— OK, spune-mi ce se întâmplă, zice și se apleacă mai aproape. Ne-am văzut acum două săptămâni, dar azi ești cu totul altă persoană.

— Am muncit o grămadă. E o perioadă aglomerată — începe sezonul gripelor.

Fără să mă gândesc, arunc o privire spre Viv, adormită în căruciorul de lângă masă.

— Și lucrurile nu stau prea bine cu Sean.

— Ah, da? se miră Sabrina și nu o privesc pentru că nu sunt sigură cum m-aș simți dacă expresia îi seamănă cu accentul amuzat din vorbele ei. Ce se întâmplă?

— Sabrina, zic și, cu ochii în ochii ei, fac o grimasă de genul *scutește-mă*.

— Ce?

— Chiar trebuie să facem asta?

Simt că o să izbucnesc în lacrimi.

— Știi foarte bine ce se întâmplă.

Ridic o mână și încep să enumăr evenimentele pe degete:

— Abia dacă îl cunosc pe Sean. Ne-am logodit după două luni. Dau peste Elliot la Saul și când îl văd e ca... nu știu, o lovitură în suflet. Și pe urmă, ce să vezi? Elliot revine în viața mea și, surpriză! Cred că relația cu Sean poate că nu e chiar așa de minunată.

Sabrina încuviințează din cap dar nu spune nimic.

— *Taci* acum? Credeam că o să fii fericită să auzi asta.

— Chestia e că vreau să fii *tu* fericită. Vreau să văd scânteia aia pe care am văzut-o deunăzi. Vreau să văd că roșești când cineva doar *se uită* la tine.

— Sabrina, *am fost* fericită cu Sean. Doar pentru că mă simt *mai* completă când Elliot e în preajmă nu înseamnă că sentimentele alea sunt mai adevărate sau mai fericite.

— Pe bune? Știi măcar cum e să fii fericit? De fapt, chiar m-am întrebat asta nu de mult. Oare te-am văzut fericită vreodată, înainte de picnic?

Simt ca o lovitură violentă din partea cuiva care mă cunoaște de zece ani.

— Glumești.

Clatină din cap.

— Când Elliot s-a apropiat de noi..., jur că atunci a fost prima dată când te-am văzut zâmbind așa — cu tot corpul — și m-a făcut să pun sub semnul întrebării toată personalitatea ta anterioară acelui moment.

— Uau, exclam, încet. Mi se pare... enorm.

— Crezi că ești fericită, dar abia dacă ești vie.

— Sabrina, asta înseamnă rezidențiatul și o muncă de peste optzeci de ore pe săptămână.

— Nu, spune ea și scutură ferm din cap.

Se lasă înapoi pe scaun și își trage mai aproape cana de cafea.

— Îți aduci aminte de anul întâi de facultate?

Simt cum umbra rece a acelor vremuri mi se strecoară în suflet.

— Vag.

— Din clipa în care te-am cunoscut, în fiecare secundă Elliot a fost mereu a treia persoană prezentă cu noi. Câteodată, aveam impresia că îmi spui lucruri doar pentru că nu era el acolo.

Dau să-i răspund dar ridică o mână să mă oprească.

— Apropo, nu e un reproş. Eu îl aveam pe Dave şi te aveam şi pe tine. Tu mă aveai pe mine... dar îl aveai şi pe *el* — în gândurile tale, în absolut fiecare lucru pe care îl făceai. Când ieşeai cu băieţii, era ca şi cum... ieşeai tiptil şi te întorceai noaptea pe furiş, ca şi cum ar fi existat cineva care se putea înfuria pentru că fuseseşi la o întâlnire.

Răsuflu prelung, o cercetez cu privirea şi o urăsc pentru ce face, pentru că scoate la lumină, rosteşte public toate aceste adevăruri care până acum au existat doar în umbrele prăfuite ale memoriei mele.

— Prima dată când te-ai culcat cu Julian? Îţi aduci aminte?

Am scos un hohot icnit. Chiar îmi amintesc. Era la jumătatea anului întâi. Julian, student în anul trei, cu părul lung şi cu chitara lui, era un fel de semizeu în campus. Frumos, un pic vanitos şi exact atât de profund pe cât se credea — sau poate că e doar percepţia mea retrospectivă. Dintr-un motiv oarecare, prin luna octombrie începuse să se ţină după mine, spre furia geloasă a admiratoarelor formaţiei lui. Până la urmă am acceptat să ieşim împreună; la vremea aceea mi-am zis că poate dacă mă arunc într-o relaţie cu altcineva o să fac să dispară tot ce era în California.

Am făcut sex la el acasă, după prima întâlnire. Nu îmi amintesc mare lucru, în afară de faptul că, în timp ce se întâmpla, m-am gândit că existau cel puţin alte cincisprezece femei care ar fi vrut să fie în momentul acela în patul lui şi că el era probabil destul de capabil pentru toate. Tot ce voiam eu însă era ca el să termine odată, ca să pot pleca acasă, să mă fac ghem.

M-am întors în camera de cămin pe care o împărțeam cu Sabrina și înainte de a putea să scot vreun cuvânt am vomitat pe perechea ei preferată de ghete roșii, iar apoi am izbucnit în hohote de plâns isteric și i-am povestit totul despre Elliot.

— Bietul Julian, zic.

— Era frumușel, spune Sabrina. Și o vreme a ținut, pentru că nu erai implicată. Nu te-ai implicat *niciodată*, Macy. Nu ai decât o mână de oameni pe care i-ai putea numi cu adevărat prieteni și pe toți ceilalți îi ții la distanță.

Fac un gest să obiectez, dar Sabrina ridică energic brațul și mă oprește.

— Lasă-mă să spun tot, pregătesc discursul ăsta de la picnic încoace.

Zâmbesc, în ciuda furiei care mă încearcă.

— OK.

— Sunt sigură că Sean e un tip super, dar e doar o altă versiune a ta cu Julian; totul e la suprafață. Nu simți niciodată ce ai simțit pentru Elliot, dar e convenabil: oricum, tot nu vrei să mai simți așa vreodată.

Dau din cap, crispată. De fapt, Sabrina nu poate fi blamată pentru că a spus cu voce tare lucruri despre care am început să mă întreb și eu.

— Însă, ce dracu', Mace, zice blând, nu ți se pare oarecum egoist? Nu oferi decât atât cât ești tu dispusă. Din fericire, de astă dată, Sean se mulțumește și cu resturi.

Mă las pe spătarul scaunului.

— Doamne, zic. Spune-mi ce crezi de fapt.

Își mușcă buza de sus și mă cercetează din ochi.

— Vrei să spui că greșesc?

Îmi frec fața cu mâinile și mă simt mai obosită decât am fost toată săptămâna.

— Nu e chiar așa de simplu și tu știi asta.

Sabrina închide ochii, inspiră și expiră rar. Se uită iar la mine și spune blând:

— Știu, scumpo. Chestia e... pretinzi că poți să stai pur și simplu departe de Elliot. Chiar poți? Și dacă nu, ce cauți logodită cu un alt bărbat?

— Știu, știu, îi spun cu un tremur în stomac.

Expresia i se mai îmblânzește.

— Nu vrei să vezi unde poate să ajungă relația cu Elliot? Cel mai rău lucru care se poate întâmpla este să nu meargă și el să nu mai existe în viața ta.

Se lasă pe spate și zice, mai domol acum:

— Știi că o să supraviețuiești. Cel puțin la minimum.

Învârt furculița pe masă.

— Ce te ține lângă Sean?

Știu că vrea un răspuns serios, dar mie mi-a ajuns cât de intensă a fost discuția noastră.

— Are o locuință foarte convenabilă.

Sabrina scoate un hohot de râs ca un lătrat, care o face pe Viv să tresară în somn.

— Să știi că ți se pregătește un pat de puf în iad, Macy Lea Sorensen.

— Nu cred că în iad ai parte de pat, zic zâmbindu-i la rândul meu. Și glumeam. Doar că mi-e foarte greu să mă bizui pe îndoielile astea noi ale mele, pentru că acum câteva săptămâni eram perfect fericită cu Sean. Dacă toată chestia asta e doar ceva infim?

— Mmm-hâmm, zice, sceptică.

— Fii serioasă, spun și clipesc.

— Tu să fii serioasă. Știi că am dreptate. Sean e comod. Pricep. El e un cactus și Elliot, o orhidee. Pricep și asta. Numai...

— Numai ce?

— Numai să nu te porți ca un fătălău în treaba asta.

Sabrina urăşte să spună *pizdulice* în sensul de *laşă*, mai ales după ce a născut pe cale naturală o copilă de patru kilograme şi jumătate.

— Când te gândeşti să-l săruţi pe Elliot, cum te face să te simţi?

O explozie de căldură îmi cuprinde tot corpul şi ştiu că mi se vede imediat şi pe faţă. Ştiu cum e să-l sărut pe Elliot. Ştiu cum sună când are un orgasm. Ştiu cum mâinile îi devin sălbatice şi neliniştite când e excitat. Ştiu cum a învăţat să atingă, să sărute şi să ofere plăcere, pentru că le-a învăţat cu mine.

Ştiu cât de bine a fost, chiar şi pentru perioada scurtă cât am trăit asta.

— Nici măcar nu am nevoie să-mi răspunzi, zice şi când chelneriţa vine să ne ia comanda, se lasă pe spătar.

După ce femeia a plecat, îmi aud telefonul vibrând în geantă şi îl scot, râzând. E un mesaj de la Elliot, cu care nu am mai vorbit de la picnic.

Ai vorbit cu Sean despre Revelion?

Mi-ar face mare plăcere să veniți cu mine.

Ia-o ca pe o șansă să prospectezi pentru nunta pe care nu ai chef să o planifici.

Întorc telefonul şi îi arăt Sabrinei mesajul, ea râde şi scutură din cap.

— Intervenţie încheiată, zice.

atunci

sâmbătă, 17 ianuarie
cu unsprezece ani în urmă

Elliot s-a întins lat pe jos, şi-a tras de pe canapea o pernă nouă, din imitaţie de blană, şi şi-a îndesat-o sub cap. Era aproape de ora două după-amiază şi eu cu tata abia reuşiserăm să ajungem, din cauza unui zornăit terifiant care venea de sub capota Volvo-ului. Cât timp tata şi domnul Nick lucraseră la maşina tatei, eu şi Elliot devoraserăm nişte resturi de pui rece, pe scările din faţă. Întorşi în căldura casei, eram mai degrabă înclinată să trag un pui de somn decât să citesc un capitol întreg.

Vocea lui Elliot părea mai gravă decât fusese chiar şi numai cu o săptămână în urmă:

— Cuvântul favorit?

Am închis ochii şi m-am gândit:

— *Atroce.*

— Uau, a exclamat şi s-a oprit.

Când m-am uitat la el, am văzut că mă privea curios.

— Asta da minunăţie. Noutăţi?

Mi-am aruncat pantofii și unul era cât pe ce să-l nimerească în tâmplă. Eram de o oră împreună, dar ceva în chestia asta — revenirea în debaraua cu pereți albaștri și stele și căldura emanată de trupul lui Elliot, aflat atât de aproape — părea să relaxeze toate cele înăuntrul meu. Lucrurile fuseseră dificile în clasa a noua și a zecea, dar într-a unsprezecea? Clar era cel mai nasol.

— Fetele sunt nașpa. Fetele bârfesc și sunt meschine și nașpa, am zis.

Elliot și-a pus un semn în carte, a închis-o și a dat-o deoparte.

— Dezvoltă ideea.

— Nikki, prietena mea? Îl place pe tipul ăsta, Ravesh. Dar Ravesh m-a invitat pe mine la balul anual și eu am zis nu, pentru că el mi-e doar amic, dar Nikki tot s-a supărat pe mine, de parcă e vina mea că Ravesh m-a invitat pe mine, și nu pe ea. Așa că Nikki i-a zis prietenei noastre...

— Trage-ți sufletul.

Am inspirat din rărunchi.

— I-a zis prietenei noastre Elyse că i-am zis eu lui Astrid, prietenă cu Ravesh, că vreau să merg cu Ravesh ca el să mă invite și pe urmă să-l refuz. Elyse a crezut-o și acum nici Nikki, nici Elyse nu mai vorbește cu mine.

— Nici Nikki, nici Elyse nu mai *vorbesc* cu mine, m-a corectat Elliot și pe urmă, după ce m-am uitat urât la el, și-a cerut scuze, pe sub mustață, și a adăugat: Clar că Elyse și Nikki *este* ticăloase.

Am început să râd și pe urmă am râs și mai tare. În debara totul părea atât de ușor. De ce nu putea să fie mereu așa?

Elliot și-a frecat maxilarul, cu ochii pe mine.

— Ar trebui să mă iei *pe mine* la balul tău.

— Ai vrea să mergi? Tu nu poţi să suferi chestiile astea.

— Aş merge, a zis Elliot, apoi a dat din cap şi şi-a umezit buzele distrăgându-mi atenţia.

— Toată lumea vrea să te cunoască.

Mi-am dat seama că nu eram în stare să-mi iau ochii de la gura lui, imaginându-mi cum îi încerc gustul.

— Păi, treaba e perfect invers. Eu n-am nicio dorinţă să cunosc pe toată lumea.

Mi-a zâmbit în zeflemea.

— Dar vreau să te văd îmbrăcată și în altceva în afară de pijama, blugi sau pantaloni scurţi.

— Chiar ai vrea să mergi la bal cu mine?

Și-a lăsat capul pe o parte, încruntat.

— E așa de greu să accepţi că vreau să fiu singurul om pe care te gândești să-l iei la un tâmpit de bal?

— De ce?

— Pentru că ești prietena mea cea mai bună, Macy, şi în ciuda reticenţei tale ridicole...

— Bună aliteraţie.

— ... tu ești fata pe care o vreau. *Vreau* să fim împreună.

Stomacul mi-a licărit de exaltare şi nelinişte.

— Te-ai sărutat cu alte fete.

— Abia dacă.

— Hmm, *cum să nu.*

— E limpede că n-aş fi făcut-o dacă puteam să te sărut pe tine.

Am oftat, fără astâmpăr, şi mi-am muşcat buza.

— De ce nu poate să fie toată lumea ca tine?

— Pot să devin atât de mult parte din lumea ta, încât să o să ţi se pară că toţi sunt aşa.

I-am zâmbit delicat și am încercat să ignor momentul dificil. Îmi era din ce în ce mai greu să ignor faptul că îl iubeam cu adevărat pe Elliot.

— Care e cuvântul tău preferat? l-am întrebat.

Și-a supt o clipă buza de jos, pe gânduri.

— *A vexa*, a răspuns, șoptit.

acum

miercuri, 8 noiembrie

După acel unic mesaj din timpul prânzului cu Sabrina, lucrurile cu Elliot au luat amploare rapid și acum facem ceva ce nu făceam nici măcar în liceu: vorbim aproape în fiecare zi. Fie și doar pentru câteva minute. Uneori, e doar un mesaj. Dar îi simt aproape permanent prezența și, oricât de mult aș vrea să mă conving eu însămi să renunț, știu că unda subțire de ușurare din gândurile mele i se datorează lui.

În aceeași linie, poate, situația cu Sean e... ciudată, în cel mai bun caz. Ne-am certat de zero ori. Am avut zero discuții despre cum stăm. Când mi se întâmplă să nu-i găsesc adormiți, Phoebe pare bucuroasă să mă vadă, Sean pare bucuros să mă vadă. Sunt sigură că, dacă mâine aș programa o nuntă *di grande*, Sean ar veni bucuros. Sunt sigură că, dacă amân nunta pe termen indefinit, Sean n-ar întreba niciodată de ce.

Și mai sunt sigură că aș putea să plec definitiv, iar pe el nici asta nu l-ar deranja.

Este lucrul cel mai ciudat la care am fost părtașă vreodată și, cu toate acestea, ar putea să fie al dracului de *uşor*. Nu se cere nimic din partea mea, nu se cere niciun fel de implicare afectivă şi ştiu fără urmă de îndoială că Sean nu are *nevoie* de mine. Am putea avea o relaţie care garantează amândurora sex, siguranţă financiară, un acoperiş deasupra capului şi o conversaţie interesantă la cină, dar, în afară de asta, am putea să ne trăim vieţile complet separat.

Adevărurile critice însă — că nu suntem sincer îndrăgostiţi, că nu am fost niciodată şi că lipsa iubirii mă deranjează — nu par să picure revelator în conştiinţa noastră. Devin brusc *prezente*, perfect conturate în alb şi negru şi strigă: *Relaţia asta s-a terminat definitiv*, de fiecare dată când ne zâmbim politicoşi când ne întâlnim în jurul chiuvetei de la baie.

M-am săturat. Sunt disperată să găsesc cea mai bună cale de a scăpa. Din păcate, îmi e teamă că reacţia fundamentală a lui Sean va fi dezamăgirea. Sunt o iubită la fel de convenabilă pentru el, pe cât îmi este el convenabil ca iubit; dar, în cazul lui, s-ar putea să nu aibă nevoie de mai mult: Sean are deja parte de iubirea vieţii lui, întruchipată de fetiţa lui de şase ani.

S-ar putea ca un început bun să fie să mă asigur că îmi pot susţine singură traiul în oraş. Îmi iau o zi liberă, lucru rar, şi merg cu maşina la El Cerrito, să fac ceva ce amân de luni întregi: mă întâlnesc cu consultanta mea financiară. Daisy Milligan este fosta expertă financiară a tatei şi eu am păstrat-o la rândul meu, mai mult din sentimentalism şi lene decât pentru că aş şti prea multe despre calităţile ei.

Acestea fiind spuse, la aproape 70 de ani, abia dacă are nevoie să-mi studieze dosarul ca să îmi explice la fix ce active deţin (suficient cât să acopăr unele reparaţii şi impozitele, dar nu mai mult) şi de ce ar trebui să vând una dintre case (am mai multă nevoie de un fond de pensionare decât să deţin două proprietăţi). Nu îndrăznesc să menționez că stau în San Francisco și că nu obțin niciun venit din închirierea casei din Berkeley.

Urăsc să discut despre bani. Urăsc și mai mult să văd cât de urgentă nevoie am să mă organizez financiar. După discuția cu ea sunt oarecum ambalată și exaltată și când primesc de la Elliot un mesaj în care mă întreabă cum îmi merge azi, îi răspund că sunt în aceeași parte a golfului cu el... și că varianta unei întâlniri pare o alegere evidentă.

Îmi propune Fatapple, din Berkeley, fără să aibă idee cât de aproape este locul acela de casa mea. Așa că îi propun în schimb să ne întâlnim în vârful colinei Berkeley, în Tilden Park, la intrarea dinspre Wildcat Creek Trail[29].

Ajung înaintea lui, cobor din mașină și îmi închid hanoracul de polar până sus, să mă apăr de vânt. Ceața se rostogolește peste dealuri și face ca orizontul cenușiu să pară că se prăvălește în vale, centimetru cu centimetru.

Îmi place Tilden și am atât de multe amintiri aici, despre cum veneam cu mama, cum călăream ponei și hrăneam vacile de la Little Farm. După ce ea a murit, tata și cu mine obișnuiam să venim aproape în fiecare weekend, să hrănim rațele de pe lac. Stăteam în tăcere și aruncam bucățele de pâine în apă, privind cum rațele le înhățau, măcănind una la alta.

Nostalgia legată de Tilden pare să se amestece cu aceea pentru Elliot și compune în sângele meu o licoare tare care mă sfâșie pe dinăuntru. Deși noi doi nu am fost niciodată aici împreună, mie mi se pare altfel. Am senzația că el face parte din nucleul meu, că e împletit în ADN-ul meu.

Când îl văd așadar cum răsare din ceața care acoperă parcarea și se apropie de mine cu pasul lui lung

29 Traseu pentru excursii în cadrul parcului regional Tilden.

şi săltat şi blugii lui strâmţi..., neliniştea mea pur şi simplu... se evaporă.

Într-un puseu de epifanie evidentă îmi dau seama că Sabrina avea dreptate: fără el nu am *trăit*. Am supravieţuit doar.

Vreau să împart cumva cu el viaţa aceasta. Doar că... habar nu am cum par toate astea.

Elliot pare că îmi citeşte starea de spirit, pentru că se aşază lângă mine pe bancă şi îşi trece braţul lung pe spătar.

— Hei, salut. E totul în ordine?

Imboldul de a-l lua în braţe aproape că mă lasă fără putere.

— Mda, a fost doar... o zi lungă.

Elliot râde şi se întinde să-şi încolăcească în palmă coada mea de cal, apoi trage de ea.

— Şi e abia amiaza.

— M-am întâlnit cu fosta consultantă financiară a tatei.

Întinde mâna cealaltă şi se scarpină la o sprânceană.

— Da? Şi cum a mers?

— Vrea să vând una dintre case.

Elliot rămâne mut, procesează spusele mele.

— Şi tu ce părere ai?

— Nu-mi pică bine, spun şi ridic ochii spre el. Dar ştiu că are dreptate. Nu stau în niciuna dintre ele. Şi nici nu vreau să scap de vreuna.

— Amândouă sunt pline de amintiri. Şi bune şi rele.

O spune pur şi simplu, direct, indiferent. De când m-a întrebat prima dată despre mama, a rămas la fel, blând, dar ferm.

Îmi ridic un picior pe bancă şi mă răsucesc spre el. Stăm aşa de aproape unul de altul şi, chiar dacă suntem în aer liber, într-un parc, în jurul nostru nu e nimeni şi senzaţia e de mare intimitate. Azi ochii lui sunt mai degrabă verzi decât căprui; are barba puţin crescută, ca şi cum nu s-ar fi ras în dimineaţa asta. Îmi strecor mâna între genunchi, ca să nu o întind să-i cuprind maxilarul în căuşul palmei.

— Pot să te întreb ceva?

O clipă privirea îi coboară pe buzele mele, apoi revine.

— Oricând.

— Tu crezi că eu nu prea vreau să vorbesc despre lucrurile care mă deranjează?

Elliot se îndreaptă de spate şi priveşte în jur, de parcă ar căuta un martor.

— Vorbeşti serios?

Îi dau un brânci, în joacă, şi se preface că-l doare.

— Sabrina susţine că am obiceiul să ţin oamenii la distanţă.

Îşi caută cu grijă vorbele şi începe:

— Păi, cu mine ai vorbit întotdeauna, dar am avut impresia că nu prea făceai asta cu nimeni altcineva. Aşa că poate are dreptate.

Pe lângă noi trece o maşină şi motorul diesel duduie zgomotos când ia curba spre parcare. Ne distrage atenţia o clipă şi nu ne mai uităm unul la altul, cu ochii la zona înconjurată de iarbă. Dinspre Little Farm, aflată puţin mai departe pe poteca de prundiş, picură spre noi zgomotul stins al vieţii de fermă.

Pentru că nu-i răspund, continuă:

— Adică, poate că sunt părtinitor în ce ne priveşte, din cauza circumstanţelor actuale, dar am oarecum sentimentul că tu nu prea... vorbeşti despre lucruri. Şi poate că îmi forţez norocul, dar am impresia că Sean e la fel.

Decid să ignor partea din urmă, din dorința de a evita complet să discut cu el despre Sean. Acum știu ce am de făcut, dar îi datorez lui Sean măcar atât, să discut mai întâi cu el.

— Obișnuiam să vorbesc cu tata, zic, ocolind subiectul ca o profesionistă. Nu așa cum vorbeam cu tine, poate, dar despre școală. Și cu mama.

— Mda, dar noi vorbim despre cum e *acum*. Tu ai fost mereu destul de rezervată, dar ai cu cine să vorbești? În afară de Sabrina?

— Te am pe tine.

Apoi, după o jenantă pauză de o clipă, adaug:

— Adică... *acum* te am pe tine.

Încă o pauză.

— Din nou.

Expresia îi devine serioasă, culege de pe jos o crenguță și, cu coatele pe genunchi, rotește bețișorul între degete. E agitat.

Știu...

Știu...

Știu ce urmează.

— Macy? zice, privindu-mă peste umăr. Îl iubești pe Sean?

Am știut ce urmează, da, dar greutatea întrebării tot mă face să sar în sus de pe bancă și să fac doi pași.

— Am văzut cum e când ești îndrăgostită, zice blând, fără să se ridice în picioare. Nu pari să fii îndrăgostită de el.

Nu-i răspund, dar oricum își dă seama.

— Nu pricep, mormăie. De ce ești împreună cu el?

Mă întorc să-i surprind expresia, are fruntea încrețită și buzele strânse, de emoție. Am nevoie să respir de câteva ori ca să-mi pot aduna cuvintele, să vorbesc în așa fel încât să nu par absolut melodramatică.

— Pentru că, îi răspund, avem un pact absolut anapoda, specific oamenilor care sunt varză emoțional — și probabil nerostit până de curând –, să nu-i oferim celuilalt decât o părticică din noi. Dacă îl pierd pe Sean, asta nu mă va distruge.

Scutur din cap și mă uit la vârful pantofilor, cu care mă joc în țărână. Odată ce Elliot îmi ațâță instinctul de autoconservare, simt cum începe să se stingă epifania pe care o trăisem mai devreme, despre o viață robustă și împărtășită. Mă înfurie faptul că Sabrina a avut dreptate. Mă enervează că primul meu imbold e să mă retrag în globul meu de sticlă. Îmi dau seama cât de laș pare, dar nu cred că aș suporta să pierd din nou pe cineva drag.

— M-a durut foarte tare, zice Elliot, șoptit, fără să sune ca o întrebare. Ce-am făcut. Când o să *vorbim* despre noaptea aceea?

— Nu eu am fost tocmai aceea care te-a abandonat *pe tine*, îi reamintesc.

Mă opresc, am nevoie de o secundă ca să pot respira. De obicei, amintirile din acea ultimă zi când l-am văzut pe Elliot îmi făceau rău fizic. Acum îmi provoacă doar un frison prin corp.

Îmi dau seama că se gândește. Îmi cercetează fața, întoarce cuvintele în cap pe toate părțile și le analizează din unghiuri diferite, de parcă și-ar da seama că îi scapă ceva.

Sau poate că doar sunt eu paranoică.

— Care e povestea lui? mă întreabă.

— A lui Sean, adică?

Dă din cap și mai ia o crenguță de jos.

— A fost căsătorit?

— Da. Ea lucra în domeniul financiar și, după o călătorie de afaceri, a ajuns dependentă de cocaină.

Ridică brusc fruntea, cu o privire șocată.

— Serios?

— Mda. Groaznic, nu?

Privesc peste umărul lui, înspre parcare.

— Cred deci că, în ce-l privește, o parte din explicație este că are o fiică și că nu a uitat-o complet pe Ashley. A fost... chiar ușor pentru amândoi să acceptăm pur și simplu ceva permanent, fără să avem cu adevărat *nevoie* unul de altul.

Elliot se apleacă în față.

— Macy.

— Elliot.

— Tu *rămâi* din cauza lui Phoebe?

Mă zgâiesc la el, sincer încurcată.

— Ce?

— Phoebe.

— Nu, am înțeles numele. Doar că nu înțeleg cum... Ah.

Pricep ce vrea să spună.

— Nu.

— Adică, e o fetiță așa de drăgălașă, fără mamă...

Vorbește de parcă ar fi evident de ce nu renunț și da, îmi dau seama de ce, privind din exterior, gândește astfel. Dar el nu-i cunoaște.

— Phoebe n-are nevoie de mine, îl asigur. Are un tată formidabil și foarte implicat. Eu sunt doar...

Flutur din mână, nesigură.

— Un *accesoriu*. Adică, să fim serioși: eu oricum nu prea știu să... „fac pe mămica", așa că nu pare să aibă nevoie de ceva din partea mea.

Elliot geme puțin, cu ochii în jos, la crenguța pe care o rupe în bucățele încet și metodic.

— OK.

Mă uit urât la el.

— Ce vrea să însemne „OK"?

— Înseamnă OK.

— Nu se poate să gândești atât de mult doar ca să-mi spui după aia „OK". E un „OK" exprimat cu superioritate.

Râde și aruncă bățul pe jos, apoi mă privește.

— OK.

E o provocare. Îmi dau seama foarte bine că vrea să mă provoace.

— La dracu'.

Mă întorc și mă uit înspre clădirea centrului educațional și la norii cenușii care se învălătucesc dincolo de ea.

— S-ar putea să aibă nevoie de o mamă când o să aibă prima menstruație, zice Elliot în șoaptă. Sau când prietenele ei se poartă urât.

— Poate că o să aibă în schimb o prietenă într-o debara, care să o asculte, contracarez eu, și apoi mă întorc și-l privesc, bănuitoare. De ce mi se pare că încerci să mă convingi să rămân cu Sean? Faci psihologie inversă cu mine?

Zâmbește superior și se potolește.

— Bine, hai să vorbim despre altceva. Cuvântul favorit?

Valuri de căldură îmi încrețesc pielea. Sunt complet nepregătită pentru asta și mintea îmi înțepenește, brusc nu mai am cuvinte, niciunde.

— Tre' să mă gândesc... Al tău?

Râde, ca un gâlgâit surd.

— *Mieros.*

Strâmb din nas.

— Asta e păsărească.

— Doamnă, absolut clar așa e, zice mormăit, cu un accent anume pe cuvinte.

Pentru care primeşte o pietricică aruncată spre el.

— Vocea ta e *mieroasă*, murmură, ridicându-se de pe bancă şi apropiindu-se de mine. Şi acum, haide, e rândul tău. N-ai voie să te gândeşti prea mult, trişoareo. Ştii care sunt regulile.

Îi privesc buzele întredeschise, în timp ce el se uită la gura mea. Îi văd limba scoasă afară.

— *Limerenţă.*

Nu există un alt cuvânt asemenea acestuia: *Starea de atracţie totală faţă de o altă persoană.*

Ochii lui se agaţă de ai mei, pupilele i se dilată şi ajung ca o picătură de cerneală într-un iaz.

— Eşti teribilă.

— Nu încerc să fiu.

Elliot face semn din cap spre marcajul traseului, chemându-mă să-l urmez. Ne plimbăm pe potecă şi asta îmi aminteşte cum ne plimbam împreună prin pădurea Armstrong sau de-a lungul albiei pârâului, secat vara. E aşa de ciudat sentimentul că toate acestea s-au întâmplat într-o altă viaţă şi, în acelaşi timp, că parcă au fost acum două săptămâni. Încet, paşii noştri ajung la unison... *scârţ... scârţ... scârţâit* de picioare pe pietriş, mişcându-se în tandem. Elliot îşi scurtează pasul, ca să se potrivească ritmului meu.

— Eşti fericit?

Întrebarea vine atât abrupt, că mă aştept ca el să obiecteze puţin, dar nu o face.

— Mda, zice, am avut momente.

Nu îmi place răspunsul. Vreau ca el să fie mereu vesel, iubit, adorat, împlinit în totul.

— Recunosc, mai adaugă, că mă simt mai fericit lângă tine.

E ameţitor să ştiu că am puterea să-i ofer aşa ceva.

— *Tu* eşti fericită?

— N-am fost, îi spun şi îl simt că se întoarce să mă privească dintr-o parte. Şi faptul că sunt din nou lângă tine m-a făcut să-mi dau seama de asta.

Ne oprim pe un podeţ alunecos din mijlocul pădurii şi ne privim.

— Tu mă faci să simt atât de multe lucruri, îi spun, calmă.

Elliot întinde mâna şi îmi trece uşor coada de cal prin pumnul lui.

— Şi tu pe mine. Aşa a fost mereu.

Îmi netezeşte părul de pe frunte cu palma şi murmură:

— Apropo, nu încercam să te conving să rămâi cu Sean. Cred doar că eşti prea dură cu tine.

Mijesc ochii, sceptică.

— Eu?

Dă din cap şi zice:

— Cred că te subestimezi pentru că eşti cu Sean. De-aia am întrebat de Phoebe şi...

— Ashley?

— Da, Ashley.

Cu vârful arătătorului îşi împinge ochelarii pe nas şi se uită la arborii groşi din faţa noastră.

— Te porţi ca şi cum eşti cu el doar pentru că e uşor să o faci. Dar în scenariul ăsta el e cumva tatăl tău şi tu eşti femeia care a venit după mama ta. Sean nu are aşa de multe de oferit, dar tu înţelegi de ce. La urma urmelor, nu ai vrea să încerci să iei locul nimănui.

Mă uit la el, şocată. În doar câteva fraze, Elliot a explicat simplu de ce e logic să fiu cu Sean şi mi-a dovedit simultan că el — Elliot — este singura persoană care înţelege cu adevărat cum sunt eu. Nici măcar *eu* nu am văzut până acum adevărul.

— De ce eşti aşa de bun cu mine? După toate cele?

Elliot își lasă capul pe o parte și se uită la mie. Sigur că așa nu mă vede distorsionat. El nu știe decât despre trădarea proprie, nu și de a mea.

— Pentru că te iubesc.

Emoția mă gâtuie și trebuie să înghit de câteva ori ca să mai pot rosti vreo vorbă.

— Nu cred că am observat cu adevărat până acum cât de amorțită am fost. Sau poate că nu mi-a păsat.

Văd cum cuvintele mele îl izbesc, fizic.

— *Mace...*

Râd sumbru când îl aud, pentru că sună al dracului de groaznic.

— E cumplit, nu-i așa?

Brusc face un pas înainte și mă trage la pieptul lui. Cu o mână pe după ceafă, cealaltă îmi înconjoară umerii și am senzația că de zece ani nu am mai plâns cu adevărat.

atunci

sâmbătă, 3 iunie
cu unsprezece ani în urmă

Eu şi tata şi eu ne-am pus vieţile în bagaj, ca să petrecem vara în Healdsburg. O gheară mi s-a înfipt, agitată, în stomac. În vara asta totul părea altfel: terminaserăm clasa a unsprezecea şi eram pe cale să devenim elevi în ultimul an de liceu. Şcoala părea mai interesantă, prietenele, mai puţin dramatice. Şi chiar dacă Elliot şi cu mine nu merseserăm împreună la balul meu anual — de fapt, eu nici nu m-am dus –, vara a părut să schimbe radical lucrurile între noi.

Eu aveam 17 ani. Elliot, aproape 18. Cu o vară înainte ne sărutaserăm. Recunoscuserăm că aveam sentimente unul pentru celălalt. Şi de atunci se uita la mine altfel, ca la ceva pe care mai degrabă ar fi vrut să îl devoreze decât să-l protejeze. Oricât de mult încercasem să cred că am fi putut rămâne prieteni, aşa cum fuseserăm mereu, ştiam că vreau mai mult. Elliot era deja unul dintre cei mai importanţi doi oameni din viaţa mea. În loc să-mi fac griji că l-aş fi putut pierde, trebuia să mă concentrez pe cum să fac să îl păstrez.

În sâmbăta de după sosirea noastră, stăteam afundată în perne, într-un colţ, când el a intrat în cameră.

— Hei, salut.

Când i-am auzit vocea, am sărit în picioare, m-am repezit la el şi mi-am aruncat braţele în jurul gâtului lui. A fost o îmbrăţişare altfel; în loc de triunghiul obişnuit atent creat, pe care îl realizam întotdeauna — în care ni se atingeau umerii şi nimic altceva –, mi-am lipit cu totul corpul de al lui, de la piept, la stomac şi până la coapse. Sigur că ştiam că era acelaşi Elliot din urmă cu câteva săptămâni, de la ultima noastră vizită la casa de vacanţă, dar după ce mă gândisem atât de mult, obsesiv şi agitată, la cum urma să fie vara, brusc nu m-am mai simţit aceeaşi Macy.

Elliot a încremenit o clipă şi apoi a reacţionat cu mormăitul lui mic şi perfect, de uşurare. S-a aplecat şi a scos un „Bună" stins, şoptit pe deasupra capului meu.

Preţ de câteva răsuflări, totul a rămas nemişcat şi lumea mea întreagă s-a adunat în bătăile inimii lui simţite lângă inima mea şi în felul cum palma lui s-a lipit de mijlocul spatelui meu.

— Sunt aşa de entuziasmată că e vară, i-am zis, cu gura aproape de gâtul lui.

A făcut un pas înapoi, încă zâmbind.

— Şi eu.

Şi iar a apărut între noi — tăcerea fără o răsuflare măcar. Apoi el a rupt-o, vânturând două cărţi pe care le ţinea în mână.

— Ţi-am adus ceva să citeşti.

— Ceva pentru biblioteca noastră?

A râs sec.

— Nu chiar. Pe astea s-ar putea să nu vrei să le laşi la vedere.

Cuvintele lui m-au derutat, până când m-am uitat la coperte: *Delta lui Venus*[30] de Anaïs Nin şi *Tropicul Cancerului*, de Henry Miller.

Eram suficient de tocilară în materie de cărţi ca să ştiu că nu erau titluri pe care să le fi găsit deja în biblioteca şcolii.

— Ce sunt astea? am întrebat, în căutarea unei confirmări.

— Literatură erotică, a zis, ridicând din umeri.

— Când le-ai luat?

— Acum vreo doi ani. Le-am citit în ianuarie.

Am înghiţit cu greu. După revelaţia pe care o avusesem, că lucrurile se schimbau în mod clar între mine şi Elliot, simţeam cărţile acelea ca pe nişte pietre încinse în mâna mea.

Elliot s-a trântit pe canapea.

— Eşti aşa de curioasă de băieţi şi de sex, încât m-am gândit că poate ai vrea să le citeşti.

Am simţit că mi se aprinde toată faţa şi i-am înmânat cărţile, evitându-i privirea.

— Ah, e OK.

Eram gata să fac un pas înainte. Dar Elliot şi ideea de sex mă făceau să ameţesc de tot.

— E OK? m-a întrebat, incredul.

— Nu sunt sigură că mi-ar plăcea.

Vocea îmi era tulbure; minciuna nu voia să-mi iasă de pe buze.

— Cool, a zis şi a zâmbit. Păi, oricum eu le-am terminat. Dacă e OK, o să le las aici.

30 Colecţie de 15 naraţiuni erotice.

La o săptămână după ce începuse vacanța, am cedat. Cotoarele cărților acelea neînsemnate se zgâiau la mine, provocator. Le pusesem pe raft, între *Ghidul autostopistului galactic*[31] și *Zen și arta reparării motocicletei*[32] — cu alte cuvinte, fix în zona preferințelor lui Elliot, un apropo că era binevenit să le ia acasă, dacă voia.

Nu e vorbă că nu eram curioasă. Nici că nu m-ar fi ros curiozitatea de a le lua imediat la citit. Dar cu Elliot întins în fața mea în fiecare zi, scărpinându-se absent pe burtă sau încrucișându-și picioarele la gleznă — gest care cumva contura mai bine și sublinia ceea ce exista sub nasturii blugilor lui... Nu eram sigură că mai aveam chiar nevoie de un plus de erotism.

Vai, prima a fost *Delta lui Venus*. Am început-o în primele ore ale zilei, înainte — mi-am zis — ca Elliot să apară.

Ca de obicei, însă, el parcă a știut.

— Ooohoo. Ce citești? a întrebat el din prag.

Din spatele lui, zorii abia mijiți ai zilei îmi luminau dormitorul; cu umerii lui lați, Elliot bloca o bună parte din lumină.

Am ignorat căldura care îmi urca în obraji și m-am întors la coperte, de parcă aveam nevoie să-mi amintesc.

— Ah. Doar una dintre cărțile pe care mi le-ai adus.

— Ah, a zis și am auzit rânjetul satisfăcut din vocea lui. Și te-ai trezit devreme. Care din ele?

Nedorind să spun titlul, am ridicat pur și simplu cartea și i-am arătat-o, chinuindu-mă să par destinsă, chiar dacă știam că sunt stacojie la față.

— Te superi dacă vin și eu în debara?

— Cum dorești.

M-am rostogolit pe burtă și am continuat să citesc.

---

31 Parodie SF de Douglas Adams.

32 Roman de Robert M. Pirsing.

Uau.

Cuvintele aproape că erau prea mult, chiar şi pentru intimitatea gândurilor mele. Întotdeauna mă gândisem la lucrurile legate de sex într-un fel atât de abstract, nu cu ajutorul limbajului, ci vizual. Şi mai intens chiar? Mi-am dat seama în timp ce citeam... Întotdeauna mi-l imaginam pe Elliot. Mi-l imaginam apropiindu-se şi atingându-mă, îmi imaginam ce ar fi putut să spună sau cum ar putea să arate. Dar niciodată nu-mi închipuisem cuvinte ca *tremur* şi *chinuit de dorință* şi *îl absorbeau până ce ejacula.*

Îl simţeam cum mă priveşte, dar m-am străduit să-mi păstrez o expresie neutră.

— Hmm, am zis, gânditoare. Interesant.

Elliot a scos un hohot de râs.

— Ce-ai citit, mai exact? a întrebat puţin mai târziu, cu intenţia să mă tachineze. Eşti gata să-ţi sară ochii din cap.

— E literatură erotică, am zis, ridicând din umeri. SafeMoney[33] zice că trebuie să citesc ceva *erotic.*

— Spune-mi şi mie.

— Nu.

— Ba da.

— Nici gând.

— E în regulă să te simţi jenată, a zis, întorcându-se la cartea lui. N-o să te presez.

Eram *cum nu se poate* mai jenată. Cartea mă exalta şi mă ofensa în acelaşi timp. Era sexuală, dar atât de impersonală. Voiam să îi insuflu mai multe sentimente. Mâinile personajului masculin au devenit mâinile lui Elliot. Mâinile ei au devenit ale mele. Mi-am imaginat emoţii acolo unde pe pagină nu exista nimic. M-am întrebat dacă

33 Aplicație de consiliere și control financiar.

fusese la fel și pentru Elliot când a citit-o și dacă observase cât de... distant părea totul.

Am inspirat, nesigură, și am citit:

— „Era Venus născută din spuma mării, păstrând încă poțiunea secretă de miere sărată, pe care numai mângâierile o puteau stoarce din adâncurile trupului ei."[34]

Elliot se uita în cartea lui, cu sprâncenele lipite, în timp ce dădea înțelept din cap. Glasul îi era puțin mai aspru:

— E o frază bună.

— „O frază bună?"? am repetat, neîncrezătoare. E...

De fapt, nu aveam un final pentru fraza începută. Era un nivel al gândirii la care, sincer, nu aveam capacitatea sau experiența necesare ca să pot articula, dar exista ceva ce părea familiar, într-o manieră ancestrală.

— Știu, a murmurat el. Restul îți place?

— E OK, am zis, frunzărind paginile înapoi. E puțin impersonală și... unele povestiri sunt cam triste.

Elliot a râs și m-am holbat la el.

— Ce? am zis.

— Ai citit prefața, Macy?

M-am încruntat la el.

— Cine citește prefața la o erotică?

A râs iar și a clătinat din cap.

— Nu, tu ar trebui să o faci. Povestirile au fost comandate de un bărbat bogat. Voia doar sex. Fără sentimente, fără emoții.

— Ah, am zis, privind în jos spre cartea care părea deodată mult mai logică.

— Mda, nu. Nu-mi place. Nu așa.

---

34 *Delta lui Venus*, traducere de Alina Purcaru, Ed. Humanitas, 2007, 2011, p. 28.

A încuviințat din cap și și-a aranjat sub el fotoliul-pară.

— Tu ai citit asta? l-am întrebat.

A mormăit ceva drept afirmație.

— Ție ți-a plăcut?

— Am avut aceeași reacție ca tine, cred.

Cu un mic mormăit, și-a întins picioarele și și-a dus mâinile la ceafă. Nu m-am uitat la nasturii blugilor. Sigur nu de două ori.

— E sexy, dar și distantă.

— De ce ai citit-o?

— *De ce*? a repetat, incredul, ridicându-și capul să mă privească. Nu știu. Pentru că îmi place să citesc? Îmi place că poți să folosești cuvinte ca să convingi oamenii sau să-i înfurii sau să-i distrezi. Dar poți să le folosești ca să...

A strâns din umeri și a roșit puțin.

— Să-i exciți.

M-am uitat la carte, neștiind ce altceva să mai spun.

— Nu te-am mai văzut din aprilie. Ce s-a întâmplat cu balul anual?

I-am răspuns, râzând:

— Nikki s-a dus cu Ravesh.

— Bineînțeles că s-a dus. Dramele au întotdeauna cele mai plicticoase rezolvări posibile. Dar eu mă gândeam la tine.

— Ah.

Am lăsat să-mi cadă cartea și mi-am dus mâna la gură să-mi rod o unghie.

— Mda, eu am rămas acasă.

Îl simțeam cum mă urmărește cu privirea. S-a împins să se ridice într-un cot.

— Eu aş fi venit, ştii asta.

M-am uitat la el, încercând să îi arăt din ochi că nu voisem să merg, pur şi simplu.

— Ştiu.

— Nu vrei să-i cunosc pe prietenii tăi?

Avea un ton jucăuş în voce, dar exista undeva în inflexiuni şi o îngrijorare sinceră.

Am clătinat repede din cap.

— Nu e asta, am zis şi m-am uitat la el — la chipul lui care acum avea proporţii perfecte, la ochii lui expresivi, buzele pline, maxilarul colţuros. OK, probabil că parţial e şi asta. Vreau să-i cunoşti, dar nu prea vreau ca ei să te cunoască *pe tine*.

— Bine? a zis, încreţind din nas.

— Adică, am continuat, dorind să alung jignirea pe care i-o citeam pe chip, pe atunci nu prea aveam încredere în Nikki şi Elyse şi simţeam că dacă ar fi făcut cunoştinţă cu tine ar fi putut să flirteze — mai ales la balul ăla — şi eu aş fi fost un ghem de furie.

— Ah, a făcut Elliot, odată ce pricepuse, cu sprâncenele săltate spre cer.

— Şi în plus...

Am coborât iar privirea, descoperind că e mai uşor să rostesc lucrurile acestea cu ochii în poală.

— Într-un fel, aici e micul nostru glob de sticlă, am zis, făcând un gest vag spre încăpere. Şi când am cunoscut-o pe Emma, pentru mine nu a mai fost la fel. Înainte, ea era doar un nume şi puteam să pretind că nu petreci cu ea mai mult timp decât ai pentru mine.

— Dar nu e aşa, Mace...

— Folosesc doar exemplul ăsta, i-am explicat, ridicând iar privirea. Nu eram sigură că tu chiar vrei să ai o faţă pe care să o asociezi acelor nume cu care îmi petrec timpul.

— Ah. Cred că înțeleg, a zis, oarecum lămurit.

Cred că înțelesese.

— Există un tip care te place.

— Mda, am zis, dând din cap.

— Sunt mai mulți tipi. Și erau și ei la bal. Iar noi doi suntem un noncuplu ciudat și nu erai sigură cum să...

A lăsat cuvintele să tărăgăneze înainte de a continua:

— N-ai vrut să mă simt pe dinafară.

Mi-am tras picioarele sub mine, pe canapea.

— Mda. Cred doar că ar fi fost ciudat. Pentru mine tu nu ești în afară, tu ești *peste tot*. Dar în acel moment era posibil ca tu să nu fi văzut lucrurile astfel sau să nu mă fi crezut.

M-am uitat la el și am adăugat în grabă:

— Doar... vorbesc din experiența mea în chestia cu Emma.

— OK, a murmurat.

— Te vreau prezent în toată viața mea, am adăugat, precaută, încercând cu degetul marea lui *Mai mult*. Mă gândesc tot timpul la faptul că frica mea adevărată nu sunt celelalte fete, ci să nu te pierd pe tine. Mă îngrozește felul cum m-aș simți dacă tu nu ai mai fi prezent în viața mea.

— Asta nu se va întâmpla niciodată, a zis, cu o expresie crispată și o voce solemnă.

— Și dacă am fi început... și cumva ar fi ieșit prost...

A trebuit să înghit de câteva ori după ce am spus asta, să îmi astâmpăr furtuna stârnită în mine de o atare perspectivă.

— Oricum, nu cred că balul era primul loc unde să facem asta. Să dăm viață acelui lucru. Ar fi fost prea repede.

— Pricep.

S-a ridicat, a venit la canapea şi s-a aşezat chiar lângă mine.

— Mace, ţi-am spus deja. Vreau să fiu iubitul tău.

A întins mâna şi m-a tras spre el, până am ajuns lipiţi, apoi mi-a pus capul în poala lui. Şi-a luat iar cartea, eu am luat-o pe a mea şi i-am ascultat ritmul egal al respiraţiei.

— Ştii, am spus, cu ochii în tavan, în timp ce el îşi trecea iar şi iar mâna prin părul meu, cărţile alea au fost cumva cadoul perfect.

— Cum aşa?

— Numărul 47 pe lista mamei e să-mi spună să nu fac sex decât atunci când am să pot vorbi despre asta.

Sub mine, Elliot rămăsese nemişcat.

— Serios?

— Cred că e un sfat bun, probabil. Gen, dacă nu poţi să vorbeşti despre asta, nici n-ar trebui să o faci.

A scos un mic hohot de râs nervos.

— Vrei să vorbim *astăzi* despre sex?

Am chicotit şi i-am tras un pumn în coapsă, iar Elliot s-a prefăcut că îl doare.

Şi eu voiam ca el să fie iubitul meu. Dar am ştiut chiar de atunci că aveam nevoie să o luăm încet. Voiam o tranziţie lentă. Nu voiam să pierd nici măcar o părticică preţioasă din el.

acum

miercuri, 8 noiembrie

Când ajung acasă, după miezul nopții, Sean e pe canapea și mă așteaptă. Ce excepția plimbării cu Elliot, am avut o zi de rahat. Știind ce trebuie să fac, dar oricum evitând, m-am dus la muncă pe la trei după-amiază — o decizie groaznică. Am ajuns să comunic două prognosticuri fatale și am întrerupt chimioterapia într-un al treilea caz, pentru că fetița nu a mai putut să suporte încă o doză (deși cancerul ei putea). Sunt într-o stare mintală în care știu că fac *Bine*, doar că pur și simplu nu simt asta, iar vederea lui Sean pe canapea îmi accentuează autoflagelarea.

— Bună, iubito, zice și bate cu palma perna de lângă el.

Mă târăsc până colo și mă prăbușesc alături. Nu chiar lipită de el, nici cuibărită în vreun fel. În primul rând, sunt în uniforma de spital și vreau să fac un duș. În al doilea, mi se pare pur și simplu ciudat să mă reazem de el. E acolo un câmp invizibil de forță care mă respinge.

Ca și cum mi-ar fi citit gândurile, Sean zice:

— Probabil că ar trebui să stăm de vorbă.

— Mda, probabil.

Îmi ia mâna stângă în mâinile lui și îmi masează podul palmei cu degetele. Atingerea lui mă face să mă simt confuză pentru că e plăcută și îmi amintește de toate celelalte lucruri minunate pe care Sean le poate face cu restul corpului său.

— Sunt aproape sigur că nu ești fericită.

Mă întorc și îl privesc. E nevoie de câteva secunde ca fața lui să-mi devină clară, pentru că e foarte aproape și eu sunt foarte obosită, dar când se întâmplă, văd cât de mult îl afectează de fapt toate astea. Doar pentru că nu vorbește despre ele, nu înseamnă că nu se gândește la asta.

Sean și cu mine suntem exact la fel.

— Dar *tu* ești? îl întreb.

Ridică dintr-un umăr și recunoaște:

— Nu chiar.

— Pot să te întreb ceva?

Îmi zâmbește sincer.

— Sigur, iubito.

Răspunsul lui nu va schimba felul cum mă simt, dar trebuie să știu.

— Mă iubești?

Zâmbetul i se stinge și câteva clipe îmi studiază expresia.

— Poftim?

— Mă iubești? îl întreb din nou. Serios.

Îmi dau seama că *ia* în serios întrebarea. Și îmi dau seama că nu e atât surprins că l-am întrebat, cât îl surprinde propriul răspuns instinctiv.

— E OK, zic eu, calmă. Doar răspunde-mi.

— Cred că am nevoie de un cuvânt între *plăcut* și *iubit*, ceea ce înseamnă că...

— „O apreciez foarte mult”, spun, zâmbind.

Niciodată în istoria omenirii nu s-a mai întâmplat o despărțire atât de amabilă. Abia dacă a încrețit apa. Așa că poate am fost împreună prea puțin timp ca să ne despărțim măcar.

— Tu mă iubești *pe mine*? mă întreabă, cu sprâncenele adunate laolaltă.

— Nu sunt sigură.

— Asta înseamnă că nu, zice, zâmbind.

— Te iubesc... ca prieten. O iubesc pe Phoebs. Iubesc cât de ușor e totul și cât de puțin cere asta de la mine în momentul de față.

Dă din cap. Înțelege.

— Dar dacă încerc să-mi imaginez asta — fac un gest spre spațiul dintre noi — pentru tot restul vieții?

Îl sărut pe frunte și continui:

— E cam deprimant. Am senzația că amândoi suntem pe calea minimei rezistențe.

— Mace?

— Hmm?

— Și cu Elliot, pentru tine nu e calea minimei rezistențe?

Tac, gândindu-mă la cel mai bun răspuns. Într-un fel, da, să ajung în patul lui Elliot ar fi traseul cel mai ușor și Sean știe asta. Nu am niciun motiv să nu o recunosc cinstit.

Există însă o parte din mine care crede că eu și Elliot am fost mereu meniți să fim cei mai buni prieteni. Am fost atât de speriată să fac un pas în plus cu el când eram adolescenți și imediat după ce am făcut-o, s-a ales praful.

— Avem un trecut împreună, îi spun, precaută. Nu e unul *urât*, în cea mai mare parte. Dar Elliot a dat-o în bară. La fel și eu. Și noi doi n-am discutat niciodată despre asta.

— De ce nu?

Doamne, întrebarea cea mai simplă şi mai evidentă.

— Pentru că... încep eu să spun. Pentru că, nu ştiu... în momentul ăla al vieţii mele a fost foarte greu şi am luat nişte hotărâri proaste pe care nu prea ştiu cum să le explic. Şi se pare că sunt mai mult moartă pe dinăuntru şi nu mă pricep deloc să-mi exprim emoţiile.

Sean se îndreaptă de spate şi mă priveşte serios.

— Ştii ce? Dacă Ashley ar veni acasă, complet vindecată şi mi-ar spune: „Sean, am luat nişte decizii proaste. Nu ştiu cum să le explic.", cred că ar fi suficient.

— Pe bune?

Dă din cap.

— Mi-e dor de ea.

Îl cuprind cu braţele şi îl ţin strâns la piept. Nu cred că a plâns vreodată pentru că Ashley l-a părăsit sau pentru că există o posibilitate foarte reală ca ea să nu se mai întoarcă niciodată. Sau pentru că, şi mai oribilă posibilitate, într-o bună zi o să sune la uşă şi în prag o să fie Ashley care cere bani.

Sau, şi mai rău, o să fie un poliţist la uşă, care o să-i spună lui Sean că ea nu mai trăieşte.

— Rămâi prieten cu mine?

— Da, zice, şoptit, cu faţa lipită de gâtul meu. Da, şi eu am nevoie de asta.

După câteva zile mă mut de la el. Ceea ce înseamnă că împachetez în cele două valize lucrurile pe care le-am adus acum câteva luni şi mă mut la şase străzi mai departe. Pentru mai puţin de şapte sute de dolari pe lună, închiriez dormitorul liber pe care îl are Nancy Eaton — e medic pe secţie şi fiica ei tocmai a plecat în est, la facultate. E o situaţie temporară; nu pentru că Nancy nu mi-ar fi oferit camera pe termen nelimitat, ci pentru că aşa *simt* eu. Am o casă în Berkeley şi aş putea lejer să o vând şi să-mi cumpăr ceva în centru, dar până şi gândul mi se pare o trădare. Aş putea închiria casa şi mi-aş permite să îmi iau cu chirie propria mea locuinţă, în centru, dar asta ar însemna să iau la mână toate lucrurile părinţilor mei, şi nici pentru asta nu sunt pregătită.

— Eşti varză, zice Elliot de la celălalt capăt al telefonului, după ce am trecut în fugă peste detaliile despre cum să procedez cu casa din Berkeley.

El habar nu are: nu i-am spus nici măcar că am încheiat relaţia cu Sean. Dacă Elliot ar şti că eu şi Sean ne-am despărţit, ar veni imediat în oraş şi s-ar zgâi la mine până când aş ceda şi m-aş întinde să-l sărut. Sean e singura barieră. E tamponul care îmi dă răgazul să gândesc. Nu vreau ca Elliot să mă copleşească şi să mă facă să mă îndrăgostesc iar de el sau să mă preseze să iau o decizie. Am nevoie de timp.

Aud în fundal zgomotul a ceva care se izbeşte şi un bombănit frustrat:

— Rahat.

— Ce-a fost asta? întreb.

— Am dărâmat un borcan în chiuvetă. Ar trebui să spăl vasele.

— Ar trebui.

— Ce face Sean? mă întreabă.

Schimbarea de subiect e aşa de abruptă, că mă ia pe nepregătite.

— E bine, zic.

Apoi adaug fără să mă gândesc:

— Aşa cred.

Simt cum Elliot rămâne nemişcat la capătul celălalt.

— Crezi?

— Mda, parez eu. Am fost ocupată.

— Faci pe evaziva cu mine?

— Nu, îi răspund și tresar, în căutarea celei mai bune jumătăți de adevăr.

Mă uit în jurul noii mele camere, ca și cum răspunsul corect se va materializa undeva pe perete.

— Doar că nu l-am prea văzut în ultimele câteva zile.

— Voi ce faceți de Ziua Recunoștinței? mă întreabă. O să fie prima voastră sărbătoare împreună, nu?

Futu-i.

— Cred că eu am să lucrez.

— *Crezi*? întreabă iar și am impresia că mănâncă ceva în timpul ăsta. Programul rezidenților nu e stabilit cu ani în avans?

— Ba, da, îi răspund și îmi masez rădăcina nasului.

Nu-mi place să-l mint.

— Aveam de gând să fac schimb, ca să nu fiu de serviciu de Crăciun, dar nu m-am organizat. Probabil că o să fiu liberă.

Elliot face o pauză — probabil pentru că știe că mint — și încearcă să se lămurească de ce.

— OK, deci, aveți ceva în plan sau nu?

— Sean o să plece cu Phoebe la părinții lui, zic, ezitând, și îmi țin respirația. Eu nu mă duc.

Mă aștept să mă piseze cu întrebări, să înceapă o investigație de genul: *Ce înseamnă asta?* Dar nu o face.

Își drege doar glasul și zice:

— OK, atunci tu vii aici. Aș face bine să spăl vasele astea până atunci.

atunci

miercuri, 12 iulie
cu unsprezece ani în urmă

Vara la Healdsburg a trecut de la zumzetul cald și umed al albinelor, cu fructe de pădure și soare, la scâșnetul casant al pâraielor secate și la o căldură persistentă. Pe măsură ce zilele treceau, mi se părea că și noi începem să ne mișcăm mai lent. Nicăieri nu găseai răcoare, cu excepția râului și a debaralei. Dar până și sanctuarul nostru albastru și înstelat începea să ni se pară claustrofobic. Elliot era așa de înalt; parcă înghițea toată lungimea debaralei. Avea aproape 18 ani și practic vibra de intensitate sexuală — eu însămi eram prea plină de o energie nestăpânită ca să încerc măcar să-l ating. Ne petreceam diminețile cutreierând pădurea din apropierea caselor, iar după-amiaza ne plimbam pe drum sau mergeam cu bicicleta în oraș, să mâncăm înghețată... și în cele din urmă ajungeam în debara, întinși pe podea, cu ochii zgâiți la stelele zugrăvite.

— O să înceapă școala în curând, am zis și i-am aruncat o privire. Ești încântat?

— Sigur, a răspuns, ridicând din umeri.

— Îţi place ce studiezi la Santa Rosa?

Cu ochii la mine şi fruntea încreţită, m-a întrebat:

— De ce mă întrebi acum despre asta?

Eu mă tot gândisem la asta. La faptul că în toamnă începea şcoala şi ne apropiam de finalul liceului. Despre ce urma să facem, şi eu şi el, când aveam să terminăm şi dacă noi doi urma să trăim aproape unul de altul.

Să trăim împreună unul cu altul.

— Doar mă gândeam la asta, atât.

— Mda, cred că sunt încântat să fiu atât de aproape de final. Şi cursurile de la SRJC sunt OK. Aş fi vrut să fi ales în schimb să vin în California câteva zile pe săptămână.

— Aveai şi varianta asta? l-am întrebat, şocată.

A ridicat din umeri. Evident, însemna *da*.

— Şi la balul de toamnă te duci cu Emma? am zis, întorcându-mă la mâzgăliturile mele din carnet.

— *Macy*. Cum?

Părea surprins şi a râs tare.

— Nu.

— Bine.

— Vrei să vii *tu* cu mine?

— Vrei să merg cu tine la un bal la şcoală?

— Nu? Da? După tot ce am vorbit despre cum e mai bine să ne armonizăm viaţa din weekend cu cea din restul săptămânii, nu ştiu care e răspunsul corect, a zis Elliot, şovăind. Dar dacă tu nu vii cu mine, probabil că n-o să mă duc deloc.

— Pe bune? am întrebat, cu inima bătându-mi tare. Pentru că nu vreau să vin şi să primesc privirile otrăvite ale tuturor panaramelor care sunt îndrăgostite de tine, dar nici nu vreau să te duci singur şi să-ţi arunce alea ocheade fără ca eu să fiu acolo, să le răspund pe măsură.

A clătinat din cap şi a râs.

— Nu e aşa.

— Atunci, Emma nu-ţi mai trimite e-mailuri?

— Nu prea.

— Aiurea.

— Chiar nu, a zis şi mi-a susţinut privirea, calm. Şi-a dat seama că nu sunt interesat de ea.

I-am trimis o fluturare timidă din gene.

— Nu că aş fi geloasă.

— Sigur că nu.

Exact atunci i-a vibrat telefonul, Elliot s-a uitat la el şi a citit mesajul, apoi şi l-a băgat înapoi în buzunar. Avea un aer foarte vinovat.

— Aia a fost Emma, am zis, la plesneală.

— Da, a zis, pigulindu-şi o scamă inexistentă de pe pantaloni.

— Se pare că universul vrea fix acum să mă facă să par un mincinos.

— Ce ţi-a scris?

— Nimic interesant, a răspuns, râzând de mina mea sceptică. Jur că niciodată nu-mi trimite mesaje.

— Dacă nu e interesant, de ce nu vrei să-mi spui?

M-a privit fix.

— Mi-a cerut doar să mai ieşim împreună.

— Atât?

— Da.

— Atunci, dă-mi telefonul. O să-i spun eu că eşti ocupat.

A zâmbit.

— Şi o să bagi şi partea cu gelozia nebună?

— Mă rog, am zis, apoi m-am rostogolit pe spate şi am închis ochii.

— Sau am putea să facem câteva poze cu sânii tăi şi să i le trimitem „din greşeală".

— Doamne sfinte. Dă-mi telefonul.

Am întins mâna să-l iau, dar braţul lui lung, de maimuţoi, l-a ţinut departe de mine, aşa că, în schimb am căzut peste el, cu sânii fix peste faţa lui. Fericit, scos un icnet înfundat şi a înşirat nişte cuvinte neînţelese, îndesându-şi faţa între sânii mei.

Am ţipat şi m-am precipitat să scap, împingându-mă în pieptul lui.

— Perversule.

Elliot m-a prins de talie, m-a rostogolit şi s-a ridicat, trăgându-mă înapoi la el în braţe, gâdilându-mă cu degetele lui lungi şi caraghioase, înfipte în coastele mele.

Am pufnit şi am chicotit, foindu-mă în timp ce mă gâdila şi râdea. I-am ţinut mâna pe talia mea, până când s-a rostogolit peste mine.

M-a ţinut locului, delicat; şoldurile lui s-au aşezat perfect între picioarele mele.

Am încremenit amândoi, rămaşi fără suflu, privindu-ne insistent.

Aveam 17 ani, dar niciodată până atunci nu simţisem ceva asemănător. Elliot era excitat şi penisul lui tare se împingea în mine.

Starea noastră s-a schimbat brusc, a devenit cu totul alta decât aiureala cu gâdilituri din urmă cu un minut.

Mi-a privit buzele, apoi faţa. Am vrut să spun ceva, să fac o glumă despre piatra din pantaloni, orice. Dar aveam gâtlejul crispat şi îmi ardea faţa.

Cu cotul prins sub capul meu, a şoptit încet „Scuze" şi a încercat să se dea la o parte de pe mine.

L-am prins, cu piciorul încolăcit peste o coapsă. A întors iar privirea spre mine.

— Rămâi, am şoptit.

Așa cred.

Se prea poate să fi fost subconștientul meu care a vorbit, pentru că nu voiam absolut deloc să se ridice. Eram obsedată de ceea ce se afla sub nasturii aceia ai blugilor lui și, mai mult decât atât, voiam să știu dacă... în fine, voiam să știu ce se putea întâmpla.

— OK, a zis și a înghițit cu zgomot.

Mi-am împins șoldurile în sus și am văzut cum cască gura și închide ochii.

Elliot se mișca înainte și înapoi, apăsându-se iar și iar pe mine, cât era de lung. Și din nou. Respirația îi devenea tot mai greoaie, îmi sufla părul de pe ceafă, apoi mâna lui m-a apucat de picior, și-a ținut respirația și am început cu adevărat să ne mișcăm... la unison. Tot corpul meu se mișca absolut instinctiv, gonind după ceva familiar, aflat undeva, departe.

Vai, Dumnezeule, ce *făceam* noi doi?

Mi-am plimbat mâinile pe spatele lui. Dacă mă gândeam prea mult, aș fi distrus totul.

El era Elliot.

Era Elliot *al meu*.

I-am apucat tricoul în pumnii strânși, m-am gândit la cele mai stranii lucruri, de exemplu la felul cum îi simțeam greutatea corpului peste mine, la faptul că voiam să îl sărut, dar nu voiam să-mi deturnez atenția nici măcar o clipă de la senzația dinlăuntrul meu, care devenea tot mai intensă... Apoi am intrat ca într-un cerc straniu de mirări, întrebându-mă dacă nu cumva îmi imaginam totul.

Făceam sex cu hainele pe noi.

Elliot era foarte tăcut, deși presupun că și eu eram la fel, pentru că ascultam cu maximă atenție orice semn care să-mi indice la ce se gândea el.

Aveam nevoie de mai mult. Aveam nevoie de *el.* Nu mai simţisem niciodată o astfel de căldură apăsată, nici măcar atunci când mă gândeam la el de una singură. Mi se înroşise toată pielea şi simţeam în abdomen nevoia aceea copleşitoare. Căldura gurii lui lipite de gâtul meu m-a făcut să scot un sunet mic, neputincios. Nu-mi lingea pielea, nici nu sugea, stătea doar cu buzele lipite acolo, cu respiraţia atât de aproape de urechea mea, încât îl auzeam cum reacţionează la fiecare răsuflare grea.

A scos un geamăt surd şi eu m-am împins în el, mişcându-mă spasmodic, atât de aproape. Am auzit sunetul pe care l-am scos — încleştată, am auzit cum am izbucnit sfâşietor, implorându-l să se mişte *mai repede.*

M-a oprit, cu mâna strâns pe şoldul meu.

— Rahat. Stai. *Rahat.*

Brusc, s-a îndepărtat şi s-a ridicat în picioare. M-am săltat şi eu în capul oaselor, pe buze cu tot felul de cuvinte bolborosite, dar Elliot deja ieşise pe uşă.

Ce se întâmplase acolo?

Oare a...? Sau doar şi-a dat seama ce începusem să fac şi s-a speriat? În fine, până la urmă voia într-adevăr să fie iubitul meu sau se înşelase cu totul?

Am intrat instant în panică.

Aşa începe. Aşa devine cel mai bun şi perfect prieten din lume în nimic altceva decât o persoană cu care schimbi priviri ciudate şi deocheate, aruncate peste gard.

Am rămas singură în debara preţ de o oră, cu ochii aţintiţi pe paginile unei cărţi oarecare pe care o luasem de pe raft, fără să citesc măcar un cuvânt.

O să număr până la o mie şi pe urmă o să mă duc la el acasă şi o să-i cer scuze.

Unu... doi... trei...

Douăzeci şi opt... douăzeci şi nouă...

Două sute treisprezece...

— Ce citești? s-a auzit din prag vocea lui, dar în loc să intre și să se trântească pe jos, lângă mine, a rămas acolo, rezemat de cadrul ușii.

— Bună! am zis veselă, cu privirea oriunde numai nu spre el.

Am observat că își schimbase hainele. Fața mi-a luat foc și am coborât ochii, ațintiți pe cartea pe care o țineam în mână. Literele titlului s-au îngemănat, plutind ca un singur cuvânt. Stângace, i l-am arătat și am zis:

— Ăăm, am început *Ivanhoe*. Fără *d*.

Când am ridicat ochii, i-am zărit deruta care i-a traversat chipul preț de o bătaie din gene. Apoi Elliot a pășit înăuntru.

— Serios?

— Da, am rostit încet, privindu-l cum calcă țanțoș prin încăpere.

Buza de sus i s-a arcuit într-un surâs pe jumătate sarcastic.

— De ce zici așa? Doar și *tu ai citit-o* de vreo cincizeci de ori.

— Doar că, după toate aparențele, deja ai trecut de jumătatea cărții, a spus.

Apoi s-a scărpinat la tâmplă și a adăugat în șoaptă:

— Impresionant.

— Ah, am zis și m-am uitat la pagina pe care o deschisesem la întâmplare.

Era între noi o tensiune intensă și simțeam o durere în piept. Voiam să-l întreb dacă l-am făcut să se simtă jenat sau... la dracu. Oare i-am făcut *rău*?

— Macy...

A început să vorbească, pe un ton pe care i-l cunoșteam. Era vocea lui pentru *spune-mi-o-cu blândețe*.

Am încercat să râd, dar tot ce-am reușit să scot a fost un suspin care s-ar fi vrut întâmplător, dar era la kilometri distanță de așa ceva.

— Elliot, îmi e așa de rușine. Pe bune. Îmi pare foarte rău. Hai să nu mai vorbim despre asta.

Cu ochii în pământ, a înclinat din cap.

— Sigur.

— Îmi pare rău că am făcut așa, bine?

— Ce? Nu, Macy...

— N-o să se mai întâmple niciodată, jur. Mă jucam doar. Știu că am tot zis „hai să nu fim iubiți pentru că asta ar putea să distrugă totul" și pe urmă am făcut chestia asta. Îmi pare *foarte rău.*

Elliot a scos o carte din raft și eu m-am întors la *Ivanhoe* — de astă dată de la început. Am citit două ore, dar abia dacă am înțeles vreun cuvânt. Am pus-o pe seama stării mele de spirit. Ideea că poate i-am făcut rău sau l-am pus în încurcătură ori l-am înfuriat îmi rodea măruntaiele ca o picătură de acid. Se întețea și mă măcina și până la urmă m-a frământat într-atât pe dinăuntru, că aproape mi s-a făcut greață.

— Ell?

S-a înmuiat imediat și a ridicat ochii.

— Da?

— Ți-am făcut rău?

În colțul gurii i-a răsărit un zâmbet și s-a chinuit să nu râdă.

— Nu.

Am răsuflat, parcă pentru prima dată după câteva ore.

— OK, bine.

Am deschis gura și am închis-o la loc, fără să știu exact ce să mai spun.

Și-a pus jos cartea și a venit mai aproape.

— Nu mi-ai făcut rău, a zis şi s-a uitat în ochii mei, aşteptând. Înţelegi ce-ţi spun?

I-am văzut fruntea încreţindu-se încet, apoi a zâmbit, cu zâmbetul lui insinuant şi sexy...

— Adică, tu...

Am făcut o mişcare circulară cu mâna şi Elliot a râs.

— Mda, am...

A imitat şi el mişcarea, tachinându-mă din ochi.

În piept inima îmi devenise un monstru învingător care se zbătea să iasă afară.

Îl *făcusem* să ejaculeze.

— Încercam să te fac pe tine să ajungi prima la orgasm, a recunoscut cu voce stinsă, dar sunetele pe care le scoteai... când mi-ai cerut să mă mişc mai repede...

A înghiţit şi a ridicat un umăr, semnul mut pentru *Asta e.*

— Ah.

L-am privit cum se luptă cu roşeaţa care îi încingea obrajii.

— Scuze, am zis.

— Macy, nu trebuie să-ţi ceri *scuze.* Vreau să-ţi spun că a fost sexy.

S-a uitat la buzele mele şi expresia i-a devenit din nou serioasă.

— Uneori, mi-e greu că nu suntem împreună. Nu ştiu niciodată care sunt limitele. Mereu vreau să trec peste ele. Ne-am sărutat şi ne-am atins, dar pe urmă o să revenim la a fi doar prieteni şi asta e derutant. Ce-am făcut azi? Mie nici măcar nu mi s-a părut destul.

Cu ochii larg deschişi, a ridicat mâinile.

— Nu vreau să spun că *ar trebui* să faci mai mult. Doar că vreau să am totul cu tine. Tot timpul mă gândesc la asta.

M-am gândit la cât de mult îmi doream şi eu acelaşi lucru. Şi la cum, mai devreme, mi-am dorit mult mai mult decât ca trupul lui să fie deasupra mea, cu hainele între noi. Astăzi i-aş fi dat totul. Cu toate acestea, am spus:

— Dar aş fi moartă fără prietenia ta.

— Şi eu, a zis, surâzând, şi s-a aplecat să mă sărute.

acum

joi, 23 noiembrie

Clădirea unde locuiește Elliot e îngustă, cu ornamente turcoaz de stuc, și probabil că a fost o frumoasă casă în stil victorian înainte de a fi ciopârțită neglijent în patru apartamente înghesuite.

Ușa din față se deschide spre un hol micuț pe dreapta și un rând de scări abrupte, care duc la apartamentele de la etaj. Elliot locuiește la numărul patru. Sus și la dreapta, spusese. Fiecare treaptă scârțâie sub botinele mele.

Ușa de intrare e maro-mat și în dreptul ei se află un covoraș de intrare subțire, cu un citat din Dickinson, *Sufletul trebuie să stea mereu întredeschis.*

Ridic mâna și bat.

E posibil să-i fi recunoscut pașii apăsați și ritmul mersului? Sau motivul e doar că îl știu singur — pentru că am ajuns devreme? Oricum, pulsul mi se accelerează, așa că, atunci când răsucește clanța și deschide ușa, deja mă simt amețită.

În acești ultimi zece ani, Elliot a descoperit la un moment dat cum să-și aranjeze părul și cum să se îmbrace. Poartă blugi negri și o cămașă din denim negru care îi e foarte dragă — tocită de-a dreptul sau doar artificial –, cu mânecile suflecate până la coate. E desculţ.

Desculţ. Apartamentul lui Elliot. Undeva, înăuntru, este *patul* lui Elliot.

Dacă nu sunt cu băgare de seamă, nici nu mă mai duc astă-seară acasă.

Să-mi bag piciorul, sunt varză.

— Macy, zice, mă îmbrăţişează şi mă trage înăuntru, cu un braţ petrecut pe după umerii mei.

Când se desprinde şi închide uşa după mine, zâmbetul pe care i-l zăresc pe chip ar putea să lumineze un întreg orăşel.

— Ai venit. Eşti la mine în apartament!

Se apleacă şi mă sărută pe obraz, cast.

— Ce obraji reci ai!

— Am venit pe jos de la metrou. E frig afară.

Locul unde buzele lui mi-au atins pielea emană căldură. Las jos tarta pe care am adus-o, să-mi scot haina. Surprins, Elliot se trage puţin îndărăt.

— N-ai venit cu maşina?

— Nu prea sunt fanul maşinilor, îi zic, zâmbind.

Îmi ia haina, tăcut.

— Puteam să te aduc eu.

— Stai la şase străzi de metrou, îi şoptesc, cu mâna pe pieptul lui. Sunt OK.

— Scuză-mă, sunt agitat.

Se scutură uşor de umeri, ca şi cum ar vrea să se destindă.

— Încerc să fiu relaxat în seara asta. Probabil că n-o să-mi iasă.

Râd şi îi întind tarta cu nuci pecan, pe care am cumpărat-o azi-dimineaţă.

— Din păcate, zic, nu e reţeta mamei tale. Vin şi ei?

Scutură din cap și pe urmă și-l lasă pe o parte, făcându-mi semn să intru și mai în adâncimea casei. Îl urmez, traversăm un living minuscul și ajungem într-o bucătărie și mai mică.

— Se duc acasă la viitorii socri ai lui Andreas, în Mendocino. Nu am vrut să le cadă pe cap tot clanul Petropoulos; logodnica lui, Else, e singură la părinți și nu cred că ar fi știut ce să facă, dacă apăream cu toții. Nu s-au dus decât mama, tata, Andreas și Alex.

— Cine mai vine azi? îl întreb în timp ce mă uit cum pune tarta pe blat.

Reușise să aranjeze tot ce îi trebuie în locul acela mic și meticulos, în ciuda dimensiunilor.

Elliot se întoarce, rezemat de blat, și îl prinde ușor cu degetele. Cămașa i se întinde peste piept, căscată la gât, dezvelindu-i marginea claviculei și o urmă de păr. Inima îmi dă ghes pe dinăuntru.

— Desmond, un amic, zice și întinde o mână să se scarpine în bărbie. Și Rachel.

Încremenesc, cu ochii holbați la el. Mă uit instinctiv în jos, la felul cum sunt îmbrăcată și apoi iar, la el.

— Vine *Rachel*?

Dă din cap și mă privește atent.

— Te deranjează?

Încerc să nu reacționez prea vădit la exterior, dar simt cum sprâncenele îmi coboară și fruntea mi se încrețește.

— Nu cred?

— Am impresia că a sunat al dracului de tare ca o întrebare, zice, calm.

Se împinge de lângă blat și face doi pași spre mine.

— Trebuia să-ți fi spus. Rachel nu are familia aproape. Nici... prea mulți prieteni în preajmă.

Mă uit în jurul încăperii unde ne aflăm.

— A locuit aici, cu tine?

— Nu. Dar a stat destul de mult timp aici.

Ah. Mă uit la aragaz şi văd imagini ale acestei necunoscute Rachel, stând acolo, în lenjerie intimă, pregătind omletă în timp ce Elliot face duş. Mi-l imaginez turnându-i apoi cafeaua, sărutându-i umărul dezgolit şi alb. Mă întreb dacă gelozia asta mistuitoare este felul în care se simţea şi el când mă vedea cu Sean şi ştia că dorm cu el în pat, că îl las să mă atingă aşa cum Elliot abia începea să o facă.

Ridic ochii şi zic:

— Încerc să nu fac o scenă pentru că fosta ta iubită vine azi aici.

— Înţeleg, spune, ridicând dintr-un umăr. Poate că n-am organizat prea bine lucrurile.

— Nu ai avut intenţia să ne aduci pe amândouă aici ca să mă faci... geloasă? Nici măcar un pic?

— Pe cuvânt că nu.

O singură privire spre el şi îl cred. Elliot a uitat uneori cum mă afecta prezenţa altor fete în viaţa lui, dar nu e nemilos. Am dat din cap, cu ochii în pământ.

— Ştie cine sunt?

— Da.

Îmi trece un alt gând prin minte.

— Ştie că o să fiu aici?

Ezită şi roşeaţa vinovăţiei îi urcă dinspre gât pe obraz.

— Da.

— Deci, ea ştie, dar eu nu ştiam? *Pe bune*, Elliot?

Ridică o mână şi se scarpină în creştet.

— Voiam să fiu sigur că o să vii.

Privirea i se îndulceşte, blajină, aşa cum face când vrea neapărat ceva.

— Voiam tare, tare mult să vii. Şi n-am vrut ca ea să fie singură azi. Mi-a fost însă teamă că dacă îţi spun, o să te răzgândeşti.

Probabil că aşa aş fi făcut. Nimic nu sună mai bizar decât o masă de sărbătoare împreună cu fosta iubită a lui Elliot.

— Ea crede că suntem... din nou împreună?

— Nu ştiu ce crede. Dar e oarecum irelevant, nu?

Se uită atent la mine.

— Eşti logodită.

Vinovăţia mă seceră şi îmi trimite în coaste un puseu de durere. Nu sunt gata să îi spun că sunt singură, dar nici nu mă simt bine dacă îl las să creadă că sunt necredincioasă emoţional, la modul cronic.

— Lucrurile pe partea asta sunt... complicate.

Pare să cumpănească vreme de câteva clipe cuvintele mele şi apoi se întinde, mă ia de mână şi mă trage cu el.

— Haide. Vino să-ţi fac turul casei.

Livingul e mai mult lung decât lat şi la capătul îngust se află o fereastră înaltă cu ochiuri de geam prinse în plumb, care dă înspre o grădină surprinzător de frumoasă. Sunt acolo smochini, pruni şi o pajişte mică şi luxuriantă — o raritate în Bay Area.

— Pajiştea e artificială, îmi explică. Proprietarul insistă să păstrăm spaţiul ăsta exterior.

Mă uit împrejurul livingului, la rafturile cu cărţi, care se întind de la podea până în tavan, cu o scară glisantă, prinsă de muchea superioară. Canapeaua e un albastru vibrant, curată, cu perne decorative foarte colorate. La celălalt capăt al încăperii, mai aproape de uşa de la intrare, Elliot a pus o masă pliantă, acoperită cu o faţă de masă din pânză, cu şervete individuale şi o mică decoraţiune centrală cu tărtăcuţe şi merişoare.

Probabil că am trecut pe lângă ea când am intrat, dar eram atât de tulburată şi entuziasmată, că nu am observat-o.

— E aşa de drăguţ la tine, şoptesc şi-mi dau părul pe după ureche.

Elliot se uită cum şuviţa îmi revine iar peste ochi. Înghite greu. Probabil ştie că pentru el mi l-am lăsat desfăcut.

— Povesteşte-mi despre romanul tău.

— Fantezie maximă, spune, privind în jur la rafturile cu cărţi, apoi se uită iar la mine şi ochii îi sclipesc, reţinut amuzaţi. E cu dragoni.

— Deci, scrii porno?

Glumesc şi Elliot izbucneşte în râs.

— Nu chiar.

— Asta e tot ce-mi spui?

Zâmbeşte şi mă prinde de mână iar.

— Hai să terminăm turul.

O uşă aflată în partea opusă a livingului, faţă de bucătărie, se deschide spre un mic hol. La stânga e dormitorul. La dreapta, baia.

Baia are o cadă mică şi nu are duş, doar un furtun ataşat la robinet, care atârnă fără vlagă, învins, ca un gât îndoit.

— Nu ai duş, spun în timp ce ies de acolo cu spatele.

Am sentimentul brusc al intimităţii spaţiului său personal. Totul e aşa de tipic *Elliot*: mobilă puţină, cu excepţia rafturilor din podea până în tavan, ticsite cu cărţi.

Mă priveşte în timp ce mă reazem de peretele coridorului. Locul e strâmt şi Elliot pare să-l umple cu înălţimea lui şi cu pieptul foarte lat.

— Nu ştiu dacă aş putea să mă descurc doar cu o cadă, îi spun, bombănind.

— Eu îi spun „caduş".

— Sună obscen.

Cu ochii lipiți de pieptul lui, îi aud surâsul din tonul vocii:

— Cred că de asta îi și spun așa.

Face încă un pas mai aproape.

— Tot mi se pare ireal că ești aici, la mine acasă. Ca și cum ar fi un mic miracol că locuiesc aici de unul singur. E așa de diferit de felul în care am crescut.

— Îți place să stai singur?

Ezită, cale de trei bătăi de inimă, pe care le simt în ureche.

— Cât de sincer vrei să fiu?

Mă uit la el. *Ah*. Cred că ceea ce urmează o să mă facă praf, probabil, dar o spun oricum:

— Vreau să fii întotdeauna sincer.

— Bun. În cazul ăsta, îmi place să locuiesc singur, dar aş prefera să stau cu tine. Îmi place să dorm singur, dar aş prefera să te am în patul meu.

Ridică mâna și își trece un deget peste buză, cu gândul la cuvintele pe care urmează să le spună. Vocea îi e mai șoptită și mai gravă.

— Îmi place să primesc prietenii la mine de Ziua Recunoștinței, dar aş prefera să fim doar noi doi, sărbătorind-o pentru prima oară ca un cuplu, să mâncăm curcanul, să rupem carnea de pe os cu dinții și să ne culcușim împreună pe podea.

— În lenjerie intimă, zic, fără să mă gândesc.

Prima lui reacție este o tăcere șocată, dar care se topește încet și se transformă într-un zâmbet care îmi încălzește sângele și îmi pune sub piele ceva mocnit.

— Ai zis că lucrurile sunt „complicate", nu?

Mă salvează o bătaie în ușa din spatele lui și reușesc să îmi respect decizia tot mai șubredă de a nu spune nimic despre Sean. Elliot se uită la mine, are o lumină insistentă în priviri, ca și cum ar ști că sunt pe cale să îi spun ceva important.

După ce rămânem amândoi tăcuți și cu ochii ațintiți unul la celălalt pentru aproape zece secunde, îi fac semn cu bărbia spre ușă.

— Ar trebui să răspunzi.

Mârâie slab, semn că e învins, se întoarce și deschide ușa, să își primească ceilalți invitați.

Primul intră Desmond. E mai scund ca Elliot, dar e mai masiv, mai musculos, are pielea smeadă și netedă și un zâmbet în privire care pare fixat permanent acolo. Îi dă lui Elliot un castron cu o salată multicoloră și îl bate pe spate, mulțumindu-i că l-a invitat.

Următoarea care pășește înăuntru e Rachel, dar Desmond îmi distrage atenția de la moment, pentru că vine la mine și se prezintă, cu un pronunțat accent australian.

— Sunt Des. Îmi pare bine să te cunosc.

— Macy, zic și îi strâng mâna.

Adaug apoi, stângace:

— Da, mă bucur că ne cunoaștem în sfârșit.

Adevărul este că habar nu am de cât timp se știe cu Elliot. Am gura uscată și mâinile jilave.

Ridic ochii și descopăr că Rachel mă fixează cu privirea. Clipește și îi zâmbește crispat lui Elliot, așteptând să fim prezentate.

— Rachel, zice el, făcându-i semn să intre. Ea e Macy.

Rachel are părul scurt și negru, ochii albastru-deschis, iar nasul și obrajii sunt presărați cu pistrui. De data aceasta, când zâmbește, pare măcar în parte sinceră și dezvelește un șir de dinți strălucitori și egali. E absolut adorabilă.

— Bună, Rachel.

Întind mâna și ea îmi răspunde cu o strângere moale de mână.

— Mă bucur foarte mult să te cunosc, spune și zâmbește iar.

Cuvintele îmi ies din gură înainte să îmi dau seama ce fac:

— Îți mulțumesc că ai venit.

Ca și cum mai fusesem aici de un milion de ori. Ca și cum aici locuiesc, ca și cum sunt *gazdă*.

Se întoarce spre Elliot și privirea îi e din nou tensionată. Elliot parează cu un surâs consolator.

Posesivă, gelozia mi se zvârcolește în piept. Nu-mi place schimbul acesta tăcut dintre ei. Nu-mi place sentimentul că ei doi au împreună un trecut, un ritm, un limbaj nerostit.

— Unde să pun astea? întreabă Rachel, ridicând o pungă de hârtie care are în ea câteva sticle cu vin.

— În frigider, zice Elliot, strigând-o de un umăr, și o privește din nou lung și încurajator, apoi îi dă drumul și revine lângă mine.

Rachel dispare și Elliot îi aruncă o privire lui Des, care clatină încet capul după ce ea a plecat.

— E OK, frate, zice Des calm. Dă-i înainte.

Se întoarce apoi spre mine și afișează un zâmbet forțat.

— Și tu. Iată-te. În carne și oase.

Evit posibila discuție cu o întrebare:

— Cum v-ați cunoscut?

— La rugby.

Hohotul meu de râs izbucnește mai tare decât mă așteptam și Des holbează ochii, încântat.

— Macy, nu te cunosc, dar cred că o să fim cei mai buni prieteni.

— Hei! protestează Elliot, râzând.

În continuare atent la mine, Des adaugă:

— De fapt, să știi că e chiar e bun.

— Nu se poate, zic și îmi rețin un zâmbet în timp ce mă uit la Elliot, cu aerul lui de tocilar perfect. Tipul ăsta? La rugby?

— Ce naiba, zice Elliot, privindu-mă prefăcut jignit.

— Nu uita că te-am văzut când încercai să înveți să te dai pe role, zic.

— Pe patine? întreabă Desmond, mijind ochii.

Scot un chicotit sonor și Elliot mă prinde cu capul în menghina cotului, delicat, mârâind cu gura în părul meu:

— Pe *skateboard*, catastrofă ce ești.

Ne luptăm o clipă, dar încetăm amândoi deodată și ridicăm ochii, în tăcerea totală care s-a lăsat. Rachel stă în cadrul ușii de la bucătărie, cu o sticlă de vin în mână. Ochii lui Des sar de la ea la Elliot și înapoi.

— Vrea cineva vin? întreabă ea. Sau... doar eu?

Auzind-o, Des scoate un hohot de încântare, crezând că Rachel face o glumă, însă ea rămâne serioasă, duce sticla la buze și ia câteva înghițituri zdravene. Ridică apoi sticla și se șterge la gură cu dosul palmei.

Elliot mă eliberează încet din strânsoare, își îndreaptă cămașa și eu îmi netezesc părul. Mă simt ca și cum tocmai am fost descoperiți că ne comportăm ușor infracțional. Stăm acolo, în livingul acela spartan, cu adevărul gol, goluț în fața noastră: nu ne-am mai confruntat niciodată cu un scandal. Întâmplările cele mai urâte din viața noastră au fost întotdeauna rezervate săptămânilor de școală sau au rămas secrete timp de zece ani. Nu am nici cea mai mică idee cum o să reacționeze Elliot.

— Rach, zice, încet. Pe bune.

E o dojană blândă pe care nu-mi imaginez că ar putea să mi-o adreseze vreodată mie și cu toate acestea este în ea o nuanță seducătoare, o asigurare care pare puțin evazivă, prea intimă.

— Pe bune *ce*?

— Credeam că vrei să faci asta.

— Se pare că nu e chiar așa de ușor pe cât am crezut.

Cum Dumnezeu să creadă că ar putea fi ușor?

— Nu e musai să rămân, încep eu, dar Des și Elliot intervin rapid amândoi.

— Nu, nu, nu, zice Elliot, întorcându-se spre mine.

— Nu te prosti, spune și Des. E OK.

Mă uit la Rachel, care se uită la mine cu o furie atât de evidentă, încât știu exact ce gândește: *Nu sunt deloc OK.*

— I-ai făcut una de pomină, îmi șoptește.

Elliot intervine și o avertizează pe un ton grav:

— Rachel, termină.

— Ce să termin? continuă ea, privindu-l acum drept în față. Ați discutat deja? Are măcar idee?

Des descoperă deodată că are nevoie să fugă la baie exact acum și imediat devin geloasă pe el că poate să o taie pur și simplu, în timp ce eu trebuie să rămân aici, să îndur stânjeneala care cade peste noi ca o ploaie de mici proiectile.

În același timp, însă, vreau și să aflu ce crede Rachel că ar trebuie să știu.

— Ai idee despre ce e vorba? îl întreb pe Elliot.

— N-o să facem asta acum, zice el, clătinând din cap.

Rezemată de tocul ușii din bucătărie, îmi răspunde Rachel:

— Despre halul în care l-ai distrus. Despre cum nimeni...

— *Rachel.*

Vocea lui Elliot e ca o lamă care despică încăperea. Nu l-am auzit niciodată până acum folosind un astfel de ton și îmi face pielea de găină pe brațe.

Continui să mă uit la el și am nevoie de un efort uriaș ca să nu mă termine gândul la ce anume îmi scapă. Știu cum a fost viața mea după ce ne-am despărțit, dar nu suportam să mă gândesc că și a lui a fost la fel.

— Sunt absolut convinsă că ne-am distrus reciproc, îi spun. Cred că asta încercăm să reparăm, nu-i așa?

Mă uit iar la Rachel.

— Oricum, nimic din toate astea nu e treaba ta.

— Au fost treaba mea timp de *cinci ani*.

Cinci ani. Atât avusesem și eu.

— Și cel puțin un an *chiar* a fost treaba mea.

Ce dracu' vrea să însemne asta?

Elliot ridică mâna și se scarpină pe obraz.

— Chiar trebuie să facem asta?

— Nu.

Rachel se uită la el, apoi la mine și pe urmă merge în capătul celălalt al livingului, își ia geanta și iese pe ușă.

atunci

vineri, 25 august
cu cincisprezece ani în urmă

Vacanța de vară s-a terminat într-o zi toridă de august. Tata, Elliot și cu mine am pus bagajele în mașină și pe urmă Elliot s-a tras demonstrativ într-o parte, așteptând să ne luăm la revedere ca de obicei.

Era a patra oară când o făceam — când o luam fiecare pe drumul lui, după o vară plină de lungi după-amiezi petrecute împreună —, dar despărțirea asta era de departe cea mai dificilă. Totul se schimbase.

Așa cum fusese mereu cazul cu noi — doi pași înainte, doi pași înapoi –, nu ne mai sărutaserăm și evident nu ni se mai întâmplase să ne tăvălim împreună. Dar se născuse între noi o tandrețe nouă. Mâna lui o găsea pe a mea când citeam. Adormeam cu capul pe umărul lui și mă trezeam cu degetele lui împleticite în părul meu și cu trupul lui, adormit lângă mine, destins, cu piciorul meu încălecându-i șoldul. Simțeam în sfârșit că suntem împreună.

Tata părea că sesizase și el schimbarea și, după ce a închis, cu un clinchet puternic, portbagajul noului său break Audi, ne-a zâmbit crispat și a intrat înapoi în casă.

— Ar trebui să discutăm despre asta, a zis Elliot în șoaptă.

Nu era nevoie să-mi explice ce anume voia să spună.

— OK.

M-a luat de mână și m-a condus pe partea umbrită dintre casele noastre. Ne-am așezat acolo, cu spatele rezemat de zid și mâinile împreunate, pe un petic de iarbă crescut sub ferestrele sufrageriei mele, feriți de ochii tuturor, din ambele case.

— Ne-am făcut de cap împreună, a șoptit. Și... ne atingem într-un fel ca și cum... suntem mai mult decât prieteni.

— Știu.

— Vorbim unul cu altul și ne uităm unul la celălalt ca și cum suntem mai mult decât prieteni...

A lăsat o pauză și am ridicat ochii spre el, i-am surprins tandrețea din privire.

— Nu vreau să pleci acasă crezând că eu mai fac de-astea și cu altcineva.

Am strâmbat din nas și am smuls un fir lung de iarbă.

— Nici eu nu vreau să mă gândesc că tu faci asta și cu altcineva.

— Ce-o să ne facem?

Știam că întrebarea lui nu se referă doar la evidentele sărutări și mângâieri dintre iubit și iubită. Sensul era unul mai larg și avea legătură cu momentul acela, în care viețile noastre începeau să existe mai mult în afara debaralei mele sau a acoperișului casei lui și când trebuia totuși să ne mulțumim doar cu un weekend sau două pe lună petrecute împreună.

Mi-am plimbat degetul peste tendoanele de pe dosul mâinii lui. Cu un deget de la mâna dreaptă, Elliot mi-a mângâiat încet piciorul, în sus şi-n jos, de la genunchi şi până la mijlocul coapsei.

— Care e cuvântul tău preferat? l-am întrebat, fără să ridic privirea.

— *Pârguit*, mi-a răspuns fără să ezite, cu o voce joasă şi răgușită.

Pielea mi s-a înroşit deodată, o dâră încinsă şi roşie pe care am simţit-o pe obraz mult timp după ce el renunţase să-mi mai prindă privirea.

— Al tău?

M-am uitat la el, în ochii lui căprui, mari şi curioşi, unde ceva sălbatic şi abia reţinut se ascundea în cercul negru care îi înconjura irisul. Dincolo de suprafaţă, sub întrebarea *Al tău?*, era ceva şi mai flămând: dinţi înfipţi în piele, unghii, geamătul lui când îmi rostea numele. Elliot era sexy. Ce băiat de vârsta lui mai folosea cuvântul *pârguit*?

Nu mai era nimeni ca el pe lumea asta.

— *Epifanie*, am zis, încet.

A zâmbit şi şi-a umezit buzele. Acel ceva de dincolo de suprafaţă a devenit mai închis, mai insistent.

— Şi ăsta e bun, a spus.

M-am uitat la mâna lui care îmi mângâia degetul mare.

— Cred că ar trebui să încetăm să ne mai prefacem că nu suntem împreună.

Când am ridicat din nou ochii spre el, un zâmbet i-a luminat chipul.

— Sunt de acord.

— Bine.

— O să te sărut ca să-mi iau la revedere.

Mi-am aplecat faţa spre el şi am spus iar:

— Bine.

I-am simţit respiraţia peste gura mea şi mâna care îmi prindea maxilarul. Buzele mele s-au desfăcut şi s-au lipit de ale lui şi, la fel ca înainte, mi s-a părut natural să-i sorb buzele, să-i las limba să o atingă pe a mea, să gust sunetele pe care le scotea. Degetele i s-au strecurat în părul meu, mi-a prins capul cu ambele mâini şi gura, apăsată.

De ce am făcut toate astea acolo, afară, unde nu ne puteam întinde pe spate, să ne sărutăm până când ne-ar fi amorţit buzele şi corpurile ne luau foc? *Mă durea* chiar şi cea mai mică atingere a lui. Îl voiam din nou peste mine, voiam acel ultim memento al greutăţii lui şi prezenţa aceea, ca o piatră a dorinţei lui de mine, care mă apăsa între picioare.

Am scăpat un suspin mic, abia reţinut şi Elliot s-a retras, când privindu-mă în ochi, când ferindu-se de ei.

— O s-o luăm mai uşor, a zis.

— Nu vreau s-o luăm mai uşor.

— E singurul fel în care putem să fim siguri că o facem cum trebuie.

Am înclinat capul, cuprins încă în palmele lui căuş şi el m-a sărutat încă o dată.

— Ne vedem peste două weekenduri.

acum

joi, 23 noiembrie

Des iese din baie, ştergându-şi mâinile de blugi, ca şi cum se dusese acolo din motivele obişnuite şi nu ca să se ferească de confruntarea dintre cele două foste, care se desfăşura în living. Se uită la noi şi zâmbeşte vesel, dar surâsul i se stinge încet, odată ce înţelege că Rachel a plecat.

— Pe bune? îi spune lui Elliot, care ridică neajutorat din umeri.

— Nu ştiu ce să-i spun, zice. A zis că o să fie OK şi, evident, n-a fost.

Elliot se întoarce şi o ia spre bucătărie. Îmi dau seama că îl deranjează faptul că Rachel a plecat valvârtej şi vreau să cred că motivul e bunătatea sufletului lui, şi nu îngrijorarea că a stricat lucrurile cu ea pe termen lung.

Doamne — cine să fi fost atât de orb, încât să nu vadă de la un kilometru că aşa avea să se întâmple?

Stă lângă aragazul mic, aplecat să verifice curcanul, apoi se sprijină cu ambele mâini de marginile cuptorului şi respiră adânc de câteva ori.

Privirea mi se încrucişează cu a lui Des, care saltă bărbia şi-mi face semn să mă duc în bucătărie.

— E groaznic la treburi din astea.

Vorbele lui mă cutremură. Sunt convinsă că Des are perfectă dreptate, dar eu trebuie să mă reconectez ca să îl cred cu adevărat: între noi doi, Elliot a fost întotdeauna mai bun când e vorba de controlul emoţiilor complicate.

Deşi luminoasă, bucătăria, care are în capăt o fereastră, lasă senzaţia că e mică. Îmi pun mâinile pe spatele lui Elliot, îi simt muşchii încordaţi, şi îi masez umerii.

Atingerea e atât de intimă, încât ştiu că nu mai pot să îl mint multă vreme despre Sean, fără să pară că mă joc şi îl tachinez.

— Îmi pare rău, îi spun. Am senzaţia că n-ar fi trebuit să vin, poate.

Îşi întoarce faţa spre mine şi se sprijină de cuptor.

— Vreau într-adevăr să fii aici. Invitaţia ta nu a stat niciodată sub semnul întrebării. Ea a avut de ales, dacă să vină sau nu.

— Ştiu, dar aţi fost prieteni mult timp.

Întors într-o parte, se uită pe fereastră, gânditor, cu maxilarul încleştat. Are un profil aşa de... matur. Creierul meu păstrează încă un număr copleşitor de imagini cu Elliot tânăr. Când mă uit la el acum, parcă aş privi în viitor printr-un telescop. E aşa de ciudat să fiu atât de aproape de el şi să-mi imaginez toate momentele pe care le-a trăit fără mine.

— Chiar trebuie să stăm de vorbă la un moment dat, a şoptit.

— Despre Rachel?

— Despre *toate*, Mace, a zis, încruntat.

Știu că trebuie să aud ce are de spus — și, Doamne, îi sunt datoare la rândul meu cu propria poveste —, dar astăzi nu e deloc ziua potrivită pentru o a doua cădere nervoasă a unei tipe, în apartamentul lui.

Cu gândul la Des, care e alături, îi spun tot în șoaptă:

— Atunci hai să ne găsim timp. Poate... după nunta lui Andreas?

— Poftim? exclamă, întorcându-se cu spatele la mine, încruntând din sprâncene. Mai e o lună până atunci.

— Cred că o lună e bine.

Timer-ul de pe blat se declanșează și începe să țiuie, dar îl ignorăm amândoi.

Elliot scutură puțin din cap.

— Am avut deja *unsprezece ani.*

— Timer-ul, ne strigă Des, din living.

— Pentru că azi mi-am luat liber, îi explic, trebuie să lucrez de Crăciun.

Privesc peste umărul lui, la hota de deasupra aragazului.

— Îmi iau patru zile de Anul Nou, pentru nuntă, așa că de acum și până atunci lucrez aproape în fiecare zi și am nevoie...

Am nevoie de o pauză de la muncă, să mă gândesc la ambalajul în care să-i prezint tot ce am să-i spun. Despre Sean și despre ultima noapte când l-am văzut pe el, acum unsprezece ani, și despre tot ce a urmat.

Des bagă capul în bucătărie și strigă la noi, înainte să dispară iar.

— Băi, bipăie ceva!

Elliot întinde mâna și amuțește brutal sunetul, pocnind timer-ul cu palma.

Revenit la mine, se lasă puţin în jos, să mă privească în ochi, scrutător.

— Macy, ştii că mi-aş face timp pentru tine în orice moment. Orice fărâmă de timp pe care o am este a ta.

Adevărul acesta atât de uşor mărturisit îmi paralizează instinctele care puteau să mă tempereze, cât să pot lua o pauză după ce am încheiat logodna şi înainte de a mă arunca iar, cu capul înainte, în relaţia cu Elliot. Aşadar, îi recunosc, fără să vreau, primul lucru:

— Sean şi cu mine ne-am despărţit.

Îi văd la gât pulsul accelerându-i-se.

— Ce?

Tocmai am lansat o bombă din înaltul cerului.

— N-a fost... niciodată... ce îmi doream cu adevărat...

— L-ai părăsit pe Sean?

Îmi sugrum pornirea de a izbucni în plâns când îi văd speranţa din priviri.

— Mda, m-am mutat de la el.

Mâna i se opreşte în betelia blugilor mei, arătătorul se agaţă de ea, alunecă pe lângă ombilic şi cu ajutorul lui mă trage mai aproape.

— Unde?

— Am închiriat o cameră în centru.

Sângele îmi urcă până sub piele, aşteptând flămând ceea ce îmi imaginez că va urma — gura aplecată spre buzele mele, senzaţia limbii lui alunecând peste ele, uşurarea copleşitoare a gestului, vibraţia sunetelor pe care le scoate Elliot.

Închid ochii şi preţ de o clipă mă las pradă fanteziei: mâinile lui care coboară pe bluza mea, de-a lungul taliei, felul în care se va simţi când o să mă ridice pe blat, pasul făcut între picioarele mele, de care se lipeşte apăsat.

Fac deci un pas înapoi şi tremur din cauza efortului să mă abţin. Îi spun:

— Îţi aminteşti ce am zis la Tilden, despre faptul că simt prea mult când sunt cu tine?

Elliot dă din cap, cu ochii fixaţi pe buzele mele, cu respiraţia întretăiată.

— Nu vreau să ne repezim orbeşte, continui, înghit şi tresar. Mai ales cu tine. Noi doi am mai dat-o o dată de gard.

Se uită în ochii mei clipind şi expresia i se mai linişteşte.

— Aşa e.

Există între noi o febrilitate care a fost mereu prezentă. De obicei îmi dădea încredere că el e omul meu, că eu sunt a lui. Iar acum el şi-a părăsit iubita pentru asta, eu mi-am lăsat logodnicul, dar adevărul este că am reluat legătura doar de o lună, după unsprezece ani petrecuţi în pustiu. Cel mai bun prieten al lui, care se află în camera alăturată, îmi este complet străin, iar femeia care tocmai a plecat ştie mai multe decât mine despre inima lui frântă. Suntem în continuare varză.

— Hai să mâncăm nişte curcan, zic blând, scoţându-i degetul din blugii mei. O să fie nevoie de ceva efort din partea mea să-mi adun vorbele laolaltă, bine?

Elliot îşi pune mâna pe şoldul meu şi murmură:

— OK. Sigur. Orice ai nevoie.

Îmi îngădui o singură atingere intimă şi o folosesc apăsându-mi mâna pe inima lui, care bate nebuneşte.

atunci

cu unsprezece ani în urmă

De la: Macy Lea Sorensen <minlilleblomst@hotmail.com>
Data: 1 septembrie, 6.23 AM
Către: Elliot P. <elliverstravels@yahoo.com>
Subiect: Îmi e dor de tine
La nebunie

De la: Elliot P. <elliverstravels@yahoo.com>
Data: 1 septembrie, 6.52 AM
Către: Macy Lea Sorensen <minlilleblomst@hotmail.com>
Subiect: re: Îmi e dor de tine
Au trecut doar câteva zile, dar mă întreb deja când vii înapoi

---

De la: Macy Lea Sorensen <minlilleblomst@hotmail.com>
Data: 1 septembrie, 8.07 PM
Către: Elliot P. <elliverstravels@yahoo.com>
Subiect: re: Îmi e dor de tine

Cred că în weekendul ăsta. Azi după-amiază am fost la Nikki acasă și era și Danny acolo. Jucau jocuri video și se distrau așa de bine și chestii și eu nu puteam să mă gândesc decât că te voiam pe tine acolo.

De la: Macy Lea Sorensen <minlilleblomst@hotmail.com>
Data: 1 septembrie, 8.12 PM
Către: Elliot P. <elliverstravels@yahoo.com>
Subiect: re: Îmi e dor de tine
Rahat. Tata zice că nu putem săptămâna asta, dar poate weekendul viitor. Școala începe marți și în weekendul ăsta vrea să mai facă niște chestii pe aici.

De la: Elliot P. <elliverstravels@yahoo.com>
Data: 1 septembrie, 9.18 PM
Către: Macy Lea Sorensen <minlilleblomst@hotmail.com>
Subiect: re: Îmi e dor de tine
Cred că e o idee bună probabil dacă încercăm să fim cuminți în timpul săptămânii. Altfel, o să fie greu. Eu simt că o iau razna.

De la: Macy Lea Sorensen <minlilleblomst@hotmail.com>
Data: 1 septembrie, 9.22 PM
Către: Elliot P. <elliverstravels@yahoo.com>
Subiect: re: Îmi e dor de tine
Crezi că e o idee proastă? Să fim împreună?

Telefonul mi-a sunat în mână și pe ecran a aparut poza lui Elliot. I-o făcusem doar cu o săptămână în urmă, când stătea pe un bolovan acoperit cu mușchi din pădurea aflată în spatele caselor noastre. Se uita spre vârfurile copacilor, încercând să identifice pasărea pe care tocmai o zărise. În poză, soarele îl surprinsese din profil și îi accentua maxilarul și conturul bustului pe sub cămașă.

Inima îmi bătea tare și i-am răspuns cu vocea tulbure.

— Alo?

— Nu, Macy, a zis imediat. Nu asta am vrut să spun.

Am dat din cap, cu ochii la perete și la afișul lucios cu unicorn lipit acolo, pe care îl aveam de la opt ani și pe care nu mă obosisem să-l mai dau jos.

— OK.

— Ce vreau să spun, a continuat șoptit, e că o să ne pierdem de minți trimițându-ne e-mailuri la fiecare zece minute, în fiecare zi a săptămânii.

M-am așezat pe pat și mi-am aruncat pantofii din picioare.

— Ai dreptate, sigur. Doar că acum e altfel. Mai înspăimântător când suntem despărțiți.

— *Nu* e altfel.

Părea să aibă respirația tăiată, ca și cum fugea pe scări în sus.

— Mereu a fost la fel. Eu sunt aici. Tu, acolo. Exact ca înainte, suntem în continuare unul al celuilalt.

— OK.

— Și când vii, a zis și am auzit cum se închide o ușă în fundal, o să petrecem împreună cât de mult timp o să putem.

M-am culcușit pe pernă și am ținut telefonul cu mâna căuș.

— Vreau doar să te sărut de noapte bună, am şoptit. Doar te vreau aici, lângă mine, să mă săruţi.

A gemut şi pe urmă nu a mai zis nimic. Am simţit cum mi se răsuceşte inima în piept, dureros.

— Mace, nici eu nu vreau nimic mai mult.

Am rămas amândoi în tăcere şi m-am întrebat dacă mai târziu o să mă lase să adorm cu el la telefon. Mâna mi s-a strecurat sub tricou şi mi-am pipăit abdomenul cald, imaginându-mi că acolo e palma lui.

— Doar încă un an mai trebuie să fie aşa, a zis Elliot într-un târziu. Gândeşte-te la asta. Terminăm şcoala la primăvară. Vieţile noastre nu vor mai fi despărţite. Timpul o să treacă foarte repede şi pe urmă putem să fim împreună, cu adevărat.

acum

duminică, 31 decembrie

Am ajuns.

Ies imediat.

Păşesc afară din camera pe care am închiriat-o la modestul L&M Motel şi ies în lumina sclipitoare a soarelui de iarnă reflectat pe asfalt. Îmi pun mâna pavăză şi reuşesc să-l văd pe Elliot, la doar trei metri mai încolo, rezemat de portiera din stânga, în mână cu un buchețel ciufulit de flori de câmp. Îl văd cum îşi îndreaptă postura şi se uită fix şi imediat îmi vin în minte toți eroii de romane de dragoste pentru adolescenți.

După treizeci şi şapte de zile, până şi ochii mei sunt avizi, sorb fiecare centimetru din imaginea aceea a lui, în smoking, cu părul atent pieptănat şi obrazul neted, proaspăt ras.

După Ziua Recunoştinței am schimbat câteva mesaje şi am vorbit puțin la telefon, când şi când, dacă aveam câte o întrebare despre ținuta pentru nuntă sau când el a vrut să verifice de unde să vină să mă ia astăzi. De văzut însă nu l-am mai văzut de când s-a aplecat să mă sărute pe obraz, în dreptul ușii lui de la intrare, ghiftuiți de curcan și vin, și m-a privit cu subînțeles preț de trei respirații mute.

— Dă-mi o șansă, îmi spusese atunci.

I-am promis că o să i-o ofer. Întrebarea e dacă și-o va mai dori după ce va auzi ce urmeză să îi spun.

Am sărbătorit Crăciunul pe 22 decembrie, cu Sabrina, Dave și Viv. Privindu-i de pe scaunul de bucătărie, în timp ce-mi sorbeam vinul, mi-a fost ușor să observ cum căpătau contur propriile lor ritualuri: discul cu melodii de Crăciun al Canadian Brass[35], ascultat în buclă; Dave și prăjiturile de Crăciun pe care le-a făcut chiar el, destule cât să umple un magazin întreg; luminițele albe înșirate de Sabrina în bradul lor uriaș din living. A fost încă un mic atac de conștientizare, alături de celelalte, trăite toată luna, să-mi ascult colegii care își împărtășeau planurile pentru timpul liber: petreceri, întâlniri de familie, prăjituri, zboruri cu avionul afară din oraș.

După ce l-am pierdut pe Elliot și — bineînțeles — apoi pe tata, am pierdut și orice legătură cu tradițiile. Acum sunt avidă să le recuperez. Vreau să fac brioșe cu afine în dimineața de Crăciun și să aprind *kalenderlys* seara. Vreau *aebleskiver*-e și cărți când e ziua mea și hotdogi pe plajă de Anul Nou. Dar mai vreau și să fie Ziua Recunoștinței, ziua în care eu și Elliot stăm pe jos în lenjerie intimă, doar noi doi, și mâncăm curcan cu mâna. Vreau să ne sărbătorim aniversările fără să ne dăm jos din pat toată ziua, să stăm de vorbă, cu buzele noastre aproape lipite.

Sunt gata.

Pășesc deci în parcarea cu asfaltul crăpat, calc nesigur pe tocuri și, grațioasă, încerc să mă îndrept spre el. Ce vreau de fapt e să îi sar în brațe, dar reușesc să mă adun și mă opresc la treizeci de centimetri. Elliot miroase așa de bine și, când își ridică ochelarii de soare pe frunte,

35 Cvintet de alămuri.

ochii îi par aproape de culoarea ambrei în soare. *Când am plecat din casa lui Christian, m-am dus la cabană. Am adormit pe jos și acolo m-a găsit tata.* — sunt cuvintele de întâmpinare pe care le-am repetat iar și iar, toată luna din urmă și care acum se sting ca un ecou îndepărtat.

Elliot îmi pune în mână florile și se apleacă să mă sărute pe obraz, exact acolo unde pulsul mi se zbate cel mai sălbatic.

Duc florile la nas să le miros — de fapt nu au niciun miros, dar sunt atât de viu colorate, că par aproape fluorescente.

— Flori. Nu-i așa că ești partenerul perfect pentru o nuntă?

— Le-am cules de colo, recunoaște, făcând semn din cap spre un petic de iarbă crescută alandala, la marginea parcării.

Când se întoarce iar spre mine și zâmbește, arată din nou ca la 18 ani.

— Mama n-a vrut să mă lase să iau un trandafir din apartament.

Mă măsoară din ochi, cu privirea tot mai aprinsă în timp ce o plimbă în sus, spre sâni, gât și spre fața mea. Mă simt foarte frumoasă, recunosc, în rochia mea cea nouă. E din mătase creponată, croită pe talie — în nuanțe de portocaliu și roșu, cu bretele mici, subțiri, din mărgele. Face ca pielea mea închisă la culoare să pară aurie.

Privirile ni se întâlnesc și simt cum mi se întinde pe chip un zâmbet. O să ne descărcăm de toate mai târziu. Anticiparea momentului în care mi se va ridica greutatea ce mă apăsa mă face să mă simt imponderabilă.

— Pregătită?

— Pregătită.

Elliot parchează mașina în fața imensului conac în stil victorian și motorul ticăie în tăcerea așternută. Se întoarce spre mine și mă întreabă:

— Ești OK?

Drumul cu mașina a durat zece minute; nicio șansă să nu-mi fi observat mâna încleștată tot timpul pe mânerul portierei.

— Sunt bine.

— OK, zice și răsuflă, apoi mă oprește să cobor, cu mâna pe piciorul gol, exact deasupra genunchiului.

E o atingere grea și Elliot pare să-și dea seama de asta în același timp cu mine, așa că își retrage mâna.

— Dă-mi voie, zice.

Sare afară, aleargă prin fața mașinii cam obosite, marca Civic, și îmi deschide portiera cu o plecăciune cavalerească.

În spatele lui, Conacul Madrona se înalță ca un castel din basme, cu pajiștile largi care încadrează clădirea imensă. E la ani lumină de L&M Motel. Evident, *aș fi putut* să stau în casa din Healdsburg care e *a mea* de fapt — în momentul de față nu există turiști care să o fi închiriat —, dar, deși urmează să ne despovărăm mai târziu, ideea de a sta acolo singură, fără tata, mi se pare ușor deprimantă.

Elliot mă așteaptă să cobor și îmi întinde în sfârșit o mână.

— Ai înțepenit?

Nu, doar mă topesc în tăcere văzându-te.

Ies din mașină și doar după aceea îl las să-mi ia mâna.

— N-am nimic. Doar că... e superb aici.

Pentru că afară e răcoare, am un șal în jurul umerilor și Elliot face un pas înainte, să mi-l pună la loc pe braț, de unde îmi alunecase.

— Așa.

Îmi mângâie cu degetul mare curbura umărului, pe sub șal. Are pielea puțin mai deschisă ca mine și contrastul de culoare arată perfect.

— N-o să-ți fie rece?

Scutur din cap și îl iau de braț, în timp ce ne îndreptăm spre clădirea principală. E miezul zilei și soarele strălucește pe deasupra copacilor, lăsându-le vârfurile aurii ca mierea. Cuibărit între dealurile din nordul districtului Sonoma, Conacul Madrona e înconjurat de sute de metri pătrați de zone împădurite și tronează peste suprafețe vaste acoperite cu vii. Grădinile conacului par să se întindă în toate direcțiile. De fapt, ar trebui să fiu mai curioasă să aflu despre locul acesta renumit. Dar faptul că sunt lângă Elliot, după ce am făcut pauză o lună, să mă gândesc la toate, faptul că trupul lui e lipit de al meu și știu că în orice clipă aș putea să îl opresc, să mă întorc spre el, să îl sărut... mă fac să mă simt ca și cum aș privi peste marginea unei prăpăstii și pe fundul ei e o piscină imensă plină cu bile. Nu vreau decât să mă arunc în ea și să mă joc.

De la intrarea principală a conacului se întinde lung un hol larg și drept, iar camerele se deschid de o parte și de alta a lui. Elliot are de gând să urce și să meargă la Andreas, în camera mirelui. I-am spus că am sosit de la Berkeley aseară, cu mașina; în realitate, mi-am comandat una, am luat un Xanax și tot drumul am dormit. Am ajuns la motel, m-am târât împleticindu-mă până în camera mea și am adormit la loc, până azi-dimineață, când ceasul meu interior a sunat alarma și m-am trezit, fix la ora șase.

Ceea ce înseamnă că încă nu m-am văzut cu nimeni din familia lui și, recunosc, sunt puțin neliniștită din această pricină. Şi chiar dacă aş fi bucuroasă să explorez de una singură proprietatea şi să las clanul Petropoulos cu ale lui, până la ceremonie, Elliot nici nu vrea să audă.

— Vino cu mine, zice, îndreptându-se către scara impresionantă.

Sărbătorile nu au fost încă surghiunite, puse bine în cutii până în decembrie viitor, aşa că balustrada este încă decorată festiv cu ghirlande. Un mic brad auriu de Crăciun înveseleşte palierul de sus.

— Sunt aici, sus.

— Nu vreau să întrerup pregătirile, îi spun, ezitant, şi mă trag înapoi.

— Încetează, zice Elliot, râzând. Glumeşti, nu? Dacă apar sus fără tine, o să mă trimită înapoi, jos.

Un stol de păsări îmi izbucneşte fâlfâind în piept, când îl aud pe domnul Nick strigând la George să ia o valiză din maşină, în timp ce Nick Jr. o tachinează pe Alex cu ceva. Aud râsul plin, rotund al doamnei Dina și vocea ei — neschimbată — care îi spune lui Andreas că ar trebui să lase pe altcineva să-i lege papionul, pentru că arată ca o „puță bleagă" la gâtul lui.

Deschidem uşa, care scârţâie, şi într-o clipă toată lumea din cameră tace. Andreas se întoarce din fața oglinzii unde se frichinea cu papionul. Nick Jr. şi Alex se ridică în picioare de unde, după toate aparenţele, se bumbăceau, lângă canapea.

Doamna Dina încremeneşte cu mâna pe o agrafă din păr.

— Macy! zice, suspinând.

Ochii i se umplu imediat. Lasă jos agrafa şi îşi duce la gură mâinile căuş.

Ridic mâna şi o flutur tremurat. Când le privesc chipurile, mă întorc înapoi cu zece ani, ca şi cum aş reveni pentru prima dată acasă după atâta timp.

— Bună tuturor.

Elliot mă trage mai aproape de el.

— Nu-i așa că e frumoasă?

Șocată, mă uit la el, dar zâmbetul lui leneș îmi spune că nu e deloc timorat de privirile lor scrutătoare.

— Superbă, e de acord domnul Nick.

Alex vine în fugă și își aruncă brațele în jurul umerilor mei.

— Îți mai aduci aminte de mine?

Nu am mai văzut-o de când avea trei ani și n-aș putea să spun că de atunci încoace m-am gândit în fiecare zi la ea. Râd și îi îmbrățișez trupul zvelt, ca de salcie.

— Dar tu îți mai aduci aminte *de mine*?

— Să nu cumva, zice doamna Dina, scuturându-și capul. O să mă pun pe plâns.

Nick Jr. se uită la ea și geme.

— Mamă, tu plângi deja.

Elliot îmi dă drumul, dar nu se mișcă de lângă mine, în timp ce toată lumea vine să mă îmbrățișeze. Când ajunge în dreptul meu, Andreas îmi șoptește:

— Mulțumesc că ai venit.

— Felicitări, tontule, îi răspund la rândul meu, tot în șoaptă.

Scena devine iar zgomotoasă când Alex se lansează într-o dispută cu taică-său; nu înțelege de ce nu i se dă voie să-și strângă părul în coc, iar George se ceartă cu doamna Dina pentru că nu găsește valiza. Elliot îl ajută pe Andreas cu papionul și Liz intră cu o tavă de gustări pentru nuntă. Poartă o rochie albastră sclipitoare — evident, este una dintre domnișoarele de onoare.

— Bună, Macy! zice și vine spre mine.

Cum restul familiei lui Elliot se uită confuză, ea le reamintește că noi ne vedem o dată la două zile, la muncă, și atunci camera explodează iar, ca și cum toți își aduc brusc aminte ce înseamnă asta — că micuța Macy este *medic* acum! — și mă iau din nou la îmbrățișat.

Se toarnă vin, părul lui Alex este periat și apoi strâns iar, spre consternarea tatălui și a fraților ei mai mari, și în tot acest timp Elliot e acolo, cu brațul lipit strâns de brațul meu, bătaie de inimă lângă bătaie de inimă, o prezență liniștitoare.

— Tată, zice și el într-un final, râzând calm și senin. Are *14* ani. Poartă rochie până în pământ, cu mâneci. N-o să rămână însărcinată doar pentru că o să i se vadă ceafa.

Domnul Nick se uită urât la Elliot câteva clipe și apoi scutură din cap spre fiica și spre nevasta lui.

— Strânge-ți-l. Nu-mi pasă. Doar că e *foarte multă* piele.

— E *gâtul meu*! strigă Alex, frustrată. Spune-le tipilor să nu se uite, dacă te deranjează așa de tare.

— Amin, zic, zâmbindu-i.

Surâsul ei recunoscător e ca o rază de soare ce străbate prin fereastră.

Când cearta se întețește iar, Elliot se apleacă spre mine și mă întreabă încet, la ureche:

— Vrei să ne plimbăm prin grădină?

Dau din cap că da, tremurând la cât e de aproape și mă conduce spre ușă, cu mâna pe spatele meu, apoi mă ia de mână. Simt cum atenția tuturor celor din cameră se fixează pe mâinile noastre împreunate și, în timp ce ieșim, se aude în urma noastră:

— Credeam că ea are un iubit? zice Alex, confuză.

— Șșș, șuieră ascuțit doamna Dina.

Iar Andreas adaugă:

— S-au despărțit, ai uitat?

Elliot se uită la mine și zâmbește.

— E exact așa cum îți aminteai?

— Mai bine, chiar, răspund și mă sprijin de umărul lui.

atunci

sâmbătă, 9 septembrie
cu unsprezece ani în urmă

Prima călătorie după vara aceea — după ce am declarat că suntem împreună, după sărutul acela dulce, dureros — a fost la mijlocul lui septembrie. Aerul era dens de căldura stăruitoare a verii indiene și eu mă foloseam de ea ca pretext ca să stau tot weekendul în costumul de baie.

Elliot... a observat.

Din păcate a observat și tata și ne-a cerut imediat să ne petrecem timpul împreună citind la parter sau afară, și *nu* în debara.

În sâmbăta aceea întinseserăm o pătură pe pajiștea denivelată din fața casei lui Elliot, sub stejarul imens, și ne puneam reciproc la curent despre prieteni, școală și cuvintele preferate, dar totul avea o altfel de încărcătură. Acum vorbeam în șoaptă, întinși pe o parte și față-în-față, degetele lui se jucau cu vârfurile șuvițelor mele de păr sau mă mângâiau pe gât, iar privirea lui dansa peste sânii mei bombați.

Conform regulii 29 — *După ce Macy va împlini 16 ani și va avea primul ei iubit adevărat, ai grijă să fie în siguranță*–, tata m-a pus să iau anticoncepționale aproape imediat după vizita aceea. Mai erau câteva luni încă, până să împlinesc 18 ani, și tata mi-a zis că avea de gând să mă programeze la „doctorița" mea, dar numai după ce mi-a ținut jenat un discurs despre cum asta nu însemna că am permisiunea în sine să fac sex cu Elliot, ci că încearcă să ne protejeze viitorul.

Nu era cazul să-și facă griji. În ciuda faptului că în octombrie ne văzuserăm la fiecare două weekenduri, Elliot și cu mine nu am ajuns niciodată prea aproape de momentul sexului. Niciodată după ziua aceea, pe pardoseala din debara, cu trupul lui deasupra mea, mișcându-ne instinctiv. Nu eu, ci *Elliot* era cel care nu voia să grăbească lucrurile. Îmi tot spunea că fiecare pas mic era o premieră, tot ce făceam împreună avea să fie un lucru făcut pentru prima dată din toată viața noastră, cu acea persoană specială pentru noi.

Ideea că o să rămânem pentru totdeauna împreună părea să fie incontestabilă. Încă nu vorbiserăm de *iubire*. Nu ne făcuserăm promisiuni. Dar să-mi imaginez că nu-l voi mai iubi pe Elliot era ca și cum aș fi putut să-mi țin respirația timp de o oră: imposibil.

Ne căutam, așadar, calea cu grijă, explorând. Ne sărutam ore în șir. Înotam împreună în râu: picioarele mele, alunecoase și reci, încolăcite în jurul taliei lui, pielea de găină pe abdomenul meu, sensibilizată de atingerea bustului lui lipit de mine.

La școală, restul zilelor ajunseseră să fie îmbibate de o anticipare disperată. Fuseserăm de acord să vorbim pe Skype o dată pe săptămână — miercurea –, ceea ce făcea ca în ziua respectivă statul la ore să fie un chin. În serile acelea de miercuri, Elliot mă privea prin camera video, cu ochii mari. Mă gândeam că îl sărut. Chiar îi spuneam la ce mă gândeam, el gemea și schimba subiectul. După aceea mă puneam în pat și îmi imaginam că degetele mele erau degetele lui și știam că și el face la fel.

De câte ori aveam cea mai mică ocazie, weekendurile deveneau o învălmășeală de sărutări, așezați pe jos, cu buzele mișcându-ni-se la unison până când ajungeau aproape o rană, iar respirația abia se mai simțea, epuizată de dorință.

Dar asta era tot. Ne sărutam. Hainele rămâneau pe noi, mâinile, la locul lor.

Până când nu a mai fost așa.

Sfârșit de octombrie. Afară turna cu găleata și vremea era oribilă. Tata plecase cu mașina în oraș să cumpere provizii și ne lăsase singuri în casă, pe mine și Elliot. Nu a fost ceva premeditat. Nu aruncase nici măcar o privire înapoi, spre noi, care citeam în living, lângă soba în care ardea focul. Ne-a strigat doar că am rămas fără lapte și că o să cumpere chestii pentru cină.

Ușa s-a închis cu un clinchet stins.

Pneurile au scrâșnit pe prundiș, până când nu s-au mai auzit.

Am ridicat ochii spre Elliot, în partea cealaltă a camerei, și pielea mi-a luat foc.

Venea deja spre mine, în patru labe și apoi a fost peste mine, în umbra focului licărind.

Îmi aduc încă aminte cum mi-a ridicat tricoul și m-a sărutat, de la ombilic în sus, până la claviculă. Îmi aduc aminte cum — pentru prima dată — a găsit încheietoarea sutienului, râzând cu gura peste a mea, în timp de degetele i se munceau cu elasticul. Îmi amintesc cu câtă venerație palma lui s-a strecurat pe lângă catarama deschisă, peste coaste, pe sub balenele sutienului. Mâna lui s-a așezat peste sânul meu dezgolit, degetul mare şi arătătorul mi-au strâns sfârcul. Aveam senzaţia că din mine, din fiecare por al meu, curge lumină; dorinţa şi plăcerea erau aproape orbitoare. A venit apoi şi limba lui, umedă, buzele lui s-au lipit de ale mele şi le-a supt. I-am tras coapsa între picioarele mele, înnebunită să mă eliberez, şi am început să mă legăn, lovindu-mă de el până când m-am topit şi am atins orgasmul, pentru prima dată în prezenţa lui.

Elliot s-a uitat la mine, cu pupilele negre mărite şi gura căscată.

— Ai...?

Am dat din cap, zâmbind ca drogată.

Pneurile s-au auzit iar scrâşnind aleea pietruită şi Elliot a scos un hohot ascuţit, frustrat, apoi s-a depărtat de mine.

— Oricum, ar trebui să mă duc acasă, a zis, arătând cu bărbia în jos.

M-am uitat şi eu acolo, unde apăsa cu podul palmei pe blugi, căutând să se elibereze.

A încercat să se ridice, dar s-a oprit, încă îngenuncheat între picioarele mele, privindu-mi acum sânii goi. Era pentru prima dată când se uita cu adevărat şi intensitatea din priviri a fost ca un chibrit pentru combustibilul care îmi curgea prin vene. M-am întins după mâna lui liberă.

Portiera s-a închis cu un pocnet.

— Macy, m-a avertizat el, dar ochii au rămas neclintiţi, fără să clipească, şi mâna nu a opus nicio rezistenţă când i-am lipit-o de pielea mea.

— Mai trebuie să aducă ce a cumpărat, i-am zis.

I-am pus degetele pe abdomenul meu şi i le-am plimbat în sus, pe piele.

S-a auzit trântindu-se şi portbagajul. Elliot şi-a smucit mâna.

M-am ridicat, încet, mi-am închis sutienul și mi-am tras tricoul la loc.

Tata a băgat cheia în yală, a intrat și a aruncat o privire în living, la noi. Eu eram exact acolo unde mă lăsase. Elliot stătea în capătul opus al canapelei, cu mâinile vârâte adânc în buzunare.

— Bună, tati.

S-a oprit, cu brațele pline de alimente.

— E totul OK?

Elliot a dat din cap.

— Așteptam să vă întoarceți, să plec și eu acasă.

M-am uitat la el și am zâmbit.

— Ce drăguț, am zis.

— Mulțam, Elliot, a spus tata, zâmbindu-i. Ești binevenit dacă vrei să iei cina cu noi.

Tata s-a dus în bucătărie, eu m-am uitat iar la șlițul lui Elliot și am simțit nevoia obsesivă să îl pipăi pe sub blugi.

S-a aplecat mult, așa că a trebuit să-l privesc drept în față.

— Văd unde te uiți, mi-a șoptit. Ai dat de belea.

M-am îndreptat și l-am sărutat.

— Curând, am zis la rândul meu, tot încet.

acum

duminică, 31 decembrie

Sunt mai bine de opt sute de metri pătraţi de teren la Conacul Madrona şi jur că le-am bătut pe toate cu piciorul. Două ore, petrecute plimbându-ne, povestindu-ne noutăţile şi vorbind agale despre lucruri neînsemnate: delicatesele preferate, obsesia mai nouă pentru măslinele Castelvetrano, cărţi pe care le-am adorat sau care nu ne-au plăcut deloc, temeri şi speranţe legate de politică, destinaţii de vis pentru vacanţe.

Cu toate acestea, ultimul Revelion în care mai ştiuserăm unul de altul era aidoma unei bucăţi de meteorit radioactiv păstrat într-un borcan şi care îmi ardea palma. E o senzaţie permanentă. Fac totul ca să evit să-l deschid, până mai târziu.

Soarele după-amiezii se scufundă dincolo de copaci şi se lasă răcoare. În depărtare, roţile maşinilor scrâşnesc pe aleea cu pietriş şi ne cheamă înapoi pe pajiştea întinsă, decorată cu ghirlande de flori şi presărată cu lămpi de căldură, mese de cocktail şi chelneri care împart antreuri înaintea ceremoniei.

— Trebuie să urc şi să mă pregătesc. Eşti OK?

Dau din cap și Elliot se apleacă, îmi prinde fața în palme și mă sărută pe frunte, apoi pe obraz, aparent din instinct. Nu realizează ce a făcut și se îndepărtează zâmbind. Cu ochii mari, sub impresia revelației că tocmai mă sărutase, așa cum o făcea de atâtea ori când era al meu, nu se întoarce nici măcar o dată cât parcurge distanța până la conac, unde trebuie să îi întâlnească pe ceilalți cavaleri de onoare.

Odată plecat, privesc în jur și îmi dau seama că nu cunosc pe nimeni acolo. Toată familia Petropoulos e înăuntru și, deși le întâlnisem verii, mătușile și unchii lor cu diferite ocazii, nu cunoșteam pe niciunul suficient de bine, cât să mă duc și să mă bag în vorbă.

Poate de aceea cercul tău e așa de mic, îmi răsună în urechi vocea Sabrinei.

Un cerc mic înseamnă un cerc de calitate, îi răspund mormăit și întind mâna după un crevete în bacon, care trece pe lângă mine pe o tavă.

Sunt gata să îl duc la gură când simt o mână care mă apucă de cot. Mă întorc, surprinsă, și îmi scapă un „Ah, scuze!" Dau să pun înapoi antreul, până când îmi dau seama că e doar Alex și că i-am pus crevetele în palmă.

Fata se uită la el și pe urmă la mine, apoi ridică din umeri și-l bagă în gură.

— Vino cu mine, mormăie, în timp ce îl mestecă. Noi stăm în față.

Mă trage după ea.

— Poftim? zic și îi opun rezistență. Nu, eu...

— Fără discuții, spune, mergând înainte. Am instrucțiuni precise de la mama: faci parte din familie.

Mi se pune un nod în gât — un ghem ca de vată, de emoții, s-a înțepenit acolo. Îmi trag șalul în jurul umerilor și o urmez până la un scaun de pe partea mirelui, chiar pe rândul din față.

Alex se așază pe locul al treilea și pe mine mă trage jos, lângă ea, pe al patrulea scaun.

— O să înceapă în curând, zice. Mama mi-a spus să mă așez, ca lumea să se adune încoace. Vin?

Mă uit în spatele ei și văd că, da, lumea începe să se îndrepte către plasatori, așteptând la intrarea pe culoarul central. Scaunele se ocupă, soarele e la apus și scena îți taie respirația.

— De ani întregi am tot vrut să te cunosc, zice Alex, privind în față, la altar — o arcadă mică de lemn, decorată atât de luxuriant cu flori, încât vreau să întind mâna și să rup o petală ca să văd dacă sunt naturale.

— Păi... facem cunoștință *din nou.*

— Cu mine?

Alex avea doar trei ani când eu și Elliot ne-am înstrăinat.

Înstrăinare.

Doamne, ce cuvânt ciudat. Înstrăinare este ce li se întâmplă altora. La noi s-a simțit ca o ruptură. Dar, de fapt, așa a fost? O breșă de-a lungul unei falii, poate. Un ciocan care a izbit în punctul nostru cel mai slab. Și pe urmă soarta a băgat picamărul.

Alex dă din cap și se întoarce spre mine. Seamănă așa de mult cu Elliot la 14 ani, că respirația mi-a paralizat o clipă, ca și cum aș fi primit un pumn în plexul solar. Îi vedeam ochii mari și căprui în spatele ochelarilor. Are părul des, negru, abia ținut sub control de florile prinse de jur împrejurul feței ovale. Are gâtul lung, de lebădă, mâinile delicate și lungi. La Alex asta pare cumva grațios; probabil pentru că dansează și a învățat să folosească în avantajul ei alura subțiratică. Corpul lui Elliot mereu a semănat puțin cu o ladă pline cu scule: unghiuri ascuțite, oase lungi, periculoase când sunt mânuite stângaci.

— Te iubește foarte mult, spune ea. Jur că *niciodată* n-a adus o fată acasă.

Inima mă lasă.

Alex dă din cap.

— Serios. Părinții mei au crezut că e gay. Ziceau: „Elliot, știi că noi te iubim, orice ar fi. Doar vrem să fii fericit...” și el spunea, gen: „Apreciez foarte mult asta” și pe urmă ne uitam toți la el, gen: „Deci, când ai de gând să-ți aduci iubitul acasă?”

Râd ușor, dar nu prea știu ce să spun. Mă poticnesc și murmur:

— Dar până la urmă a adus pe cineva. Sunt sigură că au plăcut-o, nu?

— Rachel era drăguță, a spus Alex, ridicând din umeri.

Inima îmi bate mai lent. *Rachel* a fost prima iubită pe care o adusese acasă? Asta s-a întâmplat... când, acum un an?

Alex privește înapoi peste umăr, să verifice cum stau cu ocuparea locurilor. S-au mai umplut puțin, așa că se apleacă mai aproape, în timp ce chitaristul și vocalistul încep să se pregătească să interpreteze imnul.

— Prima dată când a venit la cină, mama i-a zis de vreo trei ori Macy.

— Ooof, jenant.

Sunt și mai solidară acum, după ce am cunoscut-o pe Rachel. Mult mai multe lucruri au acum sens, după acea primă întâlnire.

— Oricum, zice Alex, zâmbindu-mi, până la urmă a recunoscut că e îndrăgostit de tine încă din liceu. Mă bucur că ești din nou în viața lui.

Ridică repede mâna și adaugă:

— Chiar dacă nu sunteți decât prieteni. OK, acum o să tac.

Își mușcă buza și mai spune în grabă:

— Și îmi pare foarte rău de tatăl tău, Macy. Eu nu mi-l amintesc, dar mama zice că era un om tare de treabă.

— Mulțumesc, scumpo, îi răspund, o iau pe după umeri și o trag spre mine să o îmbrățișez. Mi-ați lipsit cu toții enorm.

Mulțimea amuțește când chitaristul începe primele acorduri ale unui preludiu simplu și impresionat, înainte ca interpretul vocal să se lanseze ușor cu versiunea lui Jeff Buckley la *Hallelujah*. Primii care apar pe culoar sunt un cuplu în vârstă, bunicii Elsei probabil. Se așază în zona opusă nouă și apoi, flancându-l pe Andreas, intră pe culoar doamna Dina și domnul Nick. Doamna Dina are un zâmbet așa de strălucitor, că respirația mi se oprește în gât și simt sub pleoape înțepăturile lacrimilor. Și nu e doar din pricină că e o nuntă — deși eu mereu plâng la nunți. Este din cauza melodiei, ambianței, este pentru că sunt din nou în brațele oamenilor pe care îi iubesc cel mai mult pe lume. Este faptul că nu mă mai simt singură, pentru întâia dată nici nu mai știu de când.

Andreas rămâne la capătul culoarului privind nerăbdător, în așteptarea miresei lui. Doamna Dina se așază lângă Alex, dar se întinde peste poala ei, mă ia de mână și mă ține strâns și în acea singură și tremurată atingere îi simt dragostea și deruta și — mai presus de toate — ușurarea.

Urmează Nick Jr. cu una dintre domnișoarele de onoare. E rotofei, cu pieptul bombat, ca taică-său, și înalt ca ambii părinți. Cu barbă, seamănă mai mult cu un tăietor de lemne decât cu un procuror districtual. Ca să fiu sinceră, nu prea pot să mi-l imaginez în costum de stofă.

Vin apoi George și Liz, braț la braț, amândoi numai zâmbet. Sunt așa o combinație perfectă de fețe fericite și mers încrezător, că mă surprind și pe mine zâmbind, cu ochii în lacrimi aproape.

Alex îmi întinde o batistă.

— Am două plângăcioase lângă mine.

— Șșș, șoptește doamna Dina. Așteaptă numai. O să te ajungă și pe tine, în curând.

Nu sunt pregătită pentru asta, într-un fel — uitasem că o să vină pe culoar și Elliot — și vederea lui alături de micuța domnișoară de onoare blondă, la brațul lui, surâsul lui calm în timp ce privește în ochii oaspeților adunați, e o lovitură pentru emoțiile care s-au adunat grămadă în gâtlejul meu. Căldura mă copleșește nestăpânit.

Elliot arată așa de bine.

Zâmbitor, mai bine de un metru și optzeci înălțime, se simte dezinvolt în propria piele. După ce o lasă pe domnișoara de onoare la altar, se uită la mine, privirile ni se întâlnesc și rămân așa.

Au trecut ore de când nu m-am mai gândit la fostul meu logodnic, dar când îl văd acum pe Elliot — la altar, în smoking — înțeleg cât de monumental greșit fusese ce simțisem cu Sean. Cât de greșit ar fi cu *oricine* în afară de Elliot.

Face un pas în spate, se așază la locul desemnat, în fruntea cavalerilor de onoare, și reușește să-și ia ochii de la mine în timp ce muzica se schimbă și chitara începe primele acorduri din *She*, de Elvis Costello.

Lumea se ridică în picioare. Știu că ar trebui să mă întorc, să privesc mireasa, dar capul meu e singurul care rămâne neîntors, pentru că sunt incapabilă să încetez și să nu mă mai uit la Elliot.

Îmi simte privirile, sunt sigură, pentru că începe să clipească, își întoarce doar puțin capul, și ochii ni se întâlnesc. E în privirea lui o întrebare jucăușă, evidentă: *Ce naiba e cu tine?*

Nu știu ce altceva să fac, așa că mimez doar din buze, *Da.*

Da, sunt a ta.

Da, sunt pregătită.

Da, te iubesc.

atunci

vineri, 8 decembrie
cu unsprezece ani în urmă

— Doamne, cartea asta e formidabilă, a șoptit Elliot, dând pagina.

Exultam în sinea mea. El, ca un adevărat domn Snob Clasic, îl citea pe Wally Lamb[36].

M-am rostogolit pe burtă și m-am uitat în sus la el, așezat pe canapea.

— Ți-am zis că o să-ți placă tare.

— Ai zis. Și îmi place.

Ni se îngăduise din nou să stăm împreună în debara — cu ușa deschisă –, pentru că era prea frig să ne mai trimită afară și tata nu voia să ne asculte toată ziua cum șușotim la parter.

Clasa a douăsprezecea era deja o demență curată și în majoritatea weekendurilor din noiembrie am rămas acasă, în Berkeley, ocupată cu pregătirea pentru înscrierea la facultate, examenele SAT[37] și teza de absolvire.

36 Wally Lamb (n. 1950) – scriitor american de succes, cu romane publicate în peste 20 de țări.

37 Examen standardizat la nivel național, folosit pentru admiterea în universități din SUA.

Încercam amândoi să trimitem cereri de înscriere la şcoli din acelaşi oraş, dacă nu chiar la aceleaşi colegii, şi nevoia de coordonare era atât de mare, încât ne făcea să verificăm mereu ce face celălalt. După cinci săptămâni, era primul weekend pe care îl petreceam cu Elliot şi între noi era o puternică tensiune subterană care ne împingea mai aproape, tot mai aproape şi mai aproape unul de altul, chiar şi cu uşa deschisă.

— Ar trebui să mă venerezi, i-am zis.

Cu sprâncenele ridicate, s-a uitat la mine pe deasupra ochelarilor.

— Aşa fac.

— Sau să fii sclavul meu, am continuat, râzând.

— Aş vrea, a răspuns şi a închis cartea, cu coatele proptite pe coapsele lui lungi. *Sunt*.

Îi captasem în sfârşit atenţia întreagă.

— Răcoreşte-mă cu frunze de palmier şi hrăneşte-mă cu struguri mici şi zemoşi.

Aerul parcă încremenise între noi.

— Mai spune o dată cuvântul ăla, mi-a cerut Elliot, cu glasul spart.

— Răcoreşte.

— Nu.

— Mici.

A oftat, exasperat.

— Macy.

— Struguri.

S-a întors la cartea lui şi a dat drumul unui geamăt obosit.

— Pacoste ce eşti.

Am zâmbit, mi-am lins buzele şi i-am dat ce dorea:

— Zemos.

A ridicat ochii, negri.

Uşa, deschisă.

— Zemoşi, am şoptit iar şi Elliot a coborât târâş pe podea, s-a aplecat să mă sărute pe gât, să mă gâdile. M-am foit, cu ochii spre uşă.

— Eşti un ciudat ahtiat de cuvinte.

Şi-a plimbat limba de-a lungul gâtului meu şi l-am auzit cum zâmbeşte când mi-a spus:

— Pune-ţi mâinile jos, pe pantalonii mei.

Am hohotit şi i-am zis în şoaptă, apăsat:

— Ce? Nu. Tata e practic la şase metri de noi.

Am căscat amândoi ochii, deodată, pentru că exact atunci s-a auzit motorul maşinii pornind pe alee, cauciucurile au scrâşnit, iar, iar, până când sunetul lor a dispărut.

— OK. Presupun că e la mai mult de şase metri distanţă, am mormăit.

S-a dat înapoi şi m-a privit fix, cu ochii negri şi flămânzi şi am simţit o schimbare bruscă, ceva a început să clocotească în mine. Am întins mâna şi

în sfârşit

în sfârşit

am pus mâna peste nasturii blugilor lui şi am simţit ceea ce voisem cu *atâta tărie* să simt acolo.

— Şi acum? am întrebat.

Se întâmpla. Se întâmpla. Îl atingeam. Îl atingeam. Pe el — *acolo.*

Sprâncenele lui Elliot au urcat până la linia părului.

— Nu ştii?

— Nu sunt sigură? am spus, rămasă fără alte întrebări când l-am văzut zâmbind mârâit şi mi-a acoperit gura cu a lui.

Am căzut amândoi înapoi pe jos, cu mâinile şi picioarele împleticite, buzele strivite dureros de dinţi, răvăşiţi şi disperaţi şi absolut perfecţi. După toată distanţarea fizică impusă şi discuţiile despre tot ce voiam să ne facem unul altuia, fără să ştim niciodată când sau cum vom reuşi să fim singuri, fereastra aceasta minusculă ni se părea ca şi cum ne-ar fi pus cineva în palmă diamantul Hope[38].

Nu mai cunoscusem o astfel de emoţie, durerea aceasta care îmi înflorea în stomac şi difuza mai jos, fierbinte, mă făcea să-mi pierd minţile şi îmi reducea întreg universul la acea unică senzaţie şi apoi la următoarea. Pe urmă am aşteptat ce avea să urmeze.

Mi-a scos tricoul. Apoi a deschis fermoarul şi mi-a dat jos pantalonii. M-am împins mai aproape, de teamă că nici chiar goi nu vom fi destul de aproape încât să ne satisfacem foamea aceasta nouă.

Elliot s-a aplecat deasupra mea, mi-a lins gâtul, sânii şi apoi a revenit la faţa mea, buzele lui lacome le-au sorbit pe ale mele şi s-au întors iar pe sâni. Mi-a apăsat abdomenul cu palma deschisă şi degetele lui s-au jucau provocator cu marginea lenjeriei mele.

— Prea repede? m-a întrebat, respirând greoi.

Am clătinat din cap, deşi nu putea să mă vadă de acolo de unde gura lui îmi căuta sânii.

— Nu, am zis, tare.

Era prea lent. Nu prea repede — prea *lent*. Fiecare terminaţie nervoasă îmi era parcă aprinsă de artificii care se plimbau în sus şi-n jos, iar eu voiam mai mult, chiar dacă nu ştiam exact ce anume.

— Ce dracu, Macy, sunt... asta e o nebunie. O *nebunie* bună. E o nebunie felul cum te simt sub mine.

Am râs, pentru că incoerenţa lui, lucru rar, era ciudat de reconfortantă, apoi buzele lui mi-au acoperit gura, mi-au înghiţit hohotul şi l-au făcut al lui, limba i-a alunecat peste a mea, mâna mi-a cuprins sânul, l-a strâns,

---

38 Diamant de mari dimensiuni (45,52 carate şi culoare albastră), extras în secolul al XVII-lea dintr-o mină din India.

și toate sunetele noastre erau înăbușite pentru că abia dacă reușeam să respirăm.

Degetele i-au coborât iar, strecurate peste coastele mele, pe ombilic, pe sub bumbacul țesăturii, exact spre locul unde aveam nevoie de ele, și Elliot a scos un sunet gâtuit în același timp în care eu bălmăjeam ceva de neînțeles. Își mișca șoldurile deasupra mea, căutând să țină ritmul cu degetele lui care mi se plimbau pe piele.

Cu o mișcare fulgerătoare a ajuns jos, mi-a scos chiloții și mi-a sărutat abdomenul, șoldurile, apoi și mai jos, aproape nebun de dorință, așa cum eram și eu. Vibra acolo, între coapsele mele, cu umerii tremurând-i sub mâinile mele încleștate, nu i-am mai simțit greutatea trupului deasupra mea și indiferent ce decisese să facă, gura lui mi-a distras orice alt gând coerent. O senzație caldă și moale, gura lui sugând, mâinile pe picioarele mele, opunând rezistență dorinței lor de a se încolăci în jurul capului său, senzația nebună pe care mi-o lăsau limba și buzele lui și respirația gâfâită, din lipsă de aer. Făcea lucrul pe care abia dacă îmi îngăduisem vreodată să mi-l imaginez.

Când am început să gâfâi la rândul meu, a revenit, m-a mușcat și mi-a sărutat toată pielea, mai sălbatic decât mi-aș fi imaginat vreodată. Și apoi, chiar în clipa aceea, mi-am dat seama că niciodată nu ar putea să fie altfel cu noi doi.

— Îmi pare rău, a zis. Voiam să continui, dar...

A închis ochii, și-a mușcat buza de jos și a gemut, ca și cum încerca să-și țină firea.

— E OK, vino încoace.

Voiam să-i simt greutatea peste mine. Voiam să-l văd deasupra mea și apoi să-mi însemn imaginea pe creier cu fierul încins.

— Am crezut pe bune că eram gata să ejaculez, a adăugat râzând, cu buzele lipite de ale mele, gura încă udă de *mine* şi cu un fel de insistenţă în atingerea lui care mă scotea cumva din minţi.

L-am tras, fără rezultat, de curea şi apoi degetele mele şi-au reamintit cum să funcţioneze, cum să împingă de butoniere şi să desfacă, fascinate, nasture după nasture, apoi mâinile i-au simţit pielea goală de pe abdomenul plat, şoldurile înguste, părul fin din dosul pulpelor, în timp ce îi trăgeam în jos pantalonii, până la genunchi.

L-am simţit greu peste mine, o ditamai erecţia lipită de şoldul meu, şi m-am arcuit spre el, dorindu-mi să mă frec de el *acolo*.

— Vreau, am început, apoi am întins mâna şi l-am atins.

Creierul mi s-a făcut terci când am auzit sunetul pe care l-a scos Elliot, când l-am simţit aşa de cald şi tare în mâna mea.

— Tu vrei?

— Să facem sex? a întrebat, în timp ce dădea din cap frenetic, cu privirea extaziată. Da. Da. Vreau. Vreau, vreau, vreau, Macy, dar *să-mi bag piciorul*, n-am niciun fel de protecţie.

— Anticoncepţionale, am zis gâfâind, în timp ce el s-a mişcat şi am simţit cum alunecă peste coapsa mea. Piele netedă şi moale peste ceva deloc moale.

Elliot a ridicat bărbia, surprins.

— Iei anticoncepţionale?

— A fost una dintre regulile mamei. Tata m-a pus să le iau din octombrie.

Şi-a strecurat mâna între noi şi, când s-a frecat de mine, mi-am pierdut complet firea. Abia dacă l-am mai auzit întrebându-mă:

— Mace, eşti sigură? Uită-te la mine.

Când i-am auzit ritmul domol al vocii, mi-am mutat privirea din locul acela fascinant unde era gata să *intre* în mine, spre ochii lui, aproape negri de poftă, dar și răbdători, așteptând.

— Te rog, i-am zis.

Era așa de bine. Dacă el continua să se frece așa, deasupra mea...

— Sunt sigură.

S-a uitat jos și s-a ghidat spre locul potrivit, apoi s-a aplecat deasupra mea, cu coatele rezemate aproape de umerii mei. Mi se părea cel mai firesc lucru din lume: mi-am ridicat picioarele și le-am încolăcit în jurul șoldurilor lui și buzele lui le-au găsit pe ale mele. S-a mișcat înainte, doi centimetri. Încă nu în mine, dar *acolo*.

— Nu o să fie un maraton, a gemut. Abia mă mai țin.

— Vreau doar să te simt.

S-a mai împins puțin, dar s-a oprit când am țipat, surprinsă de zbuciumul din mine, de cât de coerente îmi erau senzațiile și excitarea. Ochii lui erau fixați pe chipul meu, dar i-a dat peste cap când, cu piciorul încolăcit pe coapsa lui, l-am înfipt rapid — și brutal — în mine, până la capăt.

Am simțit săgeata ascuțită a durerii, l-am mușcat de umăr și corpul lui mi-a înăbușit țipătul. Și-a retras grijuliu șoldurile, apoi le-a împins iar înainte și m-a penetrat plăcerea sfâșietoare, iar și iar, în timp ce el a început să se miște cu adevărat, împingându-se și retrăgându-se în și din mine, din nou și din nou, tot mai repede.

— Ți-e bine? a zis, gâfâind.

— Da, am reușit să răspund, sugrumat.

— Ah, Doamne, am...

L-am ținut lipit de mine, cu brațele și picioarele înfășurate în jurul lui, cu privirea fixată pe strânsoarea puternică și inima mea își dorea să-l păstrez în mine mai mult decât avea nevoie trupul meu ca el să fie afară.

— Termin, a zis gâfâind și atunci s-a zguduit sub mâinile mele, respirația i s-a întețit și umerii i s-au crispat, apoi s-a prăbușit.

Am simțit cum a fost pentru el. Am simțit fiecare mișcare a lui în mine.

Am auzit ca un ecou, undeva, zgomote, pași, o voce. Dorința încă reverbera în mine, ricoșând în durerea ascuțită pe care o simțeam între picioare.

Atingerea lui Elliot a dispărut brusc, partea din față a corpului mi s-a răcit brusc odată ce trupul lui nu mă mai acoperea și m-am simțit ciudat de goală pe dinăuntru. Cu mintea încă încețoșată, mi-am dat seama că se chinuia să stea drept și să mă ridice și pe mine.

— Macy? s-a auzit vocea tatei, care striga de jos.

Sau de sub apă, nu-mi dădeam seama bine.

Chipul lui Elliot a devenit iar clar deasupra mea, cu fruntea jilavă, ochii mari și buzele roșu-aprins, încă ude de săruturile mele.

— Mace, ridică-te.

Smulsă brusc și adusă în realitate, mi-am regăsit cumva glasul și, răgușită, am reușit să scot un:

— Da, tată?

Elliot și-a tras pe el pantalonii și și-a aruncat tricoul peste cap, în timp ce degetele mele bâjbâiau, chinuindu-se să-mi pun chiloții. M-am oprit când am văzut firul de sânge proaspăt de pe coapsă și m-am uitat la Elliot. Privirea mea s-a agățat de a lui, în timp ce se închidea la blugi.

— Ești OK? a șoptit.

Pe holul lung de la etaj se auzea ecoul unor pași.

— Da, am zis și m-am ridicat, cu picioarele tremurând, să-mi caut tricoul, mi l-am îndesat în pantaloni și mi-am azvârlit cu o lovitură de picior sutienul sub o pernă, exact când tata intra în cameră.

S-a oprit în prag şi a cercetat scena. Elliot, care se aruncase pe pernele din colţ, citea, fără ochelari, exemplarul meu ponosit din *The Joy Luck Club*[39]. Era roşu la faţă şi respira sacadat. Eu stăteam aproape de uşă şi mi-am dat seama că habar nu aveam cum îmi era părul, dar oricum nu putea să fie în regulă. Elliot îşi înfipsese mâinile în el, îmi desfăcuse coada împletită şi-şi trecuse de nenumărate ori mâinile peste şi prin părul meu.

Corpul meu s-a cambrat tot când mi-am amintit.

Tata s-a uitat la mine şi a zâmbit cu subînţeles.

— Bună, am zis.

Spre lauda lui, a răspuns cu un simplu:

— Salut, gaşcă.

— Care-i faza? l-am întrebat, încercând să respir normal.

— Mace, scumpo, îmi pare rău, dar crezi că ai putea să fii gata de plecare într-o oră? Închipuie-ţi, tocmai ce am fost nevoit să dau o fugă în oraş, ca să primesc un *fax*. Trebuie să ne întoarcem astă-seară.

Părea să-i pară sincer rău.

Mai aveam două nopţi aici, mi-am zis în gând, dar chiar în timp ce dezamăgirea devastatoare se răspândea în corpul meu, am dat din cap şi am răspuns senină:

— Nicio problemă, tată.

Tata i-a făcut cu mâna lui Elliot, care a răspuns la fel. Pe urmă a ieşit.

M-am întors încet spre Elliot. Ţinea ochii închişi şi îşi acoperise faţa cu mâinile, trăgând în sfârşit aer în piept, pentru că nu mai trebuia să pară relaxat.

M-am dus lângă el şi m-am culcuşit în braţele lui, dorindu-mi cu disperare să-l simt lipit de mine.

— Să dea naiba, a fost cât pe ce, a zis, în şoaptă.

---

39 *The Joy Luck Club* (1989) – roman al scriitoarei americane Amy Tan.

Am încuviinţat din cap. Nu voiam să plec. Adrenalina îmi potopise tot corpul şi tremuram din toate cele. Voiam să mă ghemuiesc împreună cu el şi să vorbim despre ceea ce tocmai se întâmplase între noi.

Elliot şi-a întors capul şi m-a sărutat pe tâmplă.

— Ai sângerat. Ştiu că e... normal, dar vreau să fiu sigur: te-a durut?

Am ridicat ochii în tavan, încercând să găsesc un răspuns care să fie în egală măsură adevărat şi liniştitor.

— Nu mai mult decât mă aşteptam.

Buzele noastre s-au regăsit. Sărutări lente, blânde, răspândite pe gura mea, pe bărbie şi obraji.

— Trebuie să-ţi faci bagajul, a zis, smulgându-se din îmbrăţişare fără tragere de inimă.

— Da.

S-a ridicat şi m-a tras şi pe mine odată cu el, apoi m-a aşezat pe picioarele mele.

— Îmi trimiţi un e-mail diseară?

Am încuviinţat din cap. Încă mai tremuram. Din cauza a ceea ce făcuserăm... şi pentru că fuseserăm aproape să fim descoperiţi în timp ce o făceam.

Mi-a cuprins faţa cu mâinile şi mi-a căutat privirea.

— A fost... OK?

— Da, am zis şi mi-am sugrumat un hohot nervos. Adică... evident că vreau s-o fac iar.

Eram tensionată şi agitată de la adrenalină.

— Bine, a zis, dând frenetic din cap. Bine, atunci, vorbim, da? Eşti bine?

Am zâmbit.

— Da. Tu?

A răsuflat stăpânit.

— O să mă duc acasă şi o să fac un duş lung, să scap de toată tensiunea din momentul când taică-tău stătea acolo, în picioare şi eu încă mai eram puţin excitat.

M-am sprijinit de el, cu fruntea lipită de pieptul lui.

— Nu vreau să plec, am spus.

— Ştiu, a răspuns, cu buzele pe creştetul meu.

— Noi tocmai am făcut sex? am murmurat.

Mi-a ridicat bărbia cu degetele mari, ca să-l pot privi în ochi.

— Da, aşa am făcut.

S-a aplecat, m-a sărutat delicat o dată, de două ori pe buze şi apoi o a treia oară, apăsat. Până la urmă s-a desprins, m-a sărutat pe vârful nasului şi a ieşit, aplecându-se ca să încapă pe uşa debaralei.

I-am auzit paşii coborând repede scara şi m-am gândit ce straniu şi minunat era că nu ne spuseserăm niciodată *Te iubesc*. Şi nici nu am avut nevoie să o facem.

acum

duminică, 31 decembrie

— Deși avem aceeași mamă și același tată și am crescut în aceeași casă, Andreas și cu mine suntem cum nu se poate mai diferiți, zice Elliot în deschiderea toastului pentru miri, în timp ce își strecoară mâna în buzunarul pantalonilor.

Stă în fața șirului lung de mese cu flori și lumânări aprinse, cu un mic rânjet în colțul gurii.

— Eu am fost cel studios, el era...

Face o pauză și se freacă pe frunte.

— Mă rog, era atletic.

Invitații râd cu înțeles.

— Eu eram obsedat, el era neglijent.

Încă un hohot de râs apreciativ.

— Eu învățam limba latină; el comunica mai ales cu mormăieli și încruntări.

Auzind-o și pe asta, m-am alăturat râsetelor sincere.

— Dar, oricine ne cunoaște știe că avem în comun un lucru important.

Se uită scurt la mine, pieziș, parcă fără să se poată abține, și apoi înapoi la Andreas.

— Când iubim, iubim pentru totdeauna.

Sala e străbătută de un val de murmure emoționate și inima mea se topește, devine o baltă de miere caldă.

— Andreas avea 28 de ani când a cunoscut-o pe Else. Sigur, mai avusese iubite și înainte, dar nimic comparabil. Într-o sâmbătă a apărut acasă la mama și tata cu aerul că l-a adus vântul. Cu ochii holbați și gura căscată, Andreas își pierduse capacitatea de a se folosi de vocabularul lui normal și foarte limitat.

Alte râsete, iar, dezlănțuite.

— A adus-o acasă, la masă, și ai fi zis că o invitase pe regina Angliei, a continuat Elliot, zâmbindu-i mamei sale. A pisat-o pe mama cu întrebări despre ce urma să gătească. L-a bătut la cap pe tata, să nu țină televizorul deschis la meciul echipei Niners. Pe mine m-a pisat să nu cumva să fac vreo chestie ciudată, cum ar fi să citez din Kafka sau vreo scamatorie cu fasolea verde. Pentru un bărbat care nu și-a făcut niciodată curat în cameră de bunăvoie, comportamentul acesta meticulos a fost ceva remarcabil.

Un zâmbet îmi cuprinde tot chipul; o fantă caraghioasă, de îndrăgostită.

— Și în fiecare zi de atunci încoace a fost la fel de atent, loial și devotat. De patru ani mă uit la tine cum te îndrăgostești tot mai profund. Este prea puțin să spun că Else este potrivită pentru Andreas. Se pare că ei îi plac tonții.

Râsete.

— Și se pare că ne-a plăcut și pe noi destul de mult.

Ridică paharul zâmbindu-le cu căldură fratelui său și proaspetei cumnate.

— Else, bun-venit în familia noastră. Nu-ți pot promite că va fi vreodată liniște, dar pot să-ți promit că nu vei fi niciodată la fel de iubită ca atunci când o să vii la noi acasă.

Răsună ovații, se ciocnesc pahare. Elliot se apleacă să îi îmbrățișeze pe amândoi și apoi revine la locul lui, lângă mine.

— A fost minunat, îi spun.

Se apleacă, zâmbind, și ciugulește cu mâna o fărâmă din somon.

— Da?

Mă aplec și eu și-mi lipesc buzele de obrazul lui. Are pielea caldă și un pic aspră, ca un glaspapir din cel mai fin. E tot ce pot să fac ca să nu-mi dezgolesc dinții și să-l mușc puțintel.

— Da, zic.

Când buzele mele s-au dezlipit de el, i-au lăsat două petale gemene de ruj. Întind mâna și, reticentă, i le șterg cu degetul mare. Îmi plăcea să le văd acolo. Elliot continuă să mănânce, zâmbindu-mi în timp ce eu mă agit pe lângă el. În toată viața mea nu m-am simțit ca acum, asemenea unei soții fericite.

Sentimentul este exuberant, ca atunci când te îmbeți de la un shot — felul cum îți încălzește corpul, de la gât și până în stomac. Doar că acum senzația de căldură e *peste tot*. Îi trag mâna într-a mea, mai aproape, în poală și în sus, pe coapsă. Se oprește cu furculița în drum spre gură, îmi trimite un zâmbet viclean, dar apoi ia îmbucătura, o mestecă și se apleacă spre stânga să asculte ce-i spune Andreas, care tocmai îl bătuse pe umăr.

Începe muzica pentru primul dans, Andreas și Else se ridică în picioare și se duc în mijlocul sălii, unde dansează singuri câteva acorduri, înainte ca DJ-ul să îi invite pe toți pe ring. Și atunci ies doamna Dina și domnul Nick, apoi și părinții Elsei. Elliot se uită spre mine, cu sprâncenele ridicate, evident întrebătoare... și iată-ne și pe noi acolo.

Mă conduce spre un loc aproape de centrul ringului de dans și mă trage cu brațul în jurul taliei, până când sunt lipită de el: piept lângă piept, abdomen pe abdomen, şolduri lipite de şolduri.

Ne legănăm. Nici nu dansăm cu adevărat. Proximitatea trupurilor noastre mă aprinde toată şi simt reacţia lui. Lipit de mine, e aproape să aibă o erecţie şi postura dezvăluie dorinţa care îl cuprinde.

Şi eu vreau mai aproape. Cu o mână prinsă într-a lui, cealaltă alunecă de pe umăr spre ceafă şi apoi — încet — în păr. Elliot strânge la piept mâinile noastre încleştate şi se apleacă, îşi lipeşte obrazul de al meu.

— Te iubesc. Îmi pare rău că nu-mi pot controla reacţia corpului în prezenţa ta.

— Nu-i nimic, spun.

Apoi număr cincisprezece bătăi de inimă, înainte de a fi în stare să adaug:

— Şi eu te iubesc.

La vorbele mele reacţionează oprindu-şi o clipă respiraţia, cu un uşor tremur al umerilor — este prima dată când mă aude spunând-o.

— Chiar?

Dau din cap şi îmi frec obrazul de al lui.

— Dintotdeauna. Ştii asta.

Buzele lui sunt destul de aproape ca să îmi atingă uşor pavilionul urechii când mă întreabă:

— Atunci de ce m-ai părăsit?

— Eram rănită. Şi pe urmă am fost distrusă.

Acum reacţionează. Se opreşte în loc, pe ring.

— Ce te-a *distrus*?

— Nu vreau să vorbesc despre asta aici.

Elliot face un pas în spate, ochii îi fug de la mine şi înapoi, ca şi cum vorbele mele ascundeau mai multe mesaje.

— Vrei să plecăm?

Nu ştiu. Chiar vreau să plec... dar nu să vorbesc.

— Când poţi tu, îi spun. Mai târziu e perfect.

— Unde?

Oriunde. Tot ce ştiu este că am nevoie să fiu singură cu el. E o nevoie agitată, tensionată. *Vreau* să fiu singură cu el.

Îl vreau *pe el.*

— Nu-mi pasă unde mergem.

Îmi strecor şi mâna cealaltă pe pieptul lui, în jurul gâtului şi apoi în păr. Elliot rămâne cu respiraţia tăiată când îşi dă seama ce fac: îl trag în jos spre mine, să mă sărute.

Înfrigurate, buzele lui vin spre gura mea, mâinile îmi cuprind faţa, să mă aducă mai aproape, ca şi cum sărutul meu e ceva delicat, efemer.

Sărutul lui e o rugăciune jinduită; din el curge devoţiunea. Îmi suge buza de jos, de sus, îşi înclină capul pentru mai mult, mai apăsat, înainte ca eu să mă retrag, amintindu-i cu o bătaie mică din gene unde suntem şi câtă lume observase ce facem.

Lui Elliot nu-i pasă de ceilalţi. Mă ia de mână şi mă conduce de pe ringul luminat, în jos pe scări, în grădină.

Pantofii ne foşnesc prin iarba udă. Îmi ridic rochia cu pumnul strâns şi grăbesc pasul, să mă ţin după el.

Ne afundăm departe, în beznă, pe potecă, unde tot ce aud e bâzâitul insectelor şi freamătul vântului prin frunze. Vocile dispar în lumina rămasă în urma noastră.

atunci

sâmbătă, 31 decembrie
cu unsprezece ani în urmă

Tata a apărut lângă mine, cu un pahar de șampanie pentru el și un alt pahar pentru mine, tot de șampanie, dar al cărui conținut mirosea suspect de tare a bere de ghimbir.

— Nici măcar un pahar de rachiu? l-am întrebat, prefăcându-mă că îl cert. Petrecerea asta e nașpa.

Pe tata nu l-a deranjat și, calm, și-a îndreptat atenția spre restul încăperii, pentru că era perfect evident că petrecerea nu era nașpa. Avea loc la Garden Court din Hotel Palace și era înțesată de oameni frumoși, plini de bijuterii și — din fericire — surprinzător de însuflețiți. Toată sala fusese decorată cu mii — poate chiar un milion de beculețe albe. Ne petreceam Revelionul în mijlocul unei constelații. Chiar dacă eram departe de Elliot, nu puteam tocmai să mă plâng.

Nu mai erau decât câteva minute până la miezul nopții și mulțimea se înghesuia în jurul nostru, împingându-se să ajungă cât mai aproape de bar, ca fiecare să poată ține o băutură în mână înainte de începutul Anului Nou.

Poşeta mea de mână, îndesată sub braţ, a început să vibreze. M-am uitat la tata, care mi-a dat permisiunea cu o singură înclinare a capului, şi am ieşit în hol.

Mi-am privit telefonul. Era 11.55. Mă suna Elliot.

— Bună, am zis, cu răsuflarea tăiată.

— Bună, Mace.

Vocea îi era împleticită şi veselă.

Mi-am muşcat buza, să nu mă umfle râsul.

— Am băut câteva cocktailuri, domnule Petropoulos?

— Unul sau două, a zis, râzând. Se pare că nu prea duc la băutură.

— Pentru că nu eşti un băutor.

Am păşit şi mai departe pe holul tăcut şi m-am rezemat de un perete. Rumoarea petrecerii se stingea, acoperită de un şir întreg de zgomote de fundal: voci, clinchet de pahare, muzică.

— Unde eşti?

— La petrecere.

A amuţit şi am auzit un foşnet în fundal, sunetul unei sonerii în depărtare.

— La, ăăm... acasă la cineva.

— Cineva?

A ezitat şi după cum l-am auzit respirând la celălalt capăt al firului, am ştiut ce urmează.

— La Christian.

Am rămas o clipă în tăcere. Ştiam mult prea bine cum e Christian ca să nu mă simt uşor neliniştită de influenţa lui. Când Christian era prin preajmă, lucrurile scăpau mereu de sub control, cel puţin aşa povestea Elliot.

— Ah.

— Să nu mă iei tu e mine cu „Ah”, domnișorică, a zis, lent și grav. E o petrecere acasă. O petrecere cu multă lume, într-o casă mare.

— Știu, am spus și am tras adânc aer în piept. Doar să ai grijă. Te distrezi?

— Nu.

Am surâs și l-am întrebat:

— Cine mai e acolo?

— Lume, a bolborosit. Brandon. Christian.

Apoi a făcut pauză.

— Emma.

Mi s-a strâns stomacul.

— Și alții de la școală, a adăugat repede.

Am auzit în fundal cum ceva cade și se sparge.

— Of, termină, a zis Elliot în șoaptă și apoi am auzit cum o fată îi rostește râzând numele.

S-a mutat undeva unde era mai liniște.

— Și, nu știu, Mace. *Tu* nu ești aici. Așa că mă doare-n cot de cine mai e.

Am râs, crispat. Telefonul lui mi se părea ca un brânci înainte, spre o viață în care beam bere împreună, cu camere de cămin și ore peste ore în care suntem singuri. Simțeam întrezărindu-ni-se, seducător, viitorul.

Ispititor.

— *Tu* unde ești? m-a întrebat.

— Sunt la o serată cu ștaif.

— Bun, bun. La patru ace. *Lume bună.*

Am privit înapoi peste umăr, în sala mare de bal.

— Toată lumea din jurul meu e trotilată.

— Pare nasol.

— Pare ca la petrecerea ta, am replicat, privindu-l pe tata, în capătul celălalt al sălii, stând de vorbă cu o blondă drăguță. Tata pare să se simtă bine.

— Ești îmbrăcată elegant?

M-am uitat în jos, la rochia mea verde, sclipitoare.

— Mda. O rochie verde, cu paiete. Arăt ca o sirenă.

— Gen, prințesă Disney?

Am râs.

— Nu.

Apoi, trecându-mi mâna peste pântec, am adăugat:

— Dar cred că ți-ar plăcea.

— E scurtă?

— Nu chiar. Până la genunchi?

— Strâmtă?

Mi-am mușcat buza și am coborât vocea. Fără să fie nevoie, evident: petrecerea vuia.

— Nu e ca a doua piele. E strâm... tuță.

— Eh, a mormăit. N-ai prefera să fii în blugi și tricou, împreună cu mine? Pe genunchii mei?

Am chicotit, pentru că nu mai avea rețineri.

— În mod clar.

— Te iubesc.

La auzul acelor cuvinte am înghețat și am închis ochii.

Mai spune-o o dată, am zis în gând și imediat m-am întrebat dacă așa îmi doream să îl aud mărturisind-o: beat — pentru prima dată, din ce știam eu — și la kilometri departe de mine.

— Chiar te iubesc, a mormăit. Te *iubesc* așa de al dracului de mult. Te iubesc și te *vreau* și tânjesc după tine. Te iubesc pentru că ești persoana cu care vreau să fiu pentru totdeauna. Doar... Macy? Vrei să te măriți cu mine?

Timpul s-a oprit în loc. Planetele s-au aliniat și pe urmă s-au despărțit. Au trecut anii. Vocile și muzica și clinchetul de pahare din jurul meu au dispărut ca nimic și tot ce puteam să aud era ecoul cererii lui, scăpate fără voie.

Am mormăit niște sunete bâlbâite înainte de a fi în stare să vorbesc.

Din păcate primul lucru coerent pe care l-am rostit a fost „*Ce?*"

— Rahat, a gemut Elliot. *Rahat*, am dat-o complet de gard.

— Elliot...?

— Vrei să vii să mă vezi? a zis, cu vocea înfundată. Vreau să-ți cer să te măriți cu mine. Direct.

M-am uitat în jurul meu, cu inima din piept ca un trăsnet orbitor.

— Eu... Ell... nu sunt sigură că pot să vin astă-seară. E foarte mult.

— *Chiar e* foarte mult. Dar e adevărat.

— Bine, înțeleg, am spus cu ochii strâns închiși.

Îmi spusese că mă iubește și îmi ceruse să mă mărit cu el într-o singură discuție. La *telefon*.

— Numai că... nici vorbă să mă lase tata să plec la drum cu toată lumea asta beată.

A rămas în tăcere atât de mult timp, că m-am uitat la telefon, să mă asigur că nu se întrerupsese legătura.

— Elliot?

— Tu mă iubești *pe mine*?

Am răsuflat și am clipit, să-mi opresc lacrimile. Nu așa voiam să fi purtat discuția asta — să fi discutat despre viitorul nostru — dar, ce să-i faci, așa s-a întâmplat.

— Știi bine că da. Dar nu vreau să fac asta prin telefon.

— Știu că nu vrei, dar știi ce vreau să spun? Tu *vrei* să te căsătorești cu mine? Vrei să faci asta pentru totdeauna? La Goat Rock și la bibliotecă și să mergem peste tot și să călătorim. Vrei să mă atingi și să fii cu mine, să te trezeşti cu buzele mele pe tine şi vrei să fiu eu acela care îţi oferă orgasme sau... pe dracu, să mă uit la tine când le ai sau ce-o mai fi? Te gândeşti la o viaţă împreună cu mine sau să te măriţi cu mine?

— Ell...

— Eu mă gândesc, a mai spus grăbit, pe nerăsuflate. Macy, eu mă gândesc tot timpul.

Aproape că nu puteam să vorbesc, aşa de tare îmi bătea inima.

— Ştii că şi eu.

— Vino la mine în seara asta, te rog. Macy, te rog.

Au început să sune trompeţelele şi de undeva, de foarte sus deasupra capului meu, cădeau confeti din recipiente invizibile, dar tot ce auzeam eu erau pârâiturile de pe linia telefonică.

— O să vin în weekendul viitor, bine?

A oftat: o greutate cât tot universul era îngropată în oftatul acela.

— Promiţi?

— Sigur că promit.

M-am uitat prin sala de bal şi l-am văzut pe tata venind spre mine, cu faţa luminată de un zâmbet larg, lucru rar la el. La capătul celălalt al telefonului nu se mai auzeau decât zgomote şi abia dacă îl mai înţelegeam pe Elliot.

— Macy? Nu te mai aud! E super gălăgie aici.

— Ell, du-te şi te distrează, dar ai grijă, bine? Poţi să mă săruţi de Anul Nou weekendul viitor.

— Bine.

A făcut o pauză şi ştiam ce se aştepta să spun, dar eu nu aveam de gând s-o spun la telefon. Mai ales că ar fi trebuit să răcnesc şi nici nu eram sigură măcar că el şi-ar fi amintit după aceea.

— Noapte bună, am spus.

Elliot a tăcut şi am aruncat o privire scurtă la telefon, înainte să-l duc iar la ureche.

— Ell?

— Noapte bună, Mace.

S-a auzit declicul telefonului şi legătura s-a întrerupt.

După telefonul acela nu cred că am mai reuşit să-mi amintesc ceva din petrecerea la care eram. După ce m-am îmbrăţişat cu tata şi am dansat un dans, vreo jumătate de oră m-am învârtit în jurul holului din afara sălii de bal.

Uram că nu sunt cu Elliot, să vorbim.

Uram faptul că trecuserăm de pragul acela uriaş, că acceptaserăm un viitor al nostru — în afara debaralei, în lumea reală, într-o relaţie adevărată — şi el era la zeci şi zeci de kilometri departe de mine şi beat pe deasupra.

Uram felul în care îmi spusese noapte bună.

— Macy, de ce stai aici, afară? m-a întrebat tata.

Venea spre mine şi auzeam zgomotul pantofilor lui pe marmura pardoselii şi vuietul petrecerii parcă era o apă rece revărsată pe pielea mea.

— Vrei să plecăm?

L-am privit, am dat din cap şi am izbucnit în lacrimi.

— Nu înţeleg care e problema, a zis tata, în timp ce lua o curbă strânsă.

M-am uitat cu coada ochiului la el, să mă asigur că era cu adevărat treaz. Nu-l văzusem bând, dar părea la fel de stăpân pe sine pe cât mă simţeam eu însămi.

— Ai avut o discuție serioasă cu Elliot și ceva te-a supărat?

— Doar nu-mi place cum s-a terminat discuția, am recunoscut eu. Am simțit că mă voia cu adevărat acolo.

— Îmi dau seama că ești mai mult aici decât acolo, dar așa ați făcut mereu voi doi. De ce-ți faci griji?

Ca întotdeauna, ce spunea tata era logic. Trebuie să subliniez totuși că nu avea toate detaliile. Nu i-am zis că Elliot îmi declarase că mă iubește. Și evident că nu i-am spus nici că mă ceruse în căsătorie.

— Mi s-a părut doar... ciudat.

Spre deosebire de Elliot, tatăl meu arareori insista.

După douăzeci de minute de tăcere, a băgat mașina pe aleea noastră și a lăsat motorul la ralanti. S-a întors spre mine și a zis, calm:

— Ajută-mă să pricep.

— Elliot e cel mai bun prieten al meu, am început să spun, simțindu-mi lacrimile adunate în gâtlejul crispat. Cred că amândoi suntem neliniștiți pentru ce o să se întâmple odată ce decidem ce-o să facem cu facultatea și ce facem după aceea — după ce viețile noastre nu vor mai fi punctate doar de excursiile de weekend. Astă-seară discuția s-a încheiat neplăcut și nu știu ce m-aș face dacă între noi s-ar întâmpla ceva rău.

M-am așezat, cu ochii pe bordul mașinii care torcea încet.

— Uneori, mă întreb dacă n-ar trebui să rămânem doar prieteni, ca să nu mai fie nevoie să mă îngrijorez că s-ar putea să-l pierd vreodată.

— Deci, a zis tata, țuguindu-și buzele, el e Laís al tău.

Ochii mi s-au umplut de lacrimi la auzul numelui mamei. Nu-l mai auzisem de ani.

— Sunteți amândoi tineri, dar... dacă el este acel cineva pentru tine, n-o să puteți rămâne doar prieteni. Vei vrea să-i oferi totul, să-i arăți în toate modurile că îl iubești.

Am dat drumul lacrimilor, care îmi șiroiau pe obraji.

— Mi-aș fi petrecut oricât timp cu ea, a șoptit tata, întorcându-se să mă privească. Aș fi primit oricât puteam să iau. Nu regret nicio clipă de iubire dintre noi, chiar dacă încă mă doare că ea nu mai este.

Am dat din cap, cu nodul în gât.

— Eu deja simt că pierd atât de mult timp departe de el.

— N-o să fie mereu așa.

— Pot să mă duc acolo în seara asta?

Tăcut, m-a fixat îndelung.

— Vorbești serios?

— Da.

A închis ochii și a respirat de câteva ori, adânc.

— O să ai grijă?

Am simțit cum senzația de ușurare îmi inundă tot corpul.

— Promit.

S-a uitat în față, prin parbriz, la aleea noastră pentru mașini, la mașina lui veche, parcată chiar lângă cea nouă.

— Am făcut plinul Volvo-ului azi-dimineață. Poți s-o iei.

M-am aplecat pe deasupra consolei și mi-am încolăcit brațele în jurul lui.

— Mă suni imediat ce ajungi acolo?

Lipită de gâtul lui, i-am promis, cu un semn din cap.

acum

duminică, 31 decembrie

Elliot se oprește într-un desiș cu măslini și se întoarce să mă privească. Sunetul îndepărtat al greierilor e asurzitor; petrecerea de nuntă e doar un zumzet distant. Îmi închipui că am mers vreo opt sute de metri pe poteca largă care pornea din zona îngrijită, trecea prin zone sălbatice și prăfuite și ajungea până la terenurile agricole.

Doamne sfinte, de unde să începem?

Eu vreau să încep cu atingeri.

S-ar putea ca el să vrea să înceapă cu vorbe, explicații și scuze — ale mele și ale lui. Sunt în continuare atât de multe lucruri pe care trebuie să i le spun.

Pieptul i se ridică și coboară cu putere, împins de respirație, iar mie plămânii par să-mi fâlfâie în piept, luptându-se să tragă aer.

Mă aștept să spună ceva, în schimb Elliot doar cade în genunchi în fața mea, îmi înconjoară șoldurile cu brațele și își apasă fața de abdomenul meu. Încremenită un moment, mă uit în jos la creștetul lui și încerc să-mi traduc tremuratul umerilor lui.

Plânge.

— Nu, nu, îi șoptesc.

Îmi pun mâinile în părul lui, îi înclin fața spre mine și mă aplec, îl împing cu spatele de un copac, mă preling peste el, până când fața lui e lângă fața mea, atât de aproape, că îmi e neclară. Îi ridic ochelarii de la ochi, peste cap, și îi așez cu grijă pe iarba de lângă noi.

— Ce facem? șoptește.

— Mi-a fost dor de tine.

Mă aplec și îl sărut pe gât, pe obraz.

Mă împinge, ținându-mă de umeri, și văd cum două lacrimi mari i se rostogolesc pe pomeți.

— Am crezut că n-o să te mai ating vreodată, zice.

— Și eu am crezut la fel.

Cu ochii mari, își mușcă buza de jos.

— O să primesc orice o să-mi dai. Nu e penibil?

Mă aplec, buzele mele le ating pe ale lui, inspir mirosul proaspăt al aftershave-ului, mirosul puternic al ierbii, am nevoie de oxigen ca să rămân conștientă de tot ce se întâmplă.

Gura lui se deschide, lipită de a mea, Elliot se ridică, e fără suflu și își pune mâinile căuș pe obrazul meu. Repede, vrea mai mult, își înclină capul, mușcă și suge și eu am nevoie de mai mult, mai adânc. Am nevoie de el tot. Gemetele lui sunt acoperite de buzele și dinții mei și de respirația mea. Mâinile i se strecoară pe sub rochie, mi-o ridică până în talie, în timp ce eu îi desfac papionul și îl deschei la cămașă.

Degete lui reci îmi alunecă înăuntrul coapselor. Totuși, pieptul lui e așa de cald sub mâinile mele care se strecoară tot mai adânc, palmele îmi alunecă peste claviculă, coboară spre abdomen, vreau să-i simt fiecare centimetru de piele.

Când ajunge să-mi pipăie lenjeria, mormăie niște vorbe fără înțeles. Apoi degetele lui urcă spre ombilic, intră cu grijă pe sub dantelă, eu mă împing în genunchi deasupra lui, îl ajut să ajungă în locul unde am nevoie de atingerea lui mai mult decât îmi trebuie orice altceva din universul acesta.

— Pentru mine ești atât de udă? mă întreabă și se trage înapoi, să-mi privească fața.

Degetele lui mă pătrund, cel mare mă mângâie.

— *Eu* sunt cauza?

Dau din cap că da și lipsa lui de încredere e molipsitoare; din cauza lui fiecare atingere e amplificată, mă face să mă mișc odată cu el, îl mușc în timp ce sunt atinsă. Este motivul care îmi trimite corpul în sus, pe o scară în spirală, către o singură destinație, exact acolo, exact la două mângâieri mai sus. Încă două.

— Ell.

— Da.

— O să am orgasm.

Buzele lui se arcuiesc într-un singur cuvânt:

— Bine.

Bâjbâi după el, pipăi cureaua, fermoarul.

— Așteaptă, îi spun corpului meu. Ah, Doamne, sunt aproape.

Așteaptă.

Stai. Așteaptă.

Elliot nu se oprește din ce face nici când se împinge înapoi să se uite la mine.

— Vrei...?

Vârfurile degetelor lui alunecă pe pielea mea, mai strâns, mai repede.

Stângace, îmi îndes mâna, îi găsesc căldura grea a corpului, îmi strâng mâna în jurul ei, o mișc, să se simtă că sunt acolo, i-o ridic, îl fac să fie ud odată cu mine.

Geme și se afundă și sunetul acela mă atinge într-un loc străvechi și sălbatic.

Senzația de eliberare — cu el flămând și insistent, alunecând în sfârșit adânc în mine și afară — e ca o stea care se topește și își împrăștie focul în fluxul meu sangvin. Cu răsuflarea tăiată îmi spune că nu vrea să termine, nu vrea să ajungă niciodată la orgasm, nu vrea să se mai oprească niciodată. Eu sunt deja la limită și sexul frenetic și neașteptat pe care îl facem mă aduce la orgasm după o serie de mișcări neregulate cu care se implântă în mine. El e aproape, eu am terminat.

Greierii și Elliot amuțesc atunci când din mine erup țipete ascuțite de durere.

În liniștea care urmează îi simt bătăile repezi ale pulsului sub atingerea buzelor mele pe gâtul lui. Apoi însă mâinile lui îmi cuprind obrajii și îmi apleacă fața spre el.

— Da? șoptește.

Dau din cap și îi simt greutatea înăuntrul meu.

— Doamne, Maică Precistă, zice, în timp ce mă sărută. E ireal.

Totul se reduce la micile mișcări ale șoldurilor mele peste el și la săruturile moi. Abia dacă mă mișc. Doar mă legăn, strâng. Înseamnă că nu mă aștept să simt strânsoarea care îmi spune că e aproape de orgasm.

Cu buzele lipite de el, îl întreb:

— Vrei să mă opresc?

— Doar dacă nu ai protecție.

Limba i-o întâlnește pe a mea și Elliot geme:

— Macy, scumpo, sunt așa de aproape.

Nu sunt sigură de ce tocmai acest moment face ca realitatea să devină pregnantă, faptul că facem dragoste, aproape complet îmbrăcați în continuare, undeva în grădinile de la nunta fratelui său. Când Elliot ajunge însă la orgasm vreau să simt mâinile lui și aerul rece și umed pe piele, nu pe mătasea creponată a rochiei. De fiecare dată când ne-am atins am fost aproape complet îmbrăcați.

Întind mâinile la spate, desfac fermoarul, împing bretelele de pe umeri și scap rapid de sutienul minuscul. Rochia îmi cade în jurul taliei.

Gura lui e acolo, ca și cuvintele lui aprobatoare — despre căldura și dulceața mea, despre cum îmi simte sânii sub limba lui. Cămașa apretată și descheiată îmi zgârie abdomenul și îl simt crescând în mine, simt cum are nevoie de mai mult decât mișcările ușoare pe care le primește acum, mâinile lui îmi găsesc sânii și îi ridică spre gura deschisă.

Din nou suntem într-un crescendo, mai repede de data asta, mă salt deasupra lui de trei,

ah,

de patru, de cinci, de șase ori.

— Futu-i.

Mă mușcă,

sălbatic.

— *Da.*

Mă fixează locului când strânsoarea lui de fier mi se înfige în șolduri și Elliot zvâcnește în mine, cu gura deschisă și dinții dezgoliți pe sânul meu.

O să-mi rămână semn.

Dar chiar și după ce a terminat, își trece dinții în sus și-n jos pe pielea mea, limba îmi mângâie sfârcul ridicat și calmează locul unde mă mușcase ușor. Încă îi simt zvâcnirile în mine. Respiră sacadat, simt pe piele aerul pe care îl expiră.

Îmi țin degetele încâlcite în părul lui, să îl țin aproape. Am pielea de găină peste tot și mâinile lui mi se strecoară pe spate, mă trage și mă ține strâns lipită de el.

A ejaculat în mine.

E încă înăuntrul meu.

Ce am făcut?

Și cum am rezistat atât de mult timp fără el?

Să fac dragoste cu el mi se pare deodată ceva vital, ca aerul, apa şi căldura.

Îşi întoarce faţa spre mine cu speranţă şi doar o mişcare infimă înainte face ca gura mea să o întâlnească pe a lui şi simt iar o molatică uşurare.

E în acelaşi timp familiară şi străină. Pielea îi e mai aspră, de la tuleie, buzele, mai puternice. Înăuntrul meu, o ştiu, e mai voluminos.

Încep să mă depărtez de el — îngrijorată că i-am făcut varză smokingul — dar Elliot mă ţine locului, cu şoldurile lipite de ale mele.

— Încă nu, zice, cu gura peste gura mea. Vreau să rămân acolo. Încă nu-mi vine să cred că se întâmplă asta.

— Nici mie.

Mă pierd în mângâierile leneşe ale limbii lui, în săruturile mici care se dizolvă în altele, mai apăsate.

— S-ar putea să vreau încă o dată.

— Şi eu, îi zic, zâmbind.

Îşi mută buzele spre gât, mâna stângă vine să-mi cuprindă sânul.

— E ciudat, încep eu să spun, că mă simt ca şi cum am făcut sex cu cineva nou şi în acelaşi timp cunoscut demult?

Vorbele mele îl fac să râdă şi se apleacă să-mi sărute pieptul. Apoi se lasă iar pe spate şi şopteşte:

— Vrei să ştii ceva şi mai ciudat?

Închid ochii.

— Vreau să ştiu totul.

Pentru prima dată în mai bine de zece ani, chiar vreau asta.

— Au trecut ani până să fiu cu altcineva. Ai fost singura femeie cu care am fost până când am... în fine, pentru mult timp.

Cuvintele lui se lovesc de zidul alb al aburelii de după sex şi atunci groaza se lasă peste mine ca o negură.

— Te-am iubit toată viața mea, continuă Elliot, plimbându-şi buzele pe clavicula mea.

Deschide încet ochii şi mă priveşte.

— Cel puţin din clipa în care m-am gândit pentru prima dată la dragoste, sex şi femei.

E încă în mine.

Zâmbeşte şi lumina lunii îi surprinde maxilarul colţuros.

— Niciodată n-am dorit pe cineva aşa cum te vreau pe tine. A durat foarte mult până să mai doresc pe altcineva, fizic.

E ca şi cum m-aş afla în ochiul unei tornade, oarecum. Peste tot în jurul meu se întâmplă lucruri, dar în mintea mea e aşa linişte.

Cum nu spun nimic, mai întâi deschide larg ochii, apoi îi închide.

— Vai de mine. Abia acum îmi dau seama ce-am zis.

atunci

duminică, 1 ianuarie
cu unsprezece ani în urmă

Imediat ce am trecut de Richmond Bridge, i-am telefonat lui Elliot şi am ascultat pe *speaker* cum sună şi sună, pentru ca în final să intre căsuţa vocală. La vreo zece minute după ce plecasem, mi-am dat seama că nu ştiam unde anume locuia Christian în oraş şi nu ştiam cât timp o să mai fie Elliot acolo. Trecuse de acum de ora unu — era foarte posibil ca el să fie deja în pat, acasă, şi n-aş fi reuşit să ajung la el fără să trezesc tot restul casei.

Autostrada 101 se întindea înaintea mea, întunecată, presărată când şi când de luminile de poziţie ale altor maşini. Altfel, era pustie, cu grupuri de şoferi care intrau sau ieşeau de pe ea în preajma orăşelelor răsfirate: Novato, Petaluma, Rohnert Park... În Santa Rosa am încercat din nou să-l sun şi de data asta mi-a răspuns vocea unui necunoscut.

— Telefonul lui Elliot, aici.

În fundal răsuna vacarmul nesuferit de beţie.

Un amestec dureros de uşurare şi iritare se învârtoşa în mine. Era aproape ora două noaptea şi el — sau telefonul lui cel puţin — mai era încă la petrecere?

— Elliot e pe acolo? am întrebat.

— Cine e la telefon?

Am făcut o pauză.

— Cine vrea să ştie?

Tipul a tras aer în piept şi a răspuns crispat, ca şi cum doar imita pe cineva.

— Christian.

— Christian, sunt Macy.

A răsuflat prelung şi stăpânit.

— Macy a lui Elliot?

Cineva în fundal a scăpat o exclamaţie energică:

— Frate.

— Da, i-am confirmat eu. Iubita lui, Macy.

— Ah, futu-i.

La capătul celălalt s-a lăsat o linişte înăbuşită, ca şi cum cineva pusese mâna peste microfon. Când a revenit, a răspuns doar simplu:

— Elliot nu e aici.

— A plecat acasă fără telefon?

— Neeh.

Încurcată, am insistat:

— Atunci cum nu e colo dacă ştii că nu s-a dus acasă?

— Macy.

S-a auzi un hohot de beţiv şi pe urmă:

— Sunt prea trotilat ca să pricep asta.

— OK, am zis, calmă. Poţi să-mi dai adresa ta?

Mi-a turuit o adresă pe Rosewood Drive şi a adăugat:

— A doua casă pe stânga. O s-o găsești după gălăgie.

— Chris, a protestat cineva în fundal, *nu face asta.*

Christian a hohotit încă o dată, înfundat.

— Ce dracu' îmi pasă mie?

Apoi a închis.

Casa lui Christian era nouă și, în consecință, mare pentru modestul orășel de meșteșugari care era Healdsburg. Era cocoțată pe o colină și privea spre o podgorie. Băiatul avusese dreptate: am auzit gălăgia imediat ce am intrat pe strada lui. Aleea lungă care mergea spre casă era plină de mașini înghesuite până spre bordură. Am parcat pe prima porțiune de stradă liberă, câteva case mai jos. Cu fermoarul canadienei tras până sus peste rochie, mi-am lăsat în mașină pantofii cu toc, am pus mâna pe niște șlapi din portbagaj și am urcat înapoi dealul.

Mi s-a părut o prostie să încerc măcar să bat la ușă. Era oricum deschisă puțin, prin ea gălăgia se revărsa afară, așa că am împins-o doar și am intrat, pășind peste o ditamai grămada de pantofi, un gest care părea paradoxal de politicos, dată fiind starea în care se afla restul casei. Erau doze, sticle și mucuri de joint-uri pe aproape orice suprafață plată. În hol, muzica dată la maximum și televizorul duceau o bătălie. Pe canapeaua din living erau doi tipi leșinați și un al treilea stătea cu un dispozitiv pentru jocurile video în mână și juca *Call of Duty.*

— L-ați văzut pe Elliot? am întrebat răcnind, să acopăr răpăitul focurilor fictive de armă.

Tipul a ridicat ochii, a aruncat o privire spre bucătărie și a strâns din umeri.

M-am dus la bucătărie.

Era imensă şi, înăuntru, dezastru complet. Mai multe băuturi fuseseră încercate şi abandonate în blender. O piramidă din cutii de bere stătea pe insula solidă, din marmură, înconjurată de o ghirlandă de chipsuri zdrobite, dâre de salsa şi un şir de M&M's.

— E sus, a zis cineva din spatele meu.

M-am întors şi l-am recunoscut pe Christian din pozele de pe biroul lui Elliot. Era înalt — nu la fel de înalt ca Elliot, dar mai lat în spate, cu o bărbuţă care îi venea rău şi o pată de bere pe tricoul cu logo-ul Chicago State Wildcats[40]. Avea ochii injectaţi, cu pupilele aproape complet dilatate, până la negru. Lângă el, un alt tip se holba la mine cu ochii mari şi aerul că e gata să vomite. Era Brandon.

Cei mai buni doi prieteni ai lui Elliot.

— Sus? am repetat.

Christian a ridicat din bărbie, afirmativ, plimbând o scobitoare dint-un colţ al gurii în celălalt.

— E făcut pulbere, a zis Brandon, ţinându-se după mine în timp ce mă răsuceam pe călcâie, să ies din bucătărie şi să merg la etaj.

Vocea i-a devenit tot mai disperată când am pus piciorul pe prima treaptă.

— Macy, eu n-aş urca. Cred că a vomat.

— Atunci o să-l duc acasă.

Chiar şi mie mi s-a părut că vocea îmi sună spart, firavă, ca şi cum era transmisă prin difuzoare spre colţurile cele mai îndepărtate ale scării în spirală.

— O să-l ducem noi acasă, a zis Brandon, prinzându-mă delicat de cot. Lasă-l să doarmă şi să-şi revină.

Inima îmi zvâcnea în gât, în tâmple. Nu eram sigură ce o să găsesc... dar nu, lucrurile nu stăteau chiar aşa cum ar fi trebuit. Cred că am ştiut. Am priceput rânjetul laconic

40 Echipa de atletism a Universităţii de Stat din Chicago.

al lui Christian și neliniștea fremătătoare a lui Brandon. Dacă privesc retrospectiv, îmi e greu să decid dacă am fost mânată de un presentiment să merg acolo sau dacă nu era pur și simplu *evident*.

— Macy, eu m-aș duce direct acasă, s-a rugat Brandon. Când se trezește, îl pun eu să te sune.

Vocea lui a continuat să zumzăie în fundal, în timp ce se ținea după mine pe scări în sus și în dreptul singurei uși închise, tocmai în capătul culoarului. Am împins-o și m-am oprit.

De o parte a patului nefăcut atârna un picior lung. Elliot era încă încălțat, cu șireturile *legate*, dar avea blugii și boxerii în jurul genunchilor și tricoul ridicat până la subțiori, lăsându-i la vedere conturul pieptului, fâșia de păr negru din jurul buricului.

Brandon avea dreptate: Elliot zăcea lat.

Dar tot așa era și Emma, goală, întinsă de-a curmezișul peste torsul lui.

Am făcut un pas înapoi și m-am ciocnit fix de pieptul lui Brandon.

— Vai de mine, am șoptit.

Mi se mai întâmplase și înainte să am inima frântă, dar acum senzația era altfel, ca un chibrit aprins pus pe un organ intern însângerat, ținut acolo nemișcat, așteptând cu răbdare ca acesta să se deshidrateze, să se transforme în cărbune dur și să ia foc.

Te iubesc așa de al dracului de mult.

Te iubesc și te vreau și tânjesc după tine.

Te iubesc pentru că ești persoana cu care vreau să fiu pentru totdeauna.

Vrei să te măriți cu mine?

— Vai de mine.

— Macy, chiar nu e ce crezi tu, a zis Brandon, cu mâinile căuș pe umerii mei. Te rog, crede-mă.

— Mi se pare că a făcut sex cu ea, am zis, rece, și am ridicat din umeri, să mă eliberez de mâinile lui.

Oricât de tare mă îngrozea scena, nu puteam să-mi întorc privirea. Emma avea gura deschisă, lipită de pieptul lui, și sforăia. Scula lui Elliot atârna flască de-a lungul coapsei.

Nu-l mai văzusem niciodată cu adevărat gol până atunci, niciodată nu... mă *uitasem*.

Brandon se bâțâia, agitat.

— Ea e de vină, Macy. Elliot n-ar...

— Ei, rahat, a spus Christian, venind lângă mine. Ell nu arată prea bine.

Am scos un fel de suspin sugrumat, pe care se pare că l-a luat drept o întrebare.

— Neeh, au mai făcut-o. Numai... nu lua seama, a zis Christian și și-a reținut un râgâit sonor, lovindu-se cu pumnul în piept. Nu e chiar o chestie. Doar se mai fut și ei uneori.

M-am întors, am zbughit-o pe lângă ei pe coridor, împleticindu-mă în jos pe scări, am traversat bucătăria și am ieșit pe ușa din față, afară, în aerul rece și tare, unde nu puteam totuși să respir. Am încercat să inspir, dar parcă fusesem lovită iar și iar în diafragmă.

Era ora două și jumătate, în dimineața de Anul Nou, iar eu eram cel mai treaz și cel mai nesigur șofer de pe șosea. Prin pânza de lacrimi, conduceam stângace pe drumul în serpentină, urcam în zigzag dealul îngust și coboram panta pietroasă a șoselei. Am țipat la parbriz și de câteva ori am fost cât pe ce să mă întorc, pentru că aproape nu-mi venea să dau crezare propriei memorii. Cei doi, întinși acolo.

Când am urcat în salturi treptele de la intrare, nici nu m-am uitat spre casa lui Elliot, de teamă ca nu cumva să bat cu pumnii în ușă și să-i cer să coboare, chiar dacă nu era acolo.

În clipa aceea nu știam prea multe, dar știam că nu aș fi reușit să ajung înapoi la Berkeley întreagă.

Casa era rece ca gheața. Erau lemne aranjate îngrijit în paletul din spate — puteam să fac focul, să mănânc ceva, ca să-mi domolesc frământările din măruntaie —, dar abia dacă am reușit să ajung până la canapea. Am tras o pătură de pe spătarul balansoarului și m-am ghemuit pe podea.

Sincer, nu-mi amintesc nimic altceva decât senzația podelei reci de-a lungul părții drepte a corpului meu. Presupun că mintea mea se blocase imediat. Vreun instinct de autoconservare nu a vrut ca eu să-i mai văd coapsele goale, să văd atingerea familiară a mâinii ei pe ombilicul lui. Vreun segment protector din mintea mea nu voia ca eu să-mi reamintesc mirosul greu din cameră — învălmășeala de trupuri și transpirație, bere și sex — sau modul relaxat în care Christian vorbise despre trecutul lor intim.

Dar avea oare dreptate? Oare așa o fi fost toată săptămâna și în cea mai mare parte a vieții lor? Emma și Elliot, făcând sex ocazional, umplându-și unul altuia plictisul zilelor? Trimițându-și mesaje să iasă împreună când nu mai era nimic altceva de făcut? Făcând sex în parc pentru că — de ce nu? Nu aveam nicio îndoială că Elliot mă iubește — știam că da, o simțeam în măduva oaselor –, dar abia dacă eram cu el o treime din timp, iar în celelalte două treimi, Emma era acolo. În fiecare zi, la școală, tot anul: accesibilă, la îndemână, familiară.

Habar nu aveam cine e Elliot cel din viața reală. Elliot al meu nu exista decât în anumite zile, doar între granițele bibliotecii noastre din debara.

Nu îl cunosc deloc. Nu îl cunosc deloc. Iată gândul oribil care mi se strecura prin toate visele — vise în care dădeam peste el în autobuz şi nu-l recunoşteam, vise în care treceam pe lângă el pe culoar şi simţeam ca un ecou supărător, că uitasem cumva ceva important, dar nu ştiam ce anume.

acum

duminică, 31 decembrie

Îmi salt șoldurile și simt în piept o tensiune când corpul lui Elliot alunecă și se desprinde de mine. Îl simt sub mine, retrăgându-se, cu ochii plini de o durere care pare să crească pe măsură ce tăcerea dintre noi e tot mai lungă.

— Nu m-ai lăsat niciodată să-ți explic ce s-a întâmplat, zice.

Nu pot să îl privesc în ochi. Lucrurile sunt mai profunde de atât, însă chiar dacă detaliile acelea par acum minore, știu că este punctul de la care trebuie să plecăm.

— În seara aceea ai spus că mă iubești, îi reamintesc. Pentru prima dată.

Dă cu ardoare din cap.

— Știu.

— Mi-ai cerut să mă *mărit* cu tine.

Elliot se întinde să mă ia de braț și îmi prinde încheietura mâinii între degetele lui.

— Am vorbit serios. Aveam un inel.

L-am privit, șocată.

— Și dacă spuneam da, i-ai mai fi tras-o Emmei?

— OK.

Se ridică, își trage pantalonii și se încheie la curea.

— OK.

Cămașa îi atârnă pe dinafară, părul continuă să-i fie răvășit de la degetele mele. Coboară privirea spre mine, luminat din spate de lună și de sclipirile îndepărtate ale petrecerii. Se apleacă să-și recupereze ochelarii și și-i pune la ochi.

— Știi de câte ori ți-am povestit toate astea în mintea mea?

— Probabil că tot de atâtea ori de câte am încercat eu să pretind că n-am văzut ceea ce am văzut.

Se ghemuiește.

— N-am aflat ce se întâmplase decât după câteva zile.

— Ce?

— I-am pomenit lui Christian că nu m-ai mai sunat și el a zis: „Probabil pentru că a văzut-o pe Emma goală, deasupra ta."

Clipesc. Încă mai văd imaginea aceea, cât se poate de clar.

— Și partea cea mai rea, zice, calm, este că până să o spună, nici n-am știut că fusesem cu *Emma*. De dimineață nu mai era acolo.

Am nevoie să asimilez asta preț de două, trei, patru respirații.

— Te-ai trezit cu chiloții în vine, Ell. Asta nu ți-a spus nimic?

— Aici e partea pe care nu reușesc să mi-o lămuresc, șoptește. În mintea mea, *tu* ai venit la petrecere, *tu* m-ai găsit mort de beat pe patul lui Chris. În capul meu tu mi-ai făcut o felație, te-ai urcat peste mine. Nu-mi aduc aminte să fi făcut sex cu Emma în noaptea aceea. Îmi amintesc că am făcut sex cu *tine*.

— Tu te auzi, măcar?

Mă uit fix la el, cu gura căscată. Inima îmi bubuie în coşul pieptului când aud cuvintele *mi-ai făcut o felaţie*. Eu nu i-am făcut niciodată sex oral — dar ea?

— Auzi cum ţiuie în fundal stupidometrul? Îmi spui că în noaptea aia, când ai făcut sex cu Emma, tu ai crezut că eram *eu*?

Geme şi-şi trece mâna greblă prin păr.

— Îmi dau seama cât de nebuneşte sună. Nici la vremea aceea n-am reuşit să reconstitui fragmentele nopţii şi am avut la dispoziţie unsprezece ani să încerc să-i dau de capăt. Am fost foarte beat, Mace. Îmi aduc aminte că m-am trezit simţindu-ţi buzele peste gura mea. Îmi amintesc cum ţi-am atins părul, că ţi-am vorbit, te-am încurajat. Şi când mă uit în urmă, continui să văd faţa *ta* când ea s-a suit peste mine.

Clatină din cap, închide ochii strâns şi când o spune îmi aduc aminte ce începuse Brandon să zică, ceva despre cum *Elliot n-ar face asta*.

— M-am trezit, a continuat, şi am trăit un moment de jenă usturătoare, pentru că uşa camerei lui Chris era deschisă şi în jurul meu umblau nişte oameni care curăţau mizeria. Eram singur, cu scula atârnând. Ţi-am trimis un mesaj în care te întrebam unde ai dispărut. Au trecut două zile în care, prins cu treburi, am gândit că făcusem sex cu iubita mea, beat, la o petrecere. Am crezut că eşti jenată sau furioasă pe mine pentru că fusesem atât de trotilat şi că de aceea nu-mi telefonai.

Acesta e oare adevărul lui — o greşeală tăinuită şi dureroasă? O parte din mine jinduieşte după versiunea aceasta asupra lucrurilor, atât de mult vreau să o cred, că mi se încleştează dinţii. Cealaltă parte din mine vrea să răcnească, să spună că smiorcăiala asta neînsemnată despre o neînţelegere la beţie a dezvăluit totul. Ar fi trebuit să fie ceva deliberat, ceva *uriaș*. Ceva demn de ceea ce a urmat.

— Dacă m-ai fi lăsat să-ți explic..., zice calm, privindu-mă perplex. Te-am sunat iar și iar...

— Știu.

Știam foarte bine că timp de luni întregi mă sunase de mai multe ori pe zi. După seara aceea nu mi-am mai deschis niciodată vechea adresă de e-mail, dar dacă aș fi făcut-o, probabil că aș fi găsit și acolo zeci de mesaje necitite.

Știam că regretă enorm.

Dar nu asta fusese problema. Niciodată.

— Am dat-o de gard, Macy, dar chiar așa de rău cum e — și știu că a fost rău — oare a meritat asta?

Face un semn, fluturând mâna de la el la mine.

— Chiar a fost destul cât să te facă pur și simplu... să mă abandonezi? După toate cele? Să nu mai vorbești cu mine — *niciodată*?

Mă uit la el, smulg cuvintele din grămadă și le aranjez, le rearanjez în fraze. Chestia cu Emma pare atât de neînsemnată acum. Nu a fost decât prima piesă de domino.

— Exista între noi o încredere profundă, de neclintit, știi — și tu ai distrus asta, așa ai făcut — dar nu e doar asta. Este... e vorba de mine. A fost vorba și de mine.

— Nu crezi că meritam șansa să-ți explic? zice, înțelegând greșit incoerența mea și emoțiile reținute îi sugrumă vocea.

Îmi dau seama că așteaptă un răspuns. Răspunsul e da, bineînțeles că merita să aibă șansa să se explice. Bineînțeles că nu i s-a întâmplat. Într-o realitate alternativă, mi-ar fi telefonat în ziua aceea, mai târziu, și eu i-aș fi răspuns.

— Te iubesc, spune Elliot. Te-am iubit *mereu*. Pentru mine, nu a existat niciodată altcineva în afară de tine, știi asta.

Îmi găsesc cu greu cuvintele.

— A fost groaznic... a fost o noapte groaznică...

— Știu că a fost groaznic, Mace, a zis, pe un ton mai dur, aproape bănuitor. Am fost întâia dragoste a unuia pentru celălalt, prima relație sexuală, primul în toate. Dar, pe bune. E o chestie cumplită, o ceartă la cuțite. Dar nu înseamnă... să dispari timp de zece ani.

— Nu a fost doar asta.

Inima pare să-mi fie de acord cu buzele, că nu putem, practic, să facem asta acum.

În urechi îmi răsună scrâșnet de metal pe asfalt. Închid ochii și scutur capul, să-l alung.

— Ai măcar idee cum a fost? mă întreabă, tot mai frustrat acum, în fața confuziei mele incoerente. Mă trezeam în fiecare zi întrebându-mă dacă aceea va fi ziua în care o să te văd iar. Și, dacă era, cum o să se întâmple? Mi-ai lipsit atât de mult. Am 29 de ani și nu am iubit niciodată o altă femeie.

Mă țintuiește cu privirea, fără să clipească.

— Și toate femeile cu care am fost știu asta, din nefericire pentru ele.

Deschid gura să spun ceva, dar nu pot rosti nimic. Elliot mă privește consternat.

— Vrei să știi ce-a vrut să spună Rachel când a zis că sunt complet distrus? Păi, uite un exemplu: prima persoană care mi-a făcut o felație după ce tu m-ai părăsit a trebuit să rămână acolo, în timp ce eu am izbucnit în plâns ca un maniac nenorocit, încercând să-i explic de ce nu vreau să mi-o *sugă*.

— Îmi pare rău.

Îmi acopăr faţa cu mâinile, inspir, expir. Punctul 27 pe lista mamei era despre cum trebuie să-mi amintesc să respir. Inspiraţie, expiraţie, de zece ori, atunci când sunt stresată.

Unu...

Doi...

— Şi mie îmi pare rău. Vreau asta, îmi şopteşte. *Pe tine* te vreau.

Trei...

Şi eu te vreau pe tine, îmi spun în gând. *Dar nu ştiu cum să-ţi spun că Emma contează prea puţin. O altă femeie care ţi-o suge contează prea puţin.*

— Mace, vorbeşte cu mine, mă îndeamnă el. Te rog.

Patru...

Cinci...

— Te doresc.

Vocea lui mi se pare ciudat de distantă. Dar îmi dau seama acum că poate nu ar trebui.

Şase...

Şapte...

Până ajung la zece, mâinile nu-mi mai tremură când le las în jos, pentru că nu m-am aşteptat ca Elliot să plece, nu l-am auzit îndepărtându-se.

În noaptea întunecată, petrecerea de pe veranda exterioară e ca un far de luminiţe şi steluţe răspândite, de la lumânările reflectate în paharele de şampanie. În răcoarea nopţii, lămpile de căldură amplasate la intervale regulate dau suficientă căldură pentru ca aerul umed să vibreze în jurul cuplurilor care dansează lent.

Pe George îl găsesc în stânga ringului, lângă tortul miresei, care fusese deja tăiat şi împărţit. Zâmbeşte larg, are obrajii roşii şi privirea apoasă, de veselă ebrietate.

— Mace! mă strigă şi mă îmbrăţişează greoi. Unde e fra' miu?

— Asta voiam şi eu să te întreb.

Întinde mâna şi-mi scoate o rămurică din păr şi, *Doamne Sfinte*, abia acum îmi trece prin cap că habar nu am cum arăt, venită din grădină după ce mi-am tras-o cu Elliot.

George rânjeşte.

— Am impresia că tu ştii mai bine ca mine.

Liz vine şi ea lângă el, zâmbindu-i soţului său ameţit.

— Macy! Uau, arăţi...

În ochii se vede că a priceput şi scoate un hohot de râs.

— Unde e Elliot?

— Întrebarea zilei, murmură George.

— Aici sunt.

Ne întoarcem şi îl vedem stând la o parte, cu un pahar de şampanie pe jumătate gol. Valul de căldură pe care i l-am simţit pe obraz, sub buzele mele, a dispărut. În locul lui acum e o privire ştearsă, fluturarea unei încruntări. Nu mai are papionul, cămaşa e descheiată la gât şi mânjită de ţărână şi ruj. Când mă uit acum la el, e de două ori mai evident ce am făcut împreună.

Îi surâd şi încerc să-i transmit din priviri că mai avem de vorbit, dar nu se mai uită la mine. Duce paharul la gură, îl dă peste cap, îl pune apoi pe tava unui chelner care trecea şi zice:

— Mace, aveai nevoie să te las la motel?

Şocul îmi trimite un val rece prin tot corpul. George şi Liz amuţesc şi dispar, jenaţi prin ricoşeu. Inima mi-o ia razna, bate toba şi la urmă sună ca un taler, când îmi dau seama că mi se cere să plec.

— Nu e nevoie, îi răspund, pot să iau un Uber.

— Cool, zice şi dă din cap.

Fac un pas înainte şi întind mâna spre el, Elliot se uită la ea şi se încruntă, de parcă ar fi plină de noroi.

— Putem să vorbim mâine? îl întreb.

Face o grimasă şi mai ia un pahar cu şampanie, îl dă şi pe acesta pe gât, atât de repede, încât chelnerul abia apucă să-mi ofere şi mie unul, pe care îl refuz. Până să dispară omul, tulburat, Elliot a mai apucat unul.

— Sigur că putem să vorbim mâine, zice, agitând paharul. Putem să vorbim despre vreme. Poate despre care tartă ne place cel mai mult? Sau — ştiu — încă n-am vorbit despre avantajele unui Crock-Pot[41] faţă de oala sub presiune. Am putea face asta?

— Vreau să spun, să terminăm ce-am început, îi şoptesc, înţelegând că atrăseserăm atenţia câtorva membri ai familiei. N-am terminat.

Alex ne urmăreşte de la distanţă, îngrijorată, cu ochii mari.

— Nu? Credeam că am trecut de marele final. Tu ai făcut aşa cum te pricepi cel mai bine, zice, zâmbind trist. Te-ai închis în tine.

— Tu ai plecat, spun, răstit.

Râde grosolan, scutură din cap şi repetă, murmurând:

— *Eu* am plecat.

Mă înmoi şi zic:

— Mâine... trec pe la tine.

Elliot ridică paharul, gâlgâie patru înghiţituri şi se şterge la gură cu dosul palmei.

41 Aparat de gătit, electric, în care mâncarea se pregăteşte încet, fără intervenţia repetată a celui care îl foloseşte.

— Absolut, Macy.

La ora unu noaptea, cerul întunecat pare bântuit. Sar peste treapta ruptă, așa cum mă așteptam, și urc pe veranda bătrânei mele case de vară. Deschid cu cheia ignorată de atâta timp pe inelul meu de chei și mă strecor înăuntru, unde e chiar mai frig decât în pădure; izolația menține răcoarea înmagazinată în pereții tencuiți și închiși la culoare. Aprind luminile și mă duc la soba cu lemne, îngenunchez și fac focul.

Dacă tot nu am mai fost aici decât o singură dată în ultimii zece ani, ar fi logic să îmi amintesc exact când s-a întâmplat, dar nu reușesc. Știu doar că a fost cu o săptămână, poate două, înainte să plec la Tufts, în anul al doilea, și că am venit noaptea, să luăm la mână toate lucrurile de acolo și să le punem pe toate cele la care țineam în debarale pe care să le putem încuia, astfel încât chiriașii curioși care aveau să o închirieze pentru vacanță să nu poată lua ceva. Amintirea nopții aceleia e estompată, ca o acuarelă privită prin ceață.

La etaj, scotocesc între celelalte chei de pe inel, o găsesc pe cea mai mică și o bag în broasca încuiată a debaralei din camera tatei. Intră cu hopuri, se înțepenește la jumătate și e nevoie să o scutur puțin înainte să se potrivească și să se învârtă poticnit, ruginită. Prin ușa deschisă bufnește un damf de mucegai și stomacul mi se strânge când mirosul și revelația se îngemănează: va trebui să arunc majoritatea lucrurilor. Tata mai avea încă acolo câteva cămăși și pantaloni. Ghetele de drumeție și o vestă pentru pescuit. Pe raftul cel mai de sus sunt albume cu fotografii, o dioramă cu scena Nașterii Domnului, pe care am făcut-o în clasa a patra. Scrisori de la mama. Și, în spate de tot, un vraf de reviste deocheate.

Dau cu fundul de pământ înainte de a-mi da seama că alunecasem încet pe tocul ușii. Dincolo de mirosul de mucegai, persistă mirosul *lui* inconfundabil: țigări daneze, aftershave-ul lui, mirosul puternic de lenjerie spălată. Trag o cămașă de pe umeraș — alandala; sârma zboară de pe bară și se lovește de ușă în timp ce cade. Îmi lipesc țesătura de obraz, inspir și mă sugrumă un hohot de plâns.

De mult nu am mai simțit așa ceva. Sau poate că nu am trăit niciodată acest sentiment anume: *vreau* să plâng. Vreau să hohotesc cu adevărat. Mă las în voia lui, îl las să mă sfâșie și scot niște urlete care reverberează în tavanul înalt și îmi zguduie corpul, mă face să mă încovrig, aplecată înainte. Muci, salivă: sunt varză. Îl simt acolo, chiar lângă mine, dar știu că nu e real. Vreau să-l strig, să-l întreb ce avem la micul-dejun. Vreau să-i aud cadența egală a pașilor, pocnetul intermitent al ziarului, în timp ce-l citește. Toate aceste instincte par să existe atât de aproape de suprafață, încât se întrețes și se împletesc printre firele țesăturii posibilului. Poate *chiar* e la parter și citește. Poate că tocmai iese de la duș.

Aceste mici mementouri sunt cele care dor, micile momente în care îți spui — stai să îl strig doar. *Ah, așa e. E mort.* Și te întrebi cum s-a întâmplat, dacă l-a durut, dacă mă vede aici, pe podeaua lui, într-o baltă de lacrimi și suspine?

Este singurul lucru care întrerupe torentul și îmi scoate din gâtlej un hohot grosolan de râs. Dacă tata m-ar fi găsit vreodată plângând așa, s-ar fi uitat în jos la mine — derutat — apoi s-ar fi lăsat încet pe vine, ar fi întins mâna și mi-ar fi mângâiat blând brațul.

— Ce s-a întâmplat, Mace?

— Mi-e dor de tine. Nu eram pregătită. Încă mai aveam nevoie de tine.

Acum ar fi înțeles, în fine.

— Şi mie îmi e dor de tine. Şi eu aveam nevoie de tine.

— Te doare? Ţi-e urât? îl întreb şi-mi şterg nasul cu braţul. Eşti împreună cu mama?

— Macy.

Închid ochii şi simt cum alte lacrimi mi se preling pe tâmple şi îmi intră în păr.

— Îşi aduce aminte de mine?

— Macy.

— Îşi mai aminteşte vreunul dintre voi că aveaţi o fiică?

Nu sunt în firea mea, ştiu că nu sunt, dar nu îmi e jenă să fiu găsită astfel, mai ales când e vorba de tata. Cel puţin aşa o să vadă cât de iubit a fost.

Braţe puternice mi se strecoară pe sub genunchi, îmi cuprind spatele şi sunt ridicată din aburul de mucegai şi de lângă tata şi sunt purtată pe coridor.

— Îmi pare rău, repet iar şi iar şi iar. Îmi pare rău că n-am telefonat. Îmi pare rău, tată. E vina mea.

Sunt încă pe genunchii lui când se aşază la mine pe pat. E aşa de cald, de puternic.

De ani întregi nu m-am mai simţit atât de mică.

— Mace, scumpo, uită-te la mine.

Am vederea înceţoşată, dar e uşor să-i disting trăsăturile.

Ochii verzi-aurii, părul negru.

Nu tata, Elliot. Încă îmbrăcat în smoking, cu ochii injectaţi în spatele ochelarilor.

— Aşa. Revino la mine. Unde te-ai dus?

Îi înconjor gâtul cu braţele, îl smucesc mai aproape şi strâng tare ochii. Simt mirosul de iarbă pe el, scoarţa măslinului.

— Tu eşti.

— Da, eu.

Și de la el trebuie să îmi cer iertare.

— Îmi pare rău, Ell. Am stricat totul pentru că am uitat să sun.

— Am văzut luminile aprinse, șoptește. Am venit și te-am găsit așa... Macy Lea, spune-mi ce se întâmplă.

— Ai avut nevoie de mine și eu n-am fost acolo.

Rămâne tăcut și mă sărută pe creștet.

— Mace...

— Eu aveam și mai multă nevoie de tine, zic și încep iar să plâng. Dar n-am reușit să aflu cum să te iert.

Îmi dă la o parte părul de pe față și mă cercetează cu privirea.

— Iubito, mă sperii. Vorbește cu mine.

— Știam că n-a fost vina ta, am izbucnit, dar prea multă vreme am avut senzația că totuși este.

Văd cum ochii i se umplu de lacrimi, derutat.

— Nu înțeleg ce...

Cu o mână în părul meu, mă trage la piept și vocea i se gâtuie.

— Te rog, spune-mi ce se întâmplă.

Așa fac.

atunci

duminică 1 ianuarie
cu unsprezece ani în urmă

M-au trezit zgomotul uşii trântite puternic, bubuitul paşilor peste gresia de la intrare.

— Macy?

Am gemut şi mi-am prins în palme ceafa înţepenită. M-am ridicat exact când intra în living. Străfulgerat de primul gând al unui tată grijuliu, a dat fuga şi s-a ghemuit lângă mine.

— Ţi-a făcut ceva rău?

Accentul cu care a spus-o a adunat toate cuvintele într-un ghem de furie.

— Nu, am răspuns, tresărind şi m-am întins.

Mi-am amintit. Măruntaiele mi-au luat foc.

— De fapt, da.

Mâinile tatei şi-au găsit grijulii drumul peste umerii mei, în jos, pe braţe, le-au prins pe ale mele. Cu palmele întoarse în sus, le-a cercetat şi apoi mi-a pipăit mijlocul palmelor cu buricele degetelor mari.

Îmi amintesc de atingerea aceea de parcă a fost ieri.

Ne-am împletit degetele.

Ca prin ceață, am avut o revelație. Mi-am dat seama că eram la casa de vacanță și tata era acolo și el — în dimineața friguroasă, la mai mult de o sută de kilometri de casă.

— Ce cauți aici?

S-a uitat la mine mustrător, dar blajin.

— Nu m-ai sunat să-mi spui că ai ajuns aici cu bine. N-ai răspuns nici la telefon.

— Îmi pare rău, l-am închis, am zis mormăit și m-am prăbușit lipită de pieptul lui lat.

A oftat îngrijorat.

— Ce s-a întâmplat, *min lille blomst*?

— El a greșit, i-am zis. Rău de tot.

Tata s-a tras mai în spate, să mă privească în ochi.

— Altă fată.

Am încuviințat din cap și am suspinat din rărunchi când mi-am amintit de trupul lui Elliot, gol, pur și simplu... întins, acolo. Cu membrele desfăcute.

Tata a răsuflat încet.

— La asta nu m-am așteptat.

— Nu ești singurul.

M-a ajutat să mă ridic, cu brațul pe după umerii mei, protector.

— O să venim în weekend să luăm Volvo-ul.

O să venim în weekend să luăm Volvo-ul.

Mă întreb ce s-o fi întâmplat cu mașina.

Tata ținea mâna lui de uriaș pe volan și cu cealaltă ținea mâna mea, degetele noastre împletite.

Se uita la mine la fiecare cinci secunde, aproximativ, dorindu-și fără îndoială să fi avut lista mamei chiar acolo, pe bord, ca să citească... sfatul referitor la *Prima dată când un băiat îi frânge inima*. Eu știam unde să îl găsesc. Numărul 32.

Avea privirea preocupată, fruntea încruntată... Oricât de mult uram ce se întâmplase cu Elliot, îmi plăcea căldura atenției pe care mi-o acorda tata, atingerea liniștitoare a mâinii lui, întrebările calme — ce voiam la cină? Voiam să mergem la un film sau să stăm acasă?

Atenția lui asupra mea însemna, totuși, că nu era atent la drum.

Nici nu sunt sigură că a văzut mașina măcar. Era un Corvette albastru care ieșea de pe banda de intrare și deja mergea cu viteză prea mare. Nouăzeci, poate chiar o sută zece kilometri pe oră. Ne-a sărit în față pe prima bandă, frânând scrâșnit ca să intre între noi și tirul din față. Cauciucurile Corvette-ului au derapat, fundul i-a luat-o într-o parte și luminile de frânare s-au aprins imediat. Fix în fața noastră.

A existat un moment când a fost prea târziu? Mereu m-am întrebat asta. Aș fi putut oare să îi spun mai mult decât un „Tată!" bâiguit și să arăt cu degetul?

Martorii au declarat poliției că, după părerea lor, totul s-a petrecut în mai puțin de cinci secunde, dar în memoria mea totul se va derula pe veci la ralanti: încă simt privirea îngrijorată a tatei îndreptată spre mine, nu la Corvette. De aceea nici măcar nu a atins frâna. Am intrat în ea atât de repede, cu un zgomot asurzitor de metal pe metal și trupurile noastre s-au smucit în față, airbag-urile s-au deschis și, pentru o fracțiune de secundă, am crezut că e în ordine. Impactul trecuse.

Doar că nu aterizaserăm încă. Când s-a întâmplat, partea șoferului s-a hârșâit de asfalt, un scrâșnet cu scântei sărind din metal, întins pe șase metri. Ne-am oprit pe o parte. Fruntea îmi ajunsese lângă volan. Scaunul meu îl strivise pe al tatei, odată cu el.

Mai târziu am aflat că șoferul celălalt era elev la Santa Rosa Junior College. Se numea Curt Andersen și a scăpat cu o mică julitură la gât. Nu de la centura de siguranță — nici măcar nu o avea pusă –, ci de la tapițeria scaunului din dreapta, unde a fost aruncat când mașina lui s-a rotit pe o parte, trecând peste trei benzi de trafic.

La început, Curt a fost inconștient, cred, și cea mai mare parte a agitației s-a petrecut în jurul realității mult mai cumplite din mașina noastră. Eu eram deja pe targă, cu o mână ruptă, când Curt a ieșit din mașină, cu mințile pierdute, râzând că a supraviețuit, până când l-a trezit la realitate șocul scenei din fața lui și poliția, cu cătușele.

Am auzit de oameni care spun că nu își amintesc ce s-a întâmplat imediat după ce li s-a comunicat moartea cuiva drag, dar eu îmi aduc aminte totul. Îmi amintesc acut felul cum brațul rupt îmi atârna pe o parte, ca un sac de oase. Îmi aduc aminte că voiam să-mi smulg pielea, să fug, pentru că fuga anula cumva ceea ce îmi spuseseră paramedicii.

Da, a murit.

Scumpo, trebuie să te liniștești.

Îmi pare rău. O să te ducem la Sutter, drăguță. Ai nevoie de doctor. Trebuie să respiri.

Îmi aduc aminte că i-am tot rugat să se întoarcă, să îl mai resusciteze, să mă lase pe mine să-l reînvii.

— Așteptați.

— Macy, trebuie să încerci să respiri. Poți să respiri?

— Nu mai vorbiți! am țipat. Toată lumea, încetați cu vorbitul!

Am o idee: Putem să o luăm de la capăt.

Hai înapoi în mașină, înapoi acasă. Am nevoie doar de o clipă de gândire.

O să rămânem acolo în noaptea asta.

Sau, nu, hai să mergem și mai mult în urmă.

În primul rând, nu o să uit să-i telefonez.

Vreau să mă întorc la momentul în care *am avut inima zdrobită data trecută, nu acum.*

Azi nu a fost o zi bună pentru condus. Dacă o să mergem azi cu maşina, o să-i pierd pe toţi.

Unul dintre poliţişti m-a prins fără efort, când m-am rostogolit stângace de pe targă şi am luat-o la fugă pe autostradă — departe de lumini, de zgomot şi de imaginea îngrozitoare a tatei în maşină. Mai simt şi acum felul cum poliţistul m-a cuprins, pe la spate, atent la braţul meu rupt, încolăcindu-se peste mine, în timp ce mă prăbuşeam. Încă îmi amintesc cum îmi repeta mereu şi mereu că îi pare rău, îi pare foarte rău, că şi el şi-a pierdut fratele la fel, îi pare tare rău.

După aceea a intervenit amorţeala agresivă. Unchiul Kennet a venit la Berkeley din Minnesota. Avea un aer acru în timp ce a studiat testamentul tatei şi situaţia financiară. M-a bătut pe spate şi şi-a dres mereu glasul. Mătuşa Britt a făcut curăţenie, în timp ce eu stăteam pe canapea şi mă uitam la ea. S-a pus în mâini şi genunchi, a înmuiat un burete în găleata plină cu detergent pentru lemn şi a frecat ore întregi pardoseala. Nu mi s-a părut că ar fi fost un gest de afecţiune. Am avut impresia că de mulţi ani voia să facă curăţenie în casă şi acum i se ivise în sfârşit ocazia.

Verii mei nu au venit; nici măcar la înmormântare. *Sunt la şcoală*, spusese Britt. *Asta i-ar necăji prea tare. Stau la părinţii mei, în Edina.*

Îmi aduc aminte că mi-am dorit să-l fi găsit pe poliţistul care m-a fugărit şi a plâns cu mine şi să-l aduc *pe el* la înmormântare, pentru că părea să mă înţeleagă mai bine decât oricine din micuţa familie care îmi mai rămăsese. Dar chiar şi rugămintea aceea părea imposibilă. Efortul de care am avut nevoie ca să mănânc şi să mă îmbrac era deja atât de intens, încât să-mi amintesc un nume, să sun la secţia de poliţie, era peste puterile mele.

Sau să-l sun pe Elliot.

Eram amorţită, dar dincolo de asta mai era şi o furie usturătoare.

Chiar şi pe vremea aceea am ştiut că nu e tocmai în regulă, nu reuşeam să pun lucrurile cap la cap, dar sâmburele acela mic de durere provocat de Elliot şi Emma s-a înfăşurat tot în pierderea tatei şi de ce a venit să mă ia, în primul rând. Aveam nevoie de Elliot, îl voiam acolo. Am văzut primele câteva mesaje frenetice, insistenţele lui că fusese o greşeală. Dar apoi am şovăit între dorinţa ca el să afle că fusesem distrusă şi dorinţa de a-i spune că el ridicase parul. Apoi m-am simţit mai bine la gândul că nu va afla. Putea să aibă fiecare părticică din inima mea, în afară de asta.

Aşa cum am spus, îmi aduc aminte cum m-am simţit şi fusese ca o nebunie.

Kennet şi Britt m-au luat cu ei în Minnesota pentru patru luni. Îmi smulgeam pieliţele de la unghii până dădea sângele. Mi-am tăiat părul cu foarfeca de bucătărie. Mă trezeam la prânz şi număram minutele până când puteam să mă întorc în pat. Nu l-am contrazis pe Kennet când m-a trimis la psihoterapie sau când Britt s-a aşezat la masa din sufragerie, frunzărind scrisorile mele de admitere la facultate, cântărind dacă să mă trimită la Tufts sau la Brown.

Îmi aduc aminte totul, până la momentul când Britt a dactilografiat documentele de acceptare, privirea ei surprinsă când m-a văzut stând la baza scărilor şi satisfacţia cu care a zis:

— Le-am plănuit pe toate, Macy.

După aceea nu mai e nimic. Nu îmi aduc aminte cum au reuşit să-mi obţină diploma. Nu îmi aduc aminte cum am dormit toată vara. Nu îmi aduc aminte cum mi-am făcut bagajele pentru facultate.

Trebuie să cred că administraţia a prevenit-o cumva pe Sabrina, deşi ea insistă că nu. E sigur că au ales-o special: ea îşi pierduse fratele într-un accident de maşină, în urmă cu două veri.

Mai trebuie să cred şi că m-a salvat faptul că am plecat din Berkeley. În decembrie reuşeam să rezist câteva minute fără să mă gândesc la tata. Apoi, o oră. Iar mai târziu, destul de mult, cât să dau un examen. Mecanismul meu de apărare era să-mi înfăşor gândurile — când mă podideau — într-o bucată de hârtie şi apoi să le arunc, aşa cum faci cu o bucată de gumă de mestecat. Sabrina se lăsa pradă durerii care o sfâşia. Eu mă ghemuiam şi dormeam până ce eram sigură că gândul putea să fie înfăşurat strâns.

Timpul. Ştiam foarte bine că timpul amorţeşte anumite lucruri — chiar şi moartea.

acum

luni, 1 ianuarie

Elliot se lasă pe spate, cu ochi sticloşi, şi priveşte pe fereastra camerei mele, afară.

Văd cum îl traversează totul: oroarea, vinovăţia, confuzia, înţelegerea revelatoare că tata a murit a doua zi după ce el mă înşelase, că tata venise să mă ia pentru că eu fusesem foarte supărată şi nu i-am telefonat, că ultima zi în care l-am văzut pe tata a fost fix acum unsprezece ani... şi că timp de mulţi ani l-am învinuit pe Elliot pentru asta.

Nările îi freamătă şi clipeşte des, cu maxilarul încordat.

— Dumnezeule.

— Ştiu.

— Aşa... se explică, zice şi clatină din cap, apoi îşi înfige mâna în părul din frunte. De ce nu m-ai sunat înapoi.

Îi răspund calm:

— Nu gândeam prea limpede — după — n-am fost în stare să despart lucrurile. Pe tine... şi restul.

Sunt incapabilă să mă exprim.

— Ce dracu, Macy.

Se abţine, se întoarce şi mă trage înapoi în braţele lui, dar e altfel.

Mai rigid.

Am avut mai bine de zece ani să mă obişnuiesc; Elliot abia are două minute.

— Când m-ai oprit în faţă la Saul, îi spun, cu faţa înfundată în cămaşa lui, şi m-ai întrebat ce mai face Duncan?

Dă din cap.

— Nu ştiam nimic.

— Eu am crezut că ştii, i-am spus. Am crezut că aflaseşi... cumva.

— Nu aveam nicio cunoştinţă comună, spune, şoptit. Era ca şi cum aţi fi dispărut.

Dau din cap şi Elliot se crispează. Pare să se întâmple ceva cu el.

— Doar n-ai trăit în tot timpul ăsta cu ideea că m-am culcat intenţionat cu Emma, că am ştiut de moartea tatălui tău şi nu mi-a păsat, nu?

Încerc atât cât pot de bine să-i explic logica mea înceţoşată din momentul respectiv.

— Nu cred că am crezut chiar aşa — că nu ţi-a păsat. Ştiam că ai încercat să mă suni. Ştiam, raţional vorbind, că mă iubeai într-adevăr. Dar am crezut că poate între tine şi Emma era mai mult decât îmi spuseseşi tu. Mi-a fost jenă şi am avut inima frântă...

— Nu era nimic între noi, îmi spune grăbit.

— Christian cred că a fost cel care a zis că voi doi făceaţi sex din când în când...

— Macy, zice, încet, şi îmi cuprinde faţa în palme, ca să-l privesc în ochi. Christian e un tâmpit. Ştii tot ce s-a întâmplat între mine şi Emma. Nu a existat nimic ascuns acolo.

Vreau să îi spun că, de fapt, acum totul e irelevant, dar îmi dau seama că pentru el nu e aşa. Hotărârea lui înseamnă totul.

Mijeşte ochii, încă luptându-se să pună totul cap la cap.

— În vara care a urmat, Andreas a zis că te văzuse. Că ai venit aici cu tatăl tău.

Am clătinat din cap, dar apoi mi-am dat seama ce voia să spună.

— Era unchiul Kennet, zic şi suspin, apoi îmi şterg iar nasul. Veniserăm să strângem lucrurile şi să le depozităm.

Mă uit în jurul nostru, la zugrăveala familiară de pe pereţi, ştearsă acum, şi îmi aduc aminte cum nu voisem să clintesc niciun lucru. Am vrut să las totul aşa cum era, un muzeu.

— Atunci a fost ultima dată când am venit aici.

— În vara aceea am fost acasă, îmi şopteşte. Toată vara. Mi-am petrecut fiecare zi căutându-te. M-am întrebat cum a fost posibil să fi ratat momentul când ai sosit.

— Am ajuns târziu. Am ţinut luminile stinse.

Chiar şi acum sună absolut ridicol felul în care ne-am furişat, ca hoţii, folosind lanterne ca să luăm ce ne trebuia. Kennet şi-a imaginat că îmi pierdusem iar minţile.

— Mi-a fost teamă să nu te văd.

Elliot se dă înapoi şi colţurile gurii îi coboară. Nu îmi place că deschid astfel răni vechi, dar şi mai mult urăsc faptul că provoc unele noi.

— Poate că „teamă" nu e cuvântul potrivit, mă corectez.

Ştiu totuşi că este, chiar retrospectiv privind — cu o noapte înainte ca eu şi Kennet să ne fi suit în maşină, să venim aici, avusesem un atac de panică şi nu am suportat gândul ca Elliot să mă vadă în halul acela.

— În primul an la Tufts, după moartea tatei, mi-am găsit un fel de loc liniştit, tăcut. Poate că aş fi alergat în braţele tale. Dar mi-a fost teamă că o să fiu furioasă sau tristă. Mi-a fost mult mai uşor, în schimb, să nu simt nimic.

Se apleacă, rezemat cu coatele de coapse şi capul în mâini. Mă întind şi, cu cercuri mici, îl frec pe spate, între omoplaţi.

— Eşti OK?

— Nu.

Se întoarce şi mă priveşte peste umăr, schiţează un zâmbet, să-şi îndulcească răspunsul şi se face alb la faţă când mă fixează cu privirea. Îmi dau seama că are din nou o revelaţie. Îi cad obrajii.

— Mace, cum să-ţi spun cât de rău îmi pare? Cum pot vreodată...

— Nu, Elliot...

Într-o clipită sare în sus şi iese ca glonţul din cameră. Mă ridic să îl urmez, dar aud uşa de la baie trântindu-se, urmată imediat de zgomotul lui căzut în genunchi, pe gresie, vomitând.

Îmi lipesc fruntea de uşă, aud cum trage apa, sunetul robinetului deschis, gemete stinse.

— Elliot?

Îmi simt inima parcă strivită în pumn.

— Mace, lasă-mă doar un minut. Scuză-mă, mă lași o clipă?

Alunec în jos pe lângă perete și mă pregătesc să stau de veghe lângă baie, ascultându-l cum vomită iar.

Mă trezesc în patul meu, sub cuverturi, fără nicio amintire despre cum am ajuns aici. Singurul răspuns este că am adormit pe jos, în hol și Elliot m-a cărat în cameră, dar cealaltă jumătate a patului pare neatinsă și el nu se vede nicăieri.

Din debara se aude o tuse înfundată și senzația de ușurare îmi inundă, fierbinte, membrele. E încă aici. E frig și mă dau jos din pat înfășurată în cuvertură, să arunc un ochi înăuntru. Elliot e întins tot pe jos, cu mâinile sub cap, picioarele încrucișate la gleznă, și se uită la stelele decolorate și crăpate. E și acum lung cât toată debaraua. Nu am mai intrat aici de atâția ani și acum mi se pare minusculă. Mă uimește cum de mi se părea odinioară cât lumea întreagă, o planetă interioară.

— Salut, zice și îmi zâmbește.

Are ochii injectați, nasul roșu.

— Salut. Te simți mai bine?

— Cred că da. Tot îmi mai vâjâie capul.

Bate cu palma pe podea, lângă el.

— Vino aici.

Vocea îi e ca un mârâit surd.

— Vino aici, lângă mine.

Mă întind lângă el, mă cuibăresc la pieptul lui când întinde brațul să mă îmbrățișeze și mă strânge mai aproape.

— Cât am dormit? îl întreb.

— Vreo două ore.

Mă simt ca şi cum aş mai dormi un deceniu, dar în acelaşi timp nu vreau să pierd nicio secundă cu el.

— Mai e ceva pe care trebuie să-l lămurim? zic şi mă uit la el.

— Sunt sigur că da, dar deocamdată încă mai... refac legături, cumva, în capul meu.

— Adică... e de înţeles. Eu am avut unsprezece ani să procesez, tu n-ai avut decât un moment. Vreau să ştii... e în ordine dacă te simţi cumva rănit, aici.

Îi mângâi sternul cu mâna.

— Ştiu că nu se poate să ne împăcăm imediat cu toate.

Tace câteva clipe înainte de a răspunde şi, când o face, vocea îi e dură.

— Să te pierd a fost cel mai rău lucru care mi s-a întâmplat vreodată şi încă îi simt ecoul — au fost ani cu adevărat grei —, dar mă ajută faptul că acum ştiu. Oricât de groaznic este, mă ajută că ştiu.

Se uită la mine şi ochii i se umplu iar de lacrimi.

— Îmi pare rău că nu am fost acolo când a murit Duncan.

— Mie îmi pare aşa de rău că nu ţi-am spus. Îmi pare rău că am dispărut pur şi simplu.

Îi sărut umărul.

Îşi şterge faţa cu mâna liberă.

— Scumpo, ţi-ai pierdut mama la zece ani şi tatăl la optsprezece. E naşpa că ai dispărut, dar să nu crezi că nu te înţeleg. Ce mama dracului, în ziua aia viaţa ta... s-a prăbuşit pur şi simplu..

Îmi strecor mâna pe sub cămaşa lui, pe abdomen, şi mă opresc în dreptul inimii.

— A fost îngrozitor.

Îmi lipesc fața de gâtul lui, în scobitura umărului, încercând să alung amintirile acelea, inspirând mirosul lui familiar.

— Cum au fost anii aceia pentru tine?

Se gândește și mormăie.

— M-am concentrat pe studii. Dacă te referi la partea romantică, mă simțeam atât de vinovat, că nu m-am legat de nimeni, decât mult mai târziu.

Mă doare sufetul să-l aud.

— Alex a zis că n-ai adus pe nimeni acasă până la Rachel.

— Putem să lămurim un lucru? zice și îmi sărută părul. Definitiv și fără echivoc?

— Ce anume?

Îmi place sentimentul solid pe care mi-l dă prezența lui lângă mine. Nu cred că o să mă satur vreodată.

— Că te iubesc, șoptește și îmi saltă bărbia ca să mă uit la el. Bine?

— Și eu te iubesc.

Emoțiile îmi umplu pieptul și de aceea vorbele îmi sună gâtuit. Părinții o să-mi lipsească mereu, dar Elliot e din nou în viața mea. Împreună am reușit să reînviem ceva.

Își lipește buzele de fruntea mea.

— Crezi că putem să o facem? mă întreabă, fără să se dezlipească de mine. Avem acum șansa să fim împreună noi doi?

— E limpede că ne-am câștigat-o.

Se dă înapoi și mă privește.

— Am stat întins aici și m-am gândit. Într-un fel, ar fi trebuit să-mi dau seama. Ar fi trebuit să mă întreb de ce Duncan nu a mai revenit aici. Am presupus doar că amândoi erați foarte supărați pe mine.

— Cu timpul, mi-am permis să am mai multă încredere în propriile amintiri, îi spun dându-i părul de pe ochi. Mi-am dat seama că indiferent dacă ai avut sau nu ceva cu Emma, superficial și periodic, mă iubeai cu adevărat.

— Sigur că te iubeam.

Mă fixează cu privirea, tensionat.

— Mă distruge faptul că Duncan a murit crezând altfel.

Nu există ceva ce pot să-i răspund cu adevărat. Îl strâng doar mai tare și îl sărut în locul unde i se simte pusul, sub maxilar.

— Încă îmi place camera asta, șoptesc.

Elliot rămâne nemișcat lângă mine.

— E curios că o spui... Și mie îmi place. Dar am venit aici să-mi iau la revedere.

Inima îmi privește peste marginea prăpastiei și se prăbușește.

— Ce înseamnă asta?

Se ridică într-un cot și se uită în jos la mine.

— Înseamnă că nu cred că mai aparținem locului ăstuia.

— Păi, nu, n-o să stăm aici tot timpul. Dar de ce să nu păstrăm casa și...

— Ce vreau să spun, știi, evident că e a ta și ar trebui să faci așa cum vrei cu ea.

Își plimbă vârful degetelor pe sub buza mea și se apleacă să mă sărute o dată. Când se dă înapoi, îi caut gura, vreau mai mult.

— Dar vreau să trecem dincolo de debaraua asta, spune, blând. Nu ea este motivul pentru care ne-am îndrăgostit. Noi am făcut-o să fie specială, nu invers.

Știu că arăt pustiită și nu știu cum să-mi șterg expresia asta de pe chip. Îmi place să fiu aici cu el. Cei mai buni ani din viața mea s-au petrecut aici și nu m-am simțit niciodată mai în siguranță decât mă simt în debaraua asta.

Și acum înțeleg că Elliot e deja cu doi pași înaintea mea.

— Fac pariu că, după părerea ta, totul s-a dus de râpă când am încercat să trăim în afara ei, zice și se apleacă să mă sărute iar. Dar e vorba doar de un ghinion nenorocit. De astă dată n-o să mai fie așa.

— Nu?

Îmi rețin un zâmbet de ușurare și îl trag de umeri, să vină peste mine.

— Nu.

Râde și se așază între picioarele mele, cu privirea puțin tulbure.

— Și cum o să *fie* de data asta?

Îi iau ochelarii de la ochi și îi pun pe unul dintre rafturile goale.

Își face drum din săruturi spre gâtul meu.

— O să fie cum am vrut înainte.

— Ziua Recunoștinței pe podea, în lenjerie intimă?

Scoate un râs mârâit și își apasă șoldurile de mine când întind mâna jos și îi deschid fermoarul.

— Și tu la mine în pat, zice, în fiecare noapte.

— Poate că o să fii tu *la mine* în pat.

Când se dă înapoi, ochii i se îngustează.

— Atunci, femeie, chiar trebuie să te duci într-o afurisită de casă a ta.

Râd, râde și el, dar adevărul rostit rămâne între noi și îl face să nu se mai miște. Mă urmărește cu privirea și pot să-mi dau seama că, în timp ce rămăseserăm amândoi în tăcere, Elliot l-a transformat într-o întrebare; nu are să mă slăbească.

— Vrei să vii cu mine? Să golesc totul?

Tresar și recunosc:

— Nu am mai fost acolo de foarte mult timp.

Elliot mă sărută o dată şi apoi se apleacă şi îmi sărută pieptul în dreptul inimii.

— De unsprezece ani te aştept să vii acasă. Merg oriunde mergi şi tu.

acum

miercuri, 10 ianuarie

Imediat ce deschidem ușa, mă lovește un val puternic de nostalgie. Înăuntru, casa din Berkeley miroase exact așa cum a mirosit întotdeauna — ca acasă –, dar cred că până acum nu mi-am dat seama că *acasă* miroase așa cum miroase cufărul de cedru al mamei, pe care îl folosim drept măsuță de cafea, și ca țigările daneze ale tatei — se pare că le ascundea mai mult decât știam eu. O rază de soare ce străbate prin fereastra livingului surprinde câteva firișoare de praf care dansează. Am o femeie care vine și face curat o dată pe lună, dar chiar dacă lucrurile par în ordine, locul arată totuși abandonat.

Mă taie pe din două un junghi de vinovăție.

Elliot se apropie pe la spate și aruncă o privire peste umărul meu, în living.

— Crezi că reușim să și intrăm, azi?

Îndulcește gluma cu un sărut pe umăr și nu pot chiar să îl condamn pentru împunsătura delicată: am trecut deja de două ori cu mașina pe lângă casă, seara târziu, după ce ieșeam din garda de la spital. Am fost însă prea secătuită mintal ca să mă simt în stare de o reîntâlnire cu casa copilăriei mele. Acum însă sunt liberă până diseară și azi m-am trezit cu sentimentul că sunt... pregătită.

Deocamdată, planul nostru este să vindem casa din Healdsburg și să golim locul din Berkeley, ca să îl pregătim pentru profesorii invitați de la Universitatea California, care vor să închirieze un spațiu mobilat. Dar ca să o golim în acest scop înseamnă să iau cu mine toate amintirile importante — albume de fotografii, picturi, scrisori, mici mementouri împrăștiate peste tot.

Fac un pas înăuntru, apoi încă unul. Pardoseala de lemn scârțâie în locurile unde a scârțâit întotdeauna. Elliot mă urmează și el, se uită în jur.

— Casa asta miroase a Duncan.

— Nu-i așa?

Mormăie și trece pe lângă mine, se apropie de polița șemineului, unde sunt fotografii cu noi trei, cu Kennet și Britt, cu părinții mamei, care au murit când ea era tânără.

— Știi, am văzut o singură fotografie cu ea. Cea pe care Duncan o ținea lângă pat.

Ea. Mama mea. Laís pentru toți ceilalți. Mãe pentru mine.

Își trece degetele peste câteva dintre rame și apoi alege una, o studiază și se uită la mine.

Știu pe care a ales-o. E o fotografie pe care tata ne-a făcut-o, mie și mamei, la plajă. Vântul îi flutură părul pe după gât, eu stau rezemată de ea, așezată între picioare, și brațele ei îmi încercuiesc pieptul. Surâde, larg și senin: vezi din fotografie, fără să ți se spună, că mama era o forță absolută a naturii.

Elliot se uită iar și clipește.

— Semeni așa de mult cu ea, că e nefiresc.

— Știu.

Sunt atât de recunoscătoare că a trecut timpul, că pot să îi privesc chipul şi să mă bucur că l-am moştenit în loc să fiu îngrozită că, dacă mă uit în oglindă, chinul va fi tot mai mare cu fiecare zi, pentru că îmbătrânesc şi încep să semăn tot mai mult cu ea aşa cum mi-o amintesc.

Îngenunchez lângă cufărul de cedru, unde sunt toate fotografiile, scrisorile şi amintirile noastre.

— Ăsta ar trebui să ajungă în apartamentul nostru.

Capacul cufărului e pe jumătate deschis când Elliot spune asta şi atunci îl închid, fără să mă uit înăuntru. Căldura mi se răspândeşte atât de repede prin trup că mă ia ameţeala.

— Apartamentul nostru?

Ridică ochii de la fotografie.

— Mă gândeam că ar trebui să ne mutăm undeva împreună. În centru.

Nu au trecut decât zece zile de când suntem din nou împreună, dar chiar şi pentru această scurtă perioadă, naveta între casele noastre a fost criminală. Faptul că stau cu chirie la Nancy face jenantă până la imposibilă orice „vizită" peste noapte. Iar Elliot locuieşte pur şi simplu prea departe de spital ca eu să pot sta cu el.

În cele mai multe dintre seri, ne întâlnim în oraş să luăm o cină târzie şi apoi el se duce acasă şi eu mă prăbuşesc pe pat.

În singura zi liberă pe care am avut-o în tot acest timp — acum două zile — nici n-am ieşit din apartament. Am făcut dragoste pe patul lui, pe podea, în bucătărie. Pentru o frântură de secundă cât o bătaie de inimă, îmi imaginez că de fiecare dată când vin acasă am acces liber la el — la vocea şi mâinile lui, la râsul lui şi la greutatea lui peste mine — şi dorinţa devine un al doilea puls în pieptul meu.

— Te-ai muta tu în centru? îl întreb.

— Te mai îndoieşti? spune după ce lasă jos fotografia şi se aşază lângă mine, pe covorul persan tocit.

În spatele ochelarilor, ochii lui par aproape de culoarea ambrei în lumina soarelui care pătrunde prin fereastră. Are genele aşa de lungi.

Vreau să îl sărut atât de tare în clipa asta, că gura mi se umple de apă. Ştiu că avem treabă, dar mă distrag tuleiele mijite pe maxilar şi cât de simplu mi-ar fi să mă aşez la el în poală şi să fac dragoste cu el imediat.

— Macy? zice, zâmbind, atras de atenţia cu care îl fixez.

Ridic ochii la el.

— E o ditamai naveta pentru tine, îi spun.

— Programul meu e mult mai flexibil decât al tău, zice şi apoi ochii i se luminează de o sclipire vicleană. Şi dacă te am în patul meu în fiecare noapte, ar putea să mă inspire cu idei pentru romanul meu porno cu dragoni.

— Ştiam eu, zic, râzând.

Ne mutăm împreună pe 1 martie. Toarnă cu găleata şi apartamentul nostru are un dormitor minuscul, dar o fereastră-logie imensă, şi e la doar o jumătate de cvartal de linia de autobuz care mă duce direct la serviciu. Elliot şi cei trei fraţi ai lui au făcut un perete întreg de rafturi de bibliotecă şi — poate puţin ciudat — domnul Nick şi doamna Dina ne-au adus un pat nou. Aş fi protestat, dar e un cadru superb cu patru stâlpi, făcut de unul dintre pacienţii de o viaţă ai domnului Nick. Alex, Else şi Liz se duc la Nest Bedding, să cumpere tot felul de aşternuturi de pat — pentru că nici lui Elliot nici mie nu ne pasă de cum arată cearşafurile noastre — iar doamna Dina pregătește cina cât timp noi toți despachetăm, înghesuiți în locul acela strâmt.

La ora șapte, tot apartamentul miroase a frunze de dafin și pui fript, iar ploaia de afară se transformă din torențială într-o furtună deosebit de violentă, cu tunete și fulgere care trosnesc și luminează strălucitor aerul. Alex dansează în timp ce aranjează cărțile pe rafturi și noi toți o privim pe furiș, uluiți că din bazinul genetic aici de față a putut să iasă ceva atât de profund grațios. Într-un moment de tăcere, Liz și George ne anunță că vor avea un copil și camera irupe de zgomote și agitație. Else dă muzica mai tare — iar energia se transformă într-o frenezie de râsete și dans.

Elliot mă trage la o parte și se lipește de mine. Nu i-am mai văzut niciodată o astfel de expresie. E mai mult decât un zâmbet; e o încântare eliberată.

— Hei.

Mă întind să mai primesc un sărut, dar se ferește.

— Hei, ești OK?

— Da, sunt bine.

Se uită în jurul camerei, parcă ar vrea să spună *Uită-te la locul ăsta uluitor*.

— Tocmai *ne-am mutat împreună.*

— În sfârșit, nu?

Îmi mușc buza și simt nevoia să țip, pentru că sunt foarte fericită.

Nu m-am mai simțit niciodată astfel.

Astă-seară o să adormim împreună, în apartamentul nostru, în patul nostru. Când o să plece toată lumea, o să uităm de cutiile pe care încă mai trebuie să le desfacem. Elliot o să mă urmeze sub așternut, cu acea tensiune flămândă în priviri, cu pielea goală alunecând peste mine până când devenim o rostogolire asudată și cu respirația tăiată. O să adormim, încolăciți, fără să ne dăm seama măcar.

Şi o să mă trezesc înainte să se lumineze afară şi o să-l doresc din nou.

Dimineață el o să fie aici. Hainele lui vor fi aici, ca şi cărțile lui şi periuța lui de dinți. O să torn cereale, cât timp face el duş. Poate că o să vină să mă caute în bucătărie, cu o ceaşcă de cafea în mână şi nu o să ştiu că e acolo decât atunci când îi voi simți buzele în creştetul capului. Este enormă senzația de anticipare pe care o trăiesc, despre această viață de zi cu zi în care mă mişc în jurul lui, şi mă umple de o căldură grea, scânteietoare.

Nici măcar nu dansăm; ne legănăm doar pe loc, din nou, aşa cum am făcut la nuntă. Astă-seară, însă, nu ne-au mai rămas secrete şi nu mai suntem bântuiți de discuții terifiante. Ultimii zece ani par ca o ceață neclară, ca şi cum am făcut un drum lung până într-un anume punct de pe glob şi înapoi, călătorind în cerc, dar predestinați să ajungem aici.

Mâinile lui îmi coboară pe spate, Elliot îşi pleacă fruntea lângă a mea. George face o glumă, că ar trebui să ne luăm o cameră. Andreas glumeşte şi el că George e cel care şi-a lăsat nevasta borțoasă. Apoi doamna Dina o rupe pe plâns în bucătărie, despre bebeluşi şi alte căsătorii, poate, iar eu mă uit cum Elliot se chinuie să nu se mai gândească la toate astea. Tresare, îşi împinge ochelarii în sus pe nas şi se uită la mine intens, aşa cum a făcut-o mereu, ca şi cum ar putea să-mi citească gândurile într-o clipită.

Poate că aşa şi este.

— Cuvântul preferat? şopteşte.

Nici măcar nu ezit:

— *Tu.*

BOOKZONE